みうらじゅん × いとうせいこう

ラジオ ご歓談！

爆笑傑作選

LITTLE
MORE

ご歓談！

もくじ

本書は、メディアプラットフォーム・noteで配信された「みうらじゅん×いとうせいこう 自主ラジオ ご歓談!」(vol.1/2019年8月5日~vol.87/2022年12月19日)の内容に大幅な加筆・修正を加えたものです。なお、リスナーからのお便りについて、掲載の許諾の確認をすべく努めましたが、連絡先がわからない方がおられました。お気づきの方は編集部までお知らせください。

以下は先日、めでたく第百回を迎えた「みうらじゅん×いとうせいこう　自主ラジオご歓談！」配信のうちの、ほんの一部分をまとめたものです。

そもそもネット上のnoteという場所で始めたこの雑談は、本当はシンプルに「ご歓談！」としか銘打っておらず、誰が誰と話してるんだか、メディアとしてはどこに分類されるのか、あまりよく本人たちもわかっていません。

がだからといって、背後に何者かがいて我々を操っているということでもなく、とにかく二人でいると延々と時間の許す限りしゃべってしまうため、ふと「これ、もったいないんじゃないか」と思った私いとうがマネージャーとか身内とかの協力で録音（たまに録画）をし、話が矛盾だらけになるあたりを編集してもらって二週間に一度ずつ配信を続けてきたのでした。

基本は一回につき百円。動画がつく回は二百円。完全に駄菓子の感覚です。いや、いまどき駄菓子でさえこんな値段じゃ買えないんじゃないか。しかし、みうらさんも私も何か特別に苦労してしゃべっているわけでもなく、話の内容をあらかじめ用意するでもなく（「ご質問メール」は受け付けており、とても助かってますが）、録音録画が始まったらほぼ二時間は完全ノンストップで雑談しているため、駄菓子以上の値をつけるわけにもいかない気持ちなのです。

ただしコロナ禍さえ始まらなければ、私たちはこの「駄菓子の集積」とサポーターからのありがたい志納を資金として仏像を観る旅をし、その報告を各々、絵と文字で発表するはずでした。つまり様々な自分たちの表現媒体を自然に作っていければと思っているのです。

これについては予定を崩すつもりはないので、もう少しウイルスが落ち着いてくれたらそちらも楽しんでいただきたいと思っておりますし、その『デジタル見仏記』とでもいうものを読んでいただくときに、またお代をちょうだいすることによって、古いたとえながら「わらしべ長者」的な状況を私は目指しております。ちなみに、みうらさんは特に何も目指していません。

たまたま今、「雑談ブーム」などというコトバが頻繁に聞かれるようになり、それが実際どんなものかはよくわからないながら、私たちこそ十年以上も前にラジオで「ザッダン!」(命名いとう)という番組(文化放送2016年1月~2017年5月)を持ち、それが好評のうちに終わってからも、各地でトークショーを続け、すでに書いた通り「とにかく二人でいると延々と時間の許す限りしゃべってしまう」コンビであり続けています。

つまり雑談をさせたら天下一を自負するのですが、むろんそんな天下一が世に誇れるものだとはみじんも思っておりません。私たちはただただ楽しくてやっているのです。

たまたま昨日も一日みうらさんといましたが、東京駅で朝8時過ぎの新幹線に乗り、いつものように隣り合って京都まで二時間。さらにそこから仕事先の方が出してくれた大型タクシーに乗って、互いのマネージャーと共に奈良へ一時間半は移動したでしょうか。国立博物館に着いて学芸員の方の素早い説明を受けながら仏像展を観た私たちは、近くの大会場の楽屋入りをしてそこでさらに一時間半ほど出番を待ち、そのまま千四百人の観客を前に一時間半のトーク、それからすぐにタクシーで京都駅に戻り、私は神戸で仕事だったのでそこで解散……かと思うと「ちょっと時間があるからお茶しません?」というみうらさんにしたがって、喫茶店で私的トーク。

計八時間半、私たちはとどまることなくしゃべっていました。新幹線やタクシーの後ろの席にいたマネージャーたちは、いつものことだとは言え「元気だなあ。仲がいいなあ」と半ばあきれながらウトウトしていたそうです。

ではなぜこんなに雑談するのか。正直新幹線でもタクシーでもひどく眠たかったにもかかわらず(これは私だけでなく、みうらさんものちに証言していました)どうしてもしゃべってしまうし、しゃべれば脳が拡散的に刺激されてふだん考えないようなことを思いついてしまう。さてその雑談とはなんなのか。

別にどうでもいいことながら、まえがきに与えられた字数がそれなりのため書いておりますが(つまりこれが「雑文」です)、まずは特殊な雑談力を持つみうらさんが「黙っていると気まずい」「どちらかが眠ってしまうのは寂しい」という状況下で、その特殊能力を発揮し始めます。それが発揮されると今度は特殊な合わせ能力を持つ私が適度な相づちや軽い煽り、あるいは質問攻めを始めます。なぜなら「黙っていると気まずい」「どちらかが眠ってしまうのは寂しい」から。

というわけで、そもそも雑談は二人以上の異なる能力を持つ人間がいないと成立しない芸当であることを強く訴えておきたいと思います。世間では「雑談力を鍛える」とか「雑談テーマ百選」とか「雑談の出来る胆力とは？」みたいな本や雑誌が出てるんじゃないかと昭和的な感覚で想像するのですが、もし「雑談力」が鍛えられるとすれば、最低二人の人間がそれを読まなければならない。一人に雑談力があったところで、それに呼応する者がなければ雑談は続かないのです。

したがってこの本をお読みになる奇特な方がいるとすれば、みうら的な攻め、いとう的な受けにまずは注意しつつ、「ああ本当はどうでもいいんだけど何か時間を埋めるために唐突にテーマを設けたんだなあ」「特にそれについてしゃべる知識がないので、とりあえず比喩を使って同じことをずらして言い直してみてるなあ」「攻めと受けがしきりと逆転するんだなあ」などと必死に雑談を続けるためのコツを得てみていただければ幸いです。

みうらさんが昔からよく言う通り、「人生は暇つぶし」のようです。暇を持てあますと悩みが生じます。気持ちが暗くもなる。

それを皆さん、誰かと共に乗り越える切実な方法が「雑談」なのです！　今、思いついたので今書いてみました。

では私たちの愉快な、あるいは時に真面目な「暇の乗り越え」＝「雑談」をお楽しみください。それはあなたにとってよい暇つぶしになるでしょう（まだまだネットでも続けてますのでどうぞそちらもお使いください）。

２０２３年７月23日

いとうせいこう

ご歓談！①

↓モチベーション↓擬音↓同姓同名↓ケータリング↓ご主人様↓ボトル↓穴↓卍↓

みうら ……え、服の話かよ！（笑） 今日は張り切って着てるのよ、実は。

いとう ラジオなのに？

みうら 最近ラジオ局行くとさ、「じゃ、ちょっと……」って終わったあとに写真撮るでしょ。

いとう そう！ そうなのよ。

みうら 「ああ、いいですよ」って言うけど、こちとらボッロボロの格好して行ってるわけ。

いとう ラジオだからね。

みうら 油断しているっていうか、昭和の考えとしてはラジオは格好は映らないと思い込んでいるから。

いとう そうそう、思ってる思ってる。

みうら　普段の格好のまま行って、メガネも普段のメガネのまま行ってるわけよ、こっちは。

いとう　アレを言われたときにわざわざメガネを替えて、なんかかっこつけてると思われるのがイヤなんだよね。

みうら　今日もこの前に1本ラジオに出てきたんだけど、やっぱり写真撮るっておっしゃるんで、もう最近は大きい声で「営業用のメガネに替えていいですかー?」って言うようにしてるのよ。

いとう　ああ、言ってるの聞いたわ、俺。何度も。

みうら　で、言うと自分の耳に入って、「そうだ、俺は今営業をしているんだ!」って自覚が生まれるんだよね。

いとう　なるほどなるほど。

みうら　でも、このいとうさんとのラジオはね、なんか営業の自覚がやっぱりないわけよ。

いとう　確かにこれは本当にただの趣味で、勝手にラジオを始めてしまったってことだからね、とうとう。

みうら　「趣味のくせに、なに気取った格好して来てるんだよ!」って言われるんじゃないかと、まあ思ってるわけですよ。でもここはあえて、がんばって……「やりたくて来てるんですよ」っていうことを……。

いとう　ああ、モチベーションね。

みうら　最近はそう言うじゃない。

いとう　最近じゃなくて、ずいぶん前からモチベーションって言葉はあるけどね。たぶん英語が始まって最初くらいから、モチベーションっていう言葉はあると思うけど。

みうら　俺の頭の中では当然だけど、餅で……。

いとう　(爆笑)。「餅ベーション」なんだ!?

みうら　「餅ベーション」ってなるわけで。

いとう　じゃあ伸びるよね、当然?

みうら　当然、伸びるし、白いイメージもある。

いとう　お年寄りのノドに入っていくイメージあるよね。

みうら　ノドに詰まっちゃ餅ベーションも正月早々えらいことになるってね。

いとう　俺はあのイメージ……いろんな法被着たお年寄り

が……。

みうら　一本飲みのヤツでしょ。

いとう　飲むヤツ！

みうら　餅の中でもとりわけ「餅ベーション」に近いのはそれだね。

いとう　アレが「餅ベーション」なんだ(笑)。ツルツルツルッて……。

みうら　ベションベションッて……。

いとう　あ、「ベションベション」っつってんだ！

みうら　たまに餅が「ベーション」って伸びるわけよ。

いとう　ああ、なるほどなるほど。

みうら　その言葉をね、なんかちょっと使いたくてね。

いとう　ああ、「モチベーション」を。

みうら　使いたくてしょうがないんだけど、意味がわからないから、一応ちょっと調べたんだけど……なんだっけ？

いとう　「動機」だよ！

みうら　動悸・息切れのほうじゃないよね？

いとう　その動悸じゃなくて、やる気だね。

みうら　「やる気出します！」ってことか。それがモチベーションなんだ？

いとう　モチベートが「やる気を出させる」っていう意味だから。モチベーションは「やる気を出してます」ってことの名詞。で、ラジオ局で番組やって終わりぐらいに「それじゃあちょっと、ホームページに載せていいですか？」ってなるじゃん？

みうら　雑誌でインタビューを受けるときはね、それなりにやっぱりちゃんとしなきゃと思ってやってるんだけど、今はラジオアフターに撮られた写真のほうがよく世の中に出回ってるっつーじゃん。

いとう　出回る、出回る。なぜならばデジタルだからみんながツイッターとかで使いやすいのよ。

みうら　こっちはほら、紙にしゅんだほうがいいとまだ思っちゃってる。

いとう　印刷に対してさ、「インクが染みる」って言い方はもうおかしいよ。

みうら　「しゅみる」だよ。

いとう　ああ、関西の人は「しゅみる」だけど。

みうら　シュミテクトだね。

いとう　シュミテクトじゃないけど。

みうら　シュミテクトもあれでしょ、歯にしゅみてるから。

いとう　歯にしゅみてるからシュミテクトじゃないでしょ。

みうら　違うの!?

いとう　あー、でもしゅみるのをプロテクトしてるのかな?

みうら　昔からね、小林製薬だっけ?　あの会社はちょいと親父ギャグ引っかけてくるでしょ。

いとう　でもシュミテクトは小林製薬じゃないでしょ、たぶん。だって小林のやり口はもっと違う……なんかこう「イボコロリ」的な方面でしょ?(笑)

みうら　あー、そうそう。「便器キレーイ」的なね。

いとう　そうそう(笑)。よく思いついたね。

みうら　一発で効果がわかるやつね。

いとう　「あっ、小林だな!」っていう。

みうら　俺はね、こう思うんだけど、「テクト」はね、やはりプロを取ったプロテクトだと。

いとう　そりゃそうでしょ!　「テクト」っつったらそうだよ。だったらさ、大事なのは「プロ」のほうなんじゃないの?

みうら　それって、うちらの友人、渡辺祐を「ワタナベ」って呼ぶか「タスク」って呼ぶかみたいな。

いとう　ああ、そうね(笑)。「タスク」と呼ぶ場合と、あとは「ナベちゃん」っつってる場合があるもんね……あ、申し訳ないんだけど、シュミテクトの発売はアース製薬だそうです。製造販売はグラクソ・スミスクライン・コンシューマー・ヘルスケア・ジャパンです。

みうら　なっがいなあ。で?

いとう　だから、シュミテクトは小林の仕業じゃないんですよ。

みうら　そっかぁ。でも、小林の仕業じゃないとしてでもですよ。CMで女の人が「いやあ、最近しゅみるんです」って言うわけよ。「あ、ここにもうヒントが出てんだな」と思ったけどね。

いとう　ヒント?

みうら　「しゅみる」にかけて「シュミテクト」!

いとう　アレは「しみる」って言ってたでしょ。みうらさんは「しゅんでる」って言うけど。

みうら　関西はよく「おでんがようしゅんでまっせ」って言うんだよ。

いとう　そうそう。びっくりしたもん、俺。俺には「死んでる」に聞こえるの。「よくおでんが死んでますな」みたいに聞こえるから「ええっ!?」って思うけど、あれは「しゅんでる」って言ってるんだよね？

みうら　具が汁をよくしゅんでるってことだけどね。

いとう　状態を擬音で表す、関西特有の……。

みうら　ギオンさんね、京都で言うところの。

いとう　ギオンさん(笑)。

みうら　よくウチの親父が「おい、早よチャッチャッチャッとせんかい」って。

いとう　あー。

みうら　「チャッチャッ」というギオンさんでなんとなくわかった気になるんだよね。「おい、シュッ、シュッ、シュッしとけ」とか。

いとう　「シュッ、シュッしとけ」？

みうら　それは、虫除けスプレー的なものをシュッ、シュッと吹きかけろって命令だよ。

いとう　あー。

みうら　「こんなときにクチュクチュしたらあかんぞ」とか。

いとう　それも音で言ってるんだよね。

みうら　ガム噛んでたらいかんという教示だね。あとは「ピャッ」とか。

いとう　いやいや、「ピャッ」とは言わないでしょ(笑)。

みうら　「ピャーッと」は、土居まさるさんか？

いとう　「ドバー!」みたいな？

みうら　ドバーだっけ？　ほら、深夜放送で言ってたでしょ。

いとう　もうさ、これ聴いてる人は土居まさるって言葉がわからないから(笑)。(土居まさる／元・文化放送アナウンサー。ラジオDJ、テレビ司会者などで活躍)

みうら　料理のほうでもないからね。(料理のほう／土井勝。テレビの料理番組などで活躍した料理研究家)

いとう　うん、あの先生じゃない。

みうら　料理の土井先生も今はもう息子さんだから。（息子さん／土井善晴。料理研究家。土井勝の次男）

いとう　だってねえ。

みうら　この世の中にはね、同姓同名の響きをもって平然と暮らしてる人がいるんだよ。

いとう　いいじゃん、平然と暮らしても！（笑）

みうら　平然と暮らしてもいいけど、もう一人違うほうを知ってる人間としてはさ、なんだか心がざわつくよね。

いとう　あー、わかるわかる。

みうら　映画観に行ったときに最後にスタッフロール出るでしょ？　昔よく、泉谷しげるって同姓同名の方の名前が出ててさ、とても心がざわついたもんさ。で、あのスタッフロールってほとんどの人はしっかり見てないと思うけど、俺はケータリングのとこがすごい気になるから。

いとう　え、ケータリングの人見てるの？

みうら　あれで映画の大きさがわかるでしょ。

いとう　あー、なるほど。予算ね。

みうら　よく宣伝では何億円かけた映画だとか言うけど、そんなのあくまで映画側の発表だからわかんないじゃん。

いとう　CGのスタジオをこれだけデカいもの使いましたとかさ、それも全部ケータリングで見るの？

みうら　ケータリングで大体のことはバレちゃうからね。

いとう　でも、ケータリングの規模を見るときにどこを見るの？　店の名前？　数の多さ？

みうら　やっぱり人数だよね。

いとう　あ、クレジットに担当した人の名前が出るわけだ。

みうら　僕らの企画したイベントではケータリングが出たことなんかないでしょ？

いとう　ほとんど出ないよ。

みうら　でも大きなフェスとか中にはテレビ局だってケータリング出るときあるでしょ？

いとう　出るのよ。ケータリングが好きで行ってるんだもん、俺。

みうら　同じく（笑）。ケータリングっていう響きもいいよね。

いとう　ああ、そうなんだ(笑)。「タリング」のあたりかな？

みうら　ケータときてリングもいいよ。ケータ1人じゃなくてね、2、3人でよそってくれるときあるでしょ。人が出てる。それで催しの規模がわかるわけ。

いとう　3人いたら結構多いよ。だって、ご飯をよそうところにもいるし、カレーみたいのところにもいるだろうし……「サラダのところにもいるの!?」って感じだよね。

みうら　ケータだらけってのもねえ(笑)。映画なんてもっとケータがいるはずじゃないですか。

いとう　なるほど。

みうら　『蒼き狼』っていう映画観たことない？(『蒼き狼～地果て海尽きるまで～』/2007年、監督・澤井信一郎、製作総指揮・角川春樹)

いとう　モンゴルの話でしょ？

みうら　そう、それ。最後ものすごい数のモンゴル人が映っててさ。

いとう　群衆シーンだ！　モブシーンね。

みうら　「チンギスハーン！　チンギスハーン!!　チンギスハーン!!!」って叫ぶわけよ。そこが映画の広さを見せるところなんだけど、いかんせん統制が取れてなくてね。

いとう　「チンギスハーン！」の？(笑)　統制取れてないんだ？

みうら　横向いてるヤツとか下向いてるヤツとかが何人もいるの。なんでここはピシッと統制取れないかねえと思ってエンドロール見たらさ、やっぱケータリングが2人しかいないのよ。

いとう　足りてねえわ！　食いもんが足りてねえ。

みうら　そこでしょ、やっぱ。

いとう　それはダメだよー。お腹がグーグー鳴ってるんでしょ？　「チンギスハーン！」って言いながらも。

みうら　たぶん昼飯食べたんだけど、足りてなかったり、ケータリングに不備があったと思うんだ。

いとう　モンゴルの人たちに対して、より良いケータリングって何になるのかな？　やっぱりこう、ふかふかしたパンみたいなヤツあるじゃん？　白い中華の蒸しパンみたいなヤツ。

みうら　あるある。

いとう　まず基本はアレに挟みたいじゃん。だからアレはあるじゃん？

みうら　汁のよくしゅんだ角煮とかね。

いとう　で、モンゴルはたぶんバター茶みたいな……。寒いから飲めないと怒るよね。

みうら　バター茶コーナーにまず1人。そして、ふかふかしたパンに1人のケータがいるよね。

いとう　で、蒸したり茹でたりするヤツがいて……。1ケータリングの単位が仮に3人とするじゃないですか。みうらさんが言う本当にデカい映画っていうのは何ケータリングなのか……。10ケータリングっつったら30人だからね。

みうら　そうなるだろうね。

いとう　すごいよ。結構なパーティーでも30人はいないじゃん？　寿司のコーナーに2人いて、なんかこう、肉を切る人がいて……とかあるじゃないですか？

みうら　うんうん。

いとう　だいたい15か20人でじゅうぶん。

みうら　観光地の大きい旅館だとさ、夕食がバイキングになってるでしょ？　バイキングもね、あんまり旅館側の人間が少ないと、イライラしてる感じが客側に伝わってくるしね。

いとう　はいはい。

みうら　インカムみたいなの付けて「ナントカコーナーの皿が足りない！」とか言ってるのが聞こえるのよ。イライラしてるから声が大きくなってるんだろうね。それでもう皿洗いが間に合わないもんで、

モンゴルの人たちに対して、より良いケータリングって何になるのかな？（いとう）

ちゃっと水を通したようなどこかしら汚れた皿が置いてあってね。

いとう　全然ダメじゃん！(笑)

みうら　それでもちゃんとラーメンコーナー、ステーキコーナー、天ぷらコーナーって人がいるわけ。

いとう　問題は皿ケータリングに人がいないってことじゃない？

みうら　そこだね。皿ケータリングは誰かが副業でやってるんじゃないかなあ。

いとう　副業でね(笑)。

みうら　でも、いとうさんが言ったように皿ケータリングさえビシッとつけておけばそんな不備はないよね。

いとう　そうそう。人ってさ、ちょっと並ぶのはいいけど皿がないことにはすっごい怯えがあるじゃん？

みうら　あるよね。

いとう　皿さえわけてくれれば何か載っけるから。

みうら　お盆のちょっとした汚れも気になるときあるでしょ？

いとう　あるねえ。

みうら　駅構内のソバ屋のお盆は特にね。

いとう　うんうん。それは困ったことだね。

みうら　アレ、だいたい茶色じゃないですか？

いとう　そうですね。

みうら　それに載っけたお椀が滑らないようにちょっとストッパー気味な素材でできてるでしょ。

いとう　ああ。

みうら　触るとニチャッとする感覚があるんだよね。だからそれが汚れによるものかよくわからなくて。僕、そういうときはよーく光に照らすのよ。

いとう　え、何？　まだソバをもらう前の段階だよね？

みうら　いや、もうソバは載っけてあって選択肢はないわけよ。だから、後の祭なんだけど、自分の机に運んでからするわけ。

いとう　あ、鑑識みたいな。

みうら　だね。「科捜研の女」的な鑑識。指紋がうっすら見えるときがあって。

いとう　マジに？　それ洗ってないときあるの？

みうら　たぶん、ソバつゆが洗い流せてなくて、そこに触れた指紋が残ってんじゃないのかね。特にクイッと曲がってる部分なんかに。

いとう　あー、あのキワのところね。ものが落ちないようにキワが上がってるよね。

みうら　スケボーで言うとカーッて上に登るところの……。

いとう　あ、いいこと言う！　新しいこと言うね。今までスケボーのことを比喩にしたことないよ、みうらさん。

みうら　スケの字すら書いたことないよ。

いとう　スケの字(笑)。

みうら　初めはスケの棒だと思ってたからね(笑)。とにかくカーッて部分だよ。

いとう　ランプって言うんだけどね。

みうら　光っちゃいないけどね。

いとう　ま、スケって言っただけでいいや。

みうら　じゃ正しく言うとソバ屋のお盆のランプ部分。

いとう　ランプ部分、ランプ部分。

みうら　あそこがね、意外とないがしろにされて指紋が付きやすいって話さ。

いとう　あー。

みうら　持つとき、指をかける部分でもあるから、そのランプ。

いとう　洗うときは端をシュッシュッて洗えと。みうらさんは今うるさいからね、洗い物に。

みうら　五十過ぎたあたりからうるさくなったね。

いとう　うるさい。ホントうるさいわ。

みうら　ねえ、水筒の手が届かないところはどうしてる？

いとう　ああ、ある……中でしょ？

みうら　手前はどうにか洗えても底まで指がいくヤツはいないでしょ？

いとう　ああ、いないよ。あとはまあ昔からあるコップ洗いの棒みたいな……。

みうら　やっぱアレに頼むしかないわけ？

いとう　でも俺はわりと手が細いでしょ？

みうら　指がやたら細くて長いのはE.T.ぐらいだと思ってたけど。いとうさんの手、水筒の奥に届くの？

いとう　コーヒーとかを入れる瓶の中にも……。

みうら　え？　もう忍者じゃないの、それ。

いとう　手がシューッと入るの。だからそれでキュッキュッてやって、ピュッて抜いてるからね、俺。

みうら　それでも中で手をパーにしたら抜けなくなるよね。

いとう　パーって(笑)。じゃなくって、そういうところが洗えてないっていうことね。

みうら　そうそう。それはやっぱりケータリング不足であり、上の人の監視ミスじゃないかと。

いとう　プロデューサーですよね。

みうら　ケータリングにも、それを統括するプロデューサーがいると。

いとう　そう！　指揮者だよね。「お前はちょっとソーセージを増やせ！」とか。

みうら　って、楽団なの？　そのたとえ。

いとう　ああ……そうね(笑)。いきなりティンパニーが「ダンドン！　ダンドン！」は変だもんね。

みうら　ソーセージ協奏曲の始まりは静かなパチパチという油の音でしょ(笑)。ねえねえ、オーケストラって本番前にちょっとしたリハするでしょ？(リハ／オーケストラで開演直前におこなわれるチューニングのことと思われる)

いとう　やってるね。

みうら　アレも指揮者が、カッカッて譜面台叩いたらやめるんでしょ。

いとう　確かにそうだね。

みうら　と、いうことはあいつらほっといたらいつまでもファンファラファンやり続けてるわけでしょ。ヘタなヤツほど大きい音出すっていうね。

いとう　なるほど。そうなるとケータリングのときに、今はオムレツがたっぷりあるけど、いきなりオムレツの好きなヤツがワーッと来るぞ、と。そういうのがわかってるコンダクターが入んなきゃいけないじゃん。

みうら　まず、コンダクターがバイキングに並んでる人の列をあらかじめ見るよね。

いとう　見るね。ホテルの下に降りてって朝食の会場に行くじゃない。そうすると入口に朝食券を回収してるおじさんがいるでしょ？

みうら　パウチッコしてるカードとかね。

いとう　そうそう。あのおじさんが本来はこう、指揮棒を振らなきゃいけないのに……。

みうら　だね。あのおじさんはカードを受け取れば仕事が終わると思ってるのかもね。

いとう　それは違うんだよ！

みうら　客層をちゃんと見ないと！

いとう　そうそう。「コイツは卵をやたら食う……コイツは元を取ろうとして果物ばっかり食おうとしてるんじゃないか」とか……。

みうら　果物はウチのおかんだね。

いとう　（笑）。

みうら　特にライチには目がないのよ（笑）。

いとう　やっぱ親子じゃん！　みうらさんもライチばっかり食ってんじゃん！

みうら　なんなら両者が山盛り取ってくることあるから。「こんなもん、うちらの時代はあらへんだわ」と、言ってね。だから、年齢層で大体誰がたくさん取るかわかるじゃないですか。

いとう　まあわかると思いますよ、コンダクターは。

みうら　あなたはライチ、何個までって言ったほうがいいね。

いとう　二人でああいうホテルの朝食会場行ってさ、沖縄だったけど……会場出るときに必ずおばさんが「（独特の節回しで）行〜ってらっしゃいませ〜」って歌ってたよね。

みうら　歌ってるって、本当？（笑）

いとう　アレはなんだったのか……俺、外に出られないような気持ちになっちゃって。だって通っちゃったら俺も言われちゃうわけじゃん。恥ずかしい

ソーセージ協奏曲の始まりは静かなパチパチという油の音（みうら）

じゃん。

みうら　ちょっと外に携帯かけに行っても？

いとう　そしたら「行～ってらっしゃいませ～」って。アレは沖縄の風習ってわけじゃないですよね？

みうら　行ってばっかりで「お～かえりなさいませ～」はないの？

いとう　それはないと思うよ（笑）。アレは不思議な風習だったなあ。

みうら　俺はあの人に言われたことあるよ。ほら、秋葉原の……。

いとう　誰？

みうら　メイドさん。

いとう　ああ。

みうら　すごい流行ってた頃でさ。「メイド喫茶入ってみてえな、メイド喫茶入ってみてえな」って。

いとう　（笑）。そういう気持ちって自分で小さく声に出して言うわけ？

みうら　思っているだけではダメだって言うじゃん、人生は。まずは小さい声で「行ってみてえな、行ってみてえな」って言ってみることだよね。そしたら——

いとう　そっちに向かっていくのね、足が（笑）。

みうら　足も従うしかないんでしょうね（笑）。

いとう　なるほど、なるほど。

みうら　だから、有言実行っていうのは……。

いとう　ああ、そのことなのね。自分の言《げん》が自分を実行させることを有言実行って言うんだ。

みうら　俺はそう思ってるよ。「行ってみてえな、行ってみてえな」が駒を進める合図だと。

いとう　はー、なるほどなるほど。

みうら　で、なんか違う目的で秋葉原にモノを買いに行ったんだけど、思い出したんだろうね「行ってみてえな、行ってみてえな」って声がつい、口を衝いてさ。でも、勇気いるでしょ？　その頃俺の周りでは誰も行ったことがなかったんだから。

いとう　あ、早かったんだ。

みうら　噂に聞いてる程度の頃だったから。雑居ビルの2階にその看板見つけちゃったもんで、ここは勇気出して駆け登ったわけですよ。そしたら、いきなりドア口に立つメイドさんから「おかえりなさいませ、ご主人様！」って言われてさ。

いとう　いきなりか！

みうら　「おかえりなさいませ」ってことは……。

いとう　1回来てるんだね(笑)。

みうら　つーか、初めてじゃないですか。でも、満面の笑みで言われちゃ〝前にも来た？〟って。

いとう　そう思うよね。夢遊病で行ったのかと思うよね。

みうら　でも、そうじゃなくて、メイドさんはここがおウチだと思って――

いとう　過ごしてくださいませと。

みうら　言わんとしてるわけでしょ。

いとう　はいはいはい。

みうら　でもそんなことさ、瞬時に受け止められないじゃないですか。俺はメイドさんを雇ってる風格がさっぱりないわけで。

いとう　わかるわかる。メイドさんを雇っているようなお屋敷に住んでんだもんね、その人。

みうら　イメージではね。

いとう　お屋敷のご主人なら革靴履いてるもんね。

みうら　でしょ？　こちとらその頃、足袋みたいな指が分かれたスニーカー履いてたんだから。

いとう　杖ついてカツカツッて、変な髭生やして帰ってくるはずなのに。

みうら　そうじゃないと、メイドさんを雇ってる洋館には戻れないでしょ？

いとう　洋館どころかその前の庭の門のところから入れないよ、俺。あの近づいたら開くゲートは車に乗ってるから開くんだもんね？　俺たちは免許がないし運転手もいない。歩いていったときに開くか、アレ？

みうら　だから、まずゲートのところで俺は車になりきらなきゃでしょ？

いとう　あ、そうそう。

みうら　なんかコンピューターが見てるとしたら、車だと認識させれば。

いとう　しかも黒いヤツだよ。黒いベンツみたいな、しっかりテカりのあるヤツで行かないとアレは開かないからね。
みうら　コンピューター騙すのは大変でしょ。そんな着ぐるみかぶっててもゲートは開かないんじゃないかな。アレは誰かが見て開閉ボタンを押してるのと違う？
いとう　ＡＩかな。でも、警備か執事が押してるかも。
みうら　でも、マンションの駐車場とかも、車が前に来ると勝手に開くよね？
いとう　開く開く。
みうら　ウチのマンションもそれで、本当にそんなシステムなのかなと思って一回試してみたことがあるのよ。自転車で。
いとう　（大爆笑）。
みうら　で、それでは開かないのよ。なんでだろう？　自転車じゃ認識しないのかな？
いとう　なんかカギみたいなのが……ほら、だって車に乗るときのもあるじゃん、磁気の。アレのシャッター用のをもらえるんじゃない？
みうら　マジ？　榮太樓飴くらいな小さいヤツを。
いとう　榮太樓飴みたいな四角いヤツ（笑）！　アレをポケットから出してわざとピピッとやってガチャッて車に乗るヤツいるじゃん。なんなの、アレ？（榮太樓飴／安政年間に誕生した榮太樓總本舗の看板商品。ちなみに三角の形がトレードマーク）
みうら　榮太樓飴から光線が出てるってことになるね。
いとう　光線……出てるんだろうね。
みうら　ということはアレさえ手に入れれば自転車でも開くんじゃない？　そりゃそうでしょ。あの榮太樓飴さえ手に入れれば。だってあいつをそのカメラは見てるんだもん。風体を見てるわけじゃないでしょ？
いとう　「あー、こいつはちょっと開けられないな」とか思ってない？
みうら　いや、そんなＡＩいないでしょ。まだね。
いとう　まだって（笑）。
みうら　これからはそうなるかもしれないけど。
いとう　ま、人間もそうだけど、ずっと過渡期だってね。

いとう　過渡期だ、過渡期。

みうら　……あ、なんの話してたっけ？

いとう　メイド喫茶に行ったんでしょ。

みうら　そうだった。で、いきなり「おかえりなさいませ、ご主人様」って言われたんだけど、俺もそれに対し何かしら応えなきゃならないでしょ？

いとう　なるほど、その考えはなかったね。

みうら　役柄はご主人様なんだからね、こちとら。だから「おう」とかさ。

いとう　まあそうだね。「ご苦労だったな」とか。

みうら　ああ、そうか、「ご苦労」かあ、それは考えが及ばなかったよ。

いとう　「ご苦労」はあるでしょ？

みうら　だね。でも、なんったってとっさだからヘコヘコして「はい！」って返しちゃったわけよ。

いとう　しちゃうね。

みうら　で、席に案内され、次に「ご注文はいかがですか？　ご主人様」って、来るわな。

いとう　来るね。

みうら　そのときね、可愛い絵をあしらったね……。

いとう　メニューをね。

みうら　差し出されるわけ。でもそもそもね、メイドさんは俺が雇ってるわけでしょ？

いとう　うんうん。あ、俺が飲みたいものは当然わかってるだろうと。

みうら　「いつもの」ってことじゃない？

いとう　あー、設定ならね。

みうら　俺はそもそもコーヒー飲めないんだよ。

いとう　あー、それは俺知ってる。俺というメイドでさえ知ってるもん。みうらさんにコーヒーを出したら俺が怒るもん、横で。

みうら　(笑)。コーヒー飲むと胃の中がグジュグジュグジュッてなっちゃうからダメだって、いつも言ってるでしょ。

いとう　まず午後の紅茶があったら午後の紅茶を出すよ、俺、みうらさんに。飲むから。大好きだから。

みうら　さすが、俺というメイドだね(笑)。

いとう　あとね、生茶とナントカをよく迷うことがある。

みうら　生茶と綾鷹かで迷うね、って、それ、自販機の話でしょ(笑)。

いとう　こっちがうまくなったとかならなかったとかうるさいときがある。

みうら　その年で味が違うときあるからね。そうそう、一度、販売されてたすべてのお茶を目隠しして利き茶したら、全部当たったことがあってさ。

いとう　ちょっと待って、何かの企画でやったの？

みうら　7種類の利き茶だったかな。

いとう　なんの企画なのよ？

みうら　雑誌のタイアップ記事。ペットボトル利き茶名人に呼ばれてさぁ。

いとう　えー、それでやったの!?

みうら　本来は確か、綾鷹を当てる企画だったんだけど、俺はすべてのお茶の商品名を言い当ててさ、スポンサーも大層、驚いてましたよ。

いとう　すっごいねえ。

みうら　もちろん、小さなカップに入れた茶だよ。ペットボトルのままじゃ、握れば誰だってわかっちゃうからね。

いとう　ああ、そうかそうか。「爽健美茶だ！」とかわかるよね。

みうら　特に爽健美茶はペットボトルが柔らかいからねぇ。それで言うとウチら、目が悪いからさ、旅館とかの風呂場でね、メガネ外すでしょ。そのとき、リンスのボトルとシャンプーのボトルの見分けがつかなくなるじゃない。

いとう　いやあ、いいこと言った！　いいこと言ったよ、みうらさん！　それは世界のメガネ人《じん》たちが今、「ワー！　ワー！」って言ってるよ。

みうら　どうにか助けてほしいんだよね。

いとう　ホント助けてほしい。

みうら　均等な大きさのペットボトルなんだよね、どれも。

いとう　はいはい、まあペットボトルではないけど(笑)。ボトルね、シャンプーボトル。

みうら　シャンプー、コンディショナー、ボディソープまでおんなじに揃えてるわけ、先方は。

いとう　おんなじに揃えてる。ドンドンドンッて！

みうら　頭を洗ってる最中だからね、こちとら近眼&老眼は。触っても確かめようないわけでさ、当てずっぽうにボトルをプッシュするわけで。すると、全然、泡立たない……「リンスじゃねえか！」ってね（笑）。

いとう　あるある！　あのリンスを落とすのだって相当時間かかるから。

みうら　リンス後のやり直しシャンプーは一苦労だよね。

いとう　わかる！

みうら　昔リンスってそんなに普及してなかったでしょ。俺、初めて彼女と旅行したとき、ホテルの洗面台に彼女がチューブに入ったリンスを置いてたんですよ。当然、存在すら知らなかったし、てっきり歯みがき用のものかなと思って歯ブラシにつけてしばらく歯磨いたんだよ。

いとう　（爆笑）。

みうら　ちっとも泡立たないし、口の中がさヌルヌルしてきてさ。

いとう　そんなやついるか！（笑）

みうら　いたんだって、俺が（笑）。

いとう　アレは風呂場に置くじゃん？……ああ、洗面所に置いてあるんだ！

みうら　彼女の持ち物だからね。仕舞うつもりで洗面台に置いてたんだよ。

いとう　なんの話、してたんだっけ？

みうら　メガネ野郎の風呂事情だよ。

いとう　せめてボトルの大きさでも違えばいいのにね。

みうら　黒マジックで「リンス」「シャンプー」「ボディソープ」って書いてる旅館もあるけど、何回も使ってるもんで字が薄くなっちゃってるよね。

いとう　あー、これは難しいね。

みうら　これは難しいんだよ。

いとう　「リンス」「シャンプー」の「ン」の部分は同じだからね。わりと真ん中めに入ってるからそこは消えにくいじゃん？

みうら　プーの伸ばし部分が消えかけてると目も当てられないよ。

いとう　なるほど（笑）。こっちはね、メガネ取ってると必死だからね。

みうら　命にかかわるからさ。

いとう　だってメガネをしたままシャンプーはできないじゃない？

みうら　そこだよね、問題は。

いとう　だからまずメガネ装着状態で1回見ますよね？

みうら　確かめますよね配置。

いとう　シャンプー、リンス、ボディソープ……。

みうら　自分なりに並べ替えとくのも手だね。

いとう　そうそうそう。僕は一番手前がシャンプーですからね。

みうら　俺もそうですよ。

いとう　あ、そう？　シャンプー、リンス……。

みうら　シャン、リン、ボの順。

いとう　シャン、リン、ボ(笑)。ところが事情がわかんない人と、もし一緒に銭湯みたいなのに行った場合……。

みうら　隣り合わせたりとか。

いとう　そう！　アイツの手が、こう出てきてさ、勝手に俺のシャンプーを持ってって、一番右に、こう入れてくるじゃん。

みうら　もうそれは手品の域だよね、俺らからしたら。

いとう　そう！「どこにダイスが入ってるの？」っていう。

みうら　まだ、ダイスだったらいいけど、リンスは……。

いとう　ヌルヌルしちゃうから(笑)。

みうら　シャンプーと間違えてるとこもわかられたくないしね。

いとう　そうなの、そうなの(笑)。ボディソープとリンスを間違えたときは……。

みうら　その旅行はすべてアウトだからね(笑)。でも、世の中には全部石鹸1個で済ますっていう人がいるんでしょ？

いとう　坊主頭の人とかさ。

みうら　そのために旅行するたび、髪を剃っていくのも、やはり納得が……。

いとう　いかないねえ。それはわかる……そういえば、みうらさん、こないだ俺とタクシーに乗って、横でとても苦戦してらっしゃいましたよね……。

みうら　あ、シートベルトでしょ？

いとう　シートベルトをどこの穴に入れればいいいか、俺も必ずわからないわけ。

みうら　思ってるより穴は手前にあるときない？

いとう　あるある。お尻で踏んでるときあるよね。

みうら　近すぎやしない？　穴。

いとう　もう探して探してさ、腰を浮かせてみたらここにあるときがあるよ。

みうら　土からちょっこんと出た竹の子みたいにね。

いとう　そうなのよ。で、向こうはさ、「申し訳ないですがやってください」とかアナウンスしてくるからさ、女の人とかが。

みうら　放送のね。

いとう　やったげようと思うじゃない？

みうら　是が非でもやんなくちゃね。

いとう　右の人のは入れるところも、受けのとこもちょっとザラザラしてればいいわけよ。で、左はツルツルにすれば触った途端わかるじゃん。

みうら　触感は大事だよね。

いとう　これね、もう自分のパテント料はなくていいから作ってほしいと、改めて訴えたい！

みうら　「こっちはザラめ席だ」とね(笑)。

いとう　そうそう、ザラザラッと。「あ、これは君のだよ」と。「君の穴だから」ってポチッてやればいい。

みうら　並んでるのもよくないよね。

いとう　そうそうそう。並んでるし、陥没してるときあるよね(笑)。それを掘り出すときあるじゃん。

みうら　椅子の中にギューッとめり込んでてね。

いとう　どういうアレなのよ、アレ？　使いにくいよ、アレ。

みうら　まずはさ、指を入れて……。

いとう　そう、クーッと……カブトムシを採るか何かみたいな気持ちだよね。木の中の。

みうら　カブトムシの場合はそりゃ、うれしいけど、アレは仕方なくだからね。

いとう　(笑)。

みうら　たぶん、前に座ったヤツがその差込口を尻に敷いてたんだろうね。

いとう　そうそう。差込口はペロリと出ていてほしいわけ。
みうら　もっと、主張すべきだよね、差込口。
いとう　この問題は大きいよ。
みうら　で、あのカチンと差し込む金属さ、裏表があるじゃないですか。
いとう　そうなんですよ。何、アレ。両方OKにしといてよ。
みうら　電池はプラス！とマイナス！って、ハッキリ書いてあるよ。
いとう　書いてある、書いてある。
みうら　でも、シートベルトの金具はプラマイゼロでいいじゃんね。
いとう　それとスマホとかにつなぐイヤホンのLとRは字が小さすぎる！
みうら　老眼にキビシすぎるね。
いとう　耳に入れてみてどうも変な感じがすると思ってよーく見ると逆に入れてる。
みうら　で、スマホの充電器につなぐ差し込み口も小さすぎない？　カチッとも言わないし。
いとう　「カチリ」問題ね。できたらカチリとさせてもらいたいと。
みうら　あのシートベルトはまだカチッと音がするからいいけどさ。俺としては全部「カチリ」音がほしいんだよね。
いとう　やっぱりやさしい時代になったのかな、昔と違って。
みうら　無理に音をさせないほうが自然にやさしいってわけなのかな。
いとう　だから、スッと入る。入ったらそれでいいのに、それ以上ぎゅうぎゅう押してくるような荒くれた人間ももういないのかな。
みうら　でもさ、そんなたとえで言うのも変だけどさ、人間ってたいがい誰でも入るでしょ？
いとう　え、何？(笑)　人間は入るって、どこに？
みうら　ま、その……。
いとう　性器の話？
みうら　うん。で、そこでね、やっぱり誰でも入れる、入れられるっていうシステムにさ、人はずっと悩んでるんじゃないかって思うんだよね。

いとう　どういうこと、どういうこと？

みうら　愛する人たちだけに聞こえるカチッがあればいいのにって……。

いとう　あ、なるほど！「この人は運命の人だ！」ってよく間違えがちなことあるけど、カチッと音さえすれば運命か運命じゃなかったかはっきりわかるもんね。はー、カチッて音を。なるほど、なるほど。

みうら　でもそのカチリという音色をマネる者も出てくるかもしんないけどさ。

いとう　そりゃいるよね。(江戸家)猫八みたいなのはいるでしょ、上手いのが。

みうら　やっぱ、マズイよね。カチリタラシが出ると。

愛っていうのはそもそも人間が考えた概念だもんね。

いとう　ああ、確かに確かに。実はカチリじゃないかと。

みうら　ですよね。もっとハッキリした理由があってこそカチリと言えるのではないかと思うわけでさ。人間におけるカチリを今後考えていったほうがいいんじゃないかと。

いとう　じゃあ何？　カチッて音がする人とは充電ができるってことだよね？

みうら　まあ、何かしら充電もできないとね。

いとう　当然充電が主だもん、カチッは。

みうら　「今は充電期間」とか、言うじゃない。

いとう　言ったりする。

みうら　「自宅で充電してね」とも言うじゃない。ってことは「家でたっぷり充電して、外の世界に飛び

やっぱり誰でも入れる、入れられるっていうシステムにさ、人はずっと悩んでるんじゃないか（みうら）

出してください、あなた」っていう意味なんじゃないかなって。

いとう　あー、なるほどね。

みうら　充電器にしちゃ大きいけど。

いとう　ちょっと大きいよね。家が充電器だったら、なんで中に俺たちが入るんだってことになってくるよね。

みうら　それも変だよね。

いとう　ところで泥棒って入られたことある？

みうら　あるよ。

いとう　あるの!?　俺、ないからさ。怖くない？

みうら　すっごい怖いよ。高校まで住んでた家が角家でさ。入りやすかったんだろうね、3回くらい入られたよ。一度、いとうさんも見に来てくれたじゃない。

いとう　ああ、あそこ？

みうら　今は、駐車場になっちゃってるけど、あの角に僕の部屋があったもんで、そこのガラス窓割られてさ。

いとう　スッと入ってスッと出れるか。

みうら　借家だったもんで、前に住んでた人も言ってたみたい。

いとう　聞いてたの？

みうら　たぶん、俺は親から聞いたんだと思うけど。「よく入ります」って。

いとう　そんなパチンコみたいな言われ方だよね。

みうら　夜にさ、奥の居間でテレビ見てたら「ガチャン！」ってガラスが割れる音がしてね。

いとう　え、いるのに!?

みうら　もちろん、いるのにだよ。表回れば居間の光は点いてるんだけど、そこの部屋は暗いから。

いとう　わからなかったわけ？

みうら　たぶんそんくらいは調査してるんだろうけど、わざと電気点けたまま留守にするときもあるからね。

いとう　電信柱の陰とかからじーっと見てたんだね。

みうら　ちゃんとロケハン日はあったと思うよ。

いとう　ああ、ロケハンね。確かにロケハンだわ、それ。

みうら　ま、何よりも泥棒からしたら入りやすさが魅力だったろうしね(笑)。ガチャーンッて音がしたとき、大黒柱である親父は居間のところで「おいっ!」ってまず、大きな声を上げるわけですよ。

いとう　(笑)。出ていかなかったんだ(笑)。

みうら　そりゃ、出ていくと怖いじゃないですか(笑)。

いとう　お父さんもね。

みうら　「おいっ!!!」って連発してるだけでね。その間もテレビはついたままで。

いとう　(爆笑)。

みうら　もうそれさ、入られちゃうんだよ。

いとう　そりゃ、入りやすいって(笑)。

みうら　しばらくしてから「ちょっと見てくる」と言ってさ、僕も親父の背中に隠れて恐る恐る部屋のドアを開けたら、割られたガラス窓から逃げていく泥棒の後ろ姿を見つけてさ。

いとう　うわっ、怖っ!

みうら　そんなことが3回もあったよ。

いとう　マジに!?　電話はお父さんのいる部屋の近くになかったの?

みうら　居間にはあるよ。

いとう　警察にかけたいものじゃない、そういうとき。

みうら　気が動転してたから「おいっ!!!」って言うだけで精一杯だったんじゃないかなぁ。

いとう　それで「おいっ!!!」っつって家族みんながじーっとしてるのが3回繰り返されてるんだね。

みうら　一度は家族旅行で留守にしてたときだったよ。

いとう　え、怖っ!

みうら　そのあとで警察が来て、「盗まれてるものはないか?」って聞くんだよね。

いとう　盗まれてた?

みうら　盗まれてたみたいよ。

いとう　財産が?

みうら　いや、確かおかんの和服とか、そんなものだったと思いますよ。そのあとなんの対策も練っていないわけで、そりゃ入るわな、また。

いとう　ま、そうだよね。相手からしてみればまたしばらくしてから電信柱の陰から見てみたら家の様子がひとつも変わってないと。

みうら　呑気すぎるなと。

いとう　鍵が増えたとかさ。

みうら　ないから。

いとう　ないんだ？

みうら　ガラス窓を修繕しただけでね。

いとう　それはどういう気持ちで対策してないんですか、三浦家は？

みうら　もう難は去ったのではないかと。

いとう　あ、「来ないだろう」と？　1回来てるからね。

みうら　泥棒のほうは、ガラス割っても、「おいっ！」で済むと。

いとう　（爆笑）。

みうら　でも俺はおかんの和服とか入ってるタンスの中にこっそりヘソクリを入れてるのは知ってたの。たぶん、それも盗まれたんだと思うんですよね。たまにそこを開けてるところは見てるからさ、中3のときに友達と初めてポルノ映画観に行こうってなったときに、僕は泥棒より先にそこからお金、盗んでますから（笑）。

いとう　あ、ちょろまかしてたの？

みうら　ちょろまかし（笑）。お小遣いが底をついてたんだろうね。

いとう　もうポルノ用のアレだ、引き出しだ（笑）。ポル出しだ。

みうら　その後もちょろちょろとポル出ししてたんだけどね、いつかお金なくなるはずじゃないですか？

いとう　うん、そうね。

みうら　それがいつも同じ金額くらいあってね、こっちは毎回、「しめた！」と思ってたんだけど。

いとう　バカだね、男の子は。バカな男の子だよ。

みうら　その話さ、いつだっけな、僕が50過ぎてから真相を知ったんですけどね、「アンタな、昔ようポルノ映画行ってたやろ？」っておかんが突然言いだして。

いとう　行く場所さえ知ってたんだ！（笑）

みうら　「昔の家の居間んところにあった桐のタンスからあんた、ちょろちょろ、お金、盗んでたやろ。初めは泥棒かと思ったけど、そうやったら全部盗むやろ」って。犯人は家にいると。

いとう　いると。泥棒を生んだと。

みうら　で、「アンタやなと思うたから、アンタが友達の前で恥かかんようにいつも一定のお金は入れといたんや」って。

いとう　すごい話じゃん。これはもう谷崎潤一郎『卍』の世界だよ。読ませ合いだよね。

みうら　俺は俺でずっとつけてた日記があってさ。中学、高校とずっとつけてるんだよ。それをある日俺以外の誰かが読んでるってことがわかった瞬間があって。いっつも隠してるところからちょっと……。

いとう　違うところにズレてたと。完全に谷崎だよ、それ！

みうら　おかんはそれを盗み読みし、息子の行動を全部、把握していたと……。

いとう　そうだよ、家の中で3人のうち2人は犯罪者だからね、今のところ。

みうら　そのお返しっていうのもなんだけど、よく日曜日とかダラダラ家にいたからさ俺。「あんたデートとかないんかいな」って言ってくるのよ、おかんが。

いとう　うん。

みうら　きっと、おかんとしては息子がモテてないことが心配だったんだろうね。

いとう　ガールフレンドがなぜ、いないのかと。

みうら　そうそう、おかんとしては、アンタみたいな男前がなぜ、モテないかと、思ってたんだろうね。ま、母親の息子かわいさだけどさ(笑)。

いとう　なるほど、なるほど。

みうら　「アンタ、野口五郎さんにそっくりやのにな」とまで言うのよ。

いとう　え、野口五郎さんタイプなのね、みうらさんのお母さんは？(笑)

みうら　それも俺にだけ言ってればいいんだけど、友達が遊びに来たときに必ず人数分のプラッシーをお盆に載せてくるおかんがさ……。

いとう　プラッシーは出てくるらしいね、三浦家は。

みうら　お米屋さんが運んでくるからさ、うちの家まで（笑）。よく見たらそのプラッシーが3本だったことがあって。友達1人しか来てないのにだよ。

いとう　え？

みうら　おかんは俺の部屋に居座って自分もプラッシー飲もうとしてるのよ。

いとう　してるんだ！

みうら　もうプラッシーの本数に気づいた瞬間、「なぁ、出て行ってくれや」って頼んでるのに「じゅんはな、野口五郎さんに似てると思わへんか？」ってその友達に聞くわけよ。

いとう　ヤバいねえ！　顔真っ赤だよ。

みうら　でしょ（笑）。その友達すら顔真っ赤だよ。その上、「いつもな、私はじゅんを呼ぶときに『ゴロンボ刑事！』って呼んでんねんで」って……もう「出て行けや！！！（絶叫）」って。（ゴロンボ刑事／バラエティ番組『カックラキン大放送!!』で野口五郎が演じた人気キャラクター）

いとう　（爆笑）。いらないギャグまで入れてるもんね！

みうら　そんなかっこいいと思い込んでる息子がモテないのはおかしいと思ってるだろうから、おかんがこっそり読んでる日記に嘘を書いてたわけ。前文は本当なんだけど、最後の行に「映画を観たあと彼女と喫茶店に行く」とか、そういう記述を加えてね。

いとう　なるほどね、付け足したりして。

みうら　それからプッツリと「じゅんはかっこええのになんでやろな？」とか言わないようになったんですよ。

いとう　でも、ある意味みうらさんの日記は遠回しのお母さんへのラブレターだったってことじゃない？

みうら　まあ、安心させたかったのは本当だよ。おかんはおかんで俺に、ポルノ映画代金だけはいつもキープしてくれてたっていう。

いとう　はあ。

みうら　あの狭ーい敷地内で2人の犯人が気を遣い合っていたって話かね。

いとう　まあ、それぞれの思いがあるわけだから（笑）。その家が俺が見に行ったあそこだよね？

みうら　そうそう。驚くほど狭い敷地だったでしょ？　あんなところで18年間いろんな……。

いとう　芝居があったんだね、わかるわ。俺も自分が暮らしてた家、大人になってから行ったらびっくりしたもん。「小さっ！」って思って。

みうら　大人になると思うよね。

いとう　なんであそこで3人も4人も暮らせてたんだろうって。

みうら　それが当時の人生舞台だからねぇ。

いとう　（笑）。あそこのナントカ神社のとこだよね？　神像がいっぱいあったところでしょ？

みうら　そうそう、大将軍八神社は近所です。

いとう　あそこの神像がまた抜群だったよなあ。

みうら　北野商店街っていう道の途中にあってね、どうやらその神像たちが鬼門を抑えてるらしいよ。

いとう　ああ、なるほど。陰陽師の世界ね。近くの北野天満宮もそれの一つだからね。

みうら　そう、今はお化けの置物とか置いて「ムー」世界ではちょっと有名な商店街になってるんですよ。

いとう　いい神社なんだよね。

みうら　奥の宝物館に50体以上の神像がおられるなんて、想像もつかないよね。

いとう　すごいよね。その近くでみうらじゅんっていう人が小さい頃から歩き回ってたわけじゃん。

みうら　大将軍神社の隣がエロ本も扱う本屋だったこともあってさ。

いとう　あんなとこに？

みうら　小さい本屋さんだったけど、いつもお婆さんが店番やってて、比較的エロ本が買いやすかったもので（笑）。

みうらさんの日記は遠回しのお母さんへのラブレター（いとう）

いとう　なるほど。

みうら　買うときは3冊同時に、マジメ、エロ、マジメ本と……。

いとう　挟めばいいんだ。

みうら　そう、サンドして「SFファン」と「SMファン」を間違えて買ったようなフリをして。

いとう　いやいやいや(笑)……あ、間違えてんじゃないかなと思わせるような?

みうら　だから、先方に「これ、ボク、間違えてんのと違う?」と、聞き返す間も与えず猛ダッシュですよ。帰りは韋駄天の如く、走り去ってましたから。

いとう　なるほど、みうら天が!

みうら　ま、商店街を走り抜けてる少年は逆に不審なんだけどね。

いとう　そこで買った本はどこに入れてるの?　ランドセルに隠すわけ?

みうら　いやいや、当然、仕入れは学校から帰ってからですから。

いとう　じゃあ紙袋に入ってるの?

みうら　紙袋に入れてくれるんですよ、当然。でもね、先ほど言ったように僕の家は角家じゃないですか?　居間を通るとおかんに会って「なんの本、買うてきたんや?」って、聞かれる恐れがあるんですよ。だからね、その本が入った紙袋をまず、外から僕の部屋の窓のところに立て掛けておくんです。角のところの窓にね、枠っていうか桟みたいなのがあるんですよ。そこにね、外からクッと本を立てかけておくんですよ。

いとう　外側に一旦置いて、急いで家の中入って……。

みうら　そうそう、急いで「まだ宿題残ってんねん!」とか言って僕の部屋に行き、その窓をそろりと開けて紙袋を取るんだけど、ときには立てかけてた位置が悪くて地面に落ちちゃうことがあってね。

いとう　元も子もない!

みうら　どころか、誰かに拾われたら大変じゃないですか。サンドしてあるっていっても一冊はエロ本ですから。「ちょっと外に友達が来てる」とか、嘘言ってね、取りに行く。

いとう　バカなネズミみたいな動きだね（笑）。

みうら　ある日気がついたんですが、その窓の鍵を閉めなきゃいいって。

いとう　そうだよ。

みうら　それだったら外から開けて中に放り込めばいいんですから。

いとう　そうだそうだ！

みうら　そういうこともあって以来、鍵をかけてなかったんですけどね、俺の部屋の窓。

いとう　なるほど！　だから泥棒に入られちゃうんだ！

みうら　と、いうかガラス窓、割ることはなかったわけで（笑）。

いとう　かわいいねえ、子供（笑）。

みうら　そんな一つの窓にも思い出が詰まってる昭和は遠きにありて思ふものですよ。

いとう　そうだよ。だってそんなとこにエロ本置いてる子供なんていないもんね。ケータイの中に来ちゃうんだもん。ビュルビュルッつって。

みうら　だね、今はなんでもケータイの中だからね。

いとう　マジメ、エロ、マジメと挟むこともできないじゃん。

みうら　きっと大将軍神社の神像は……。

いとう　見ている！

みうら　すべて、お見通しだったんだろうね。

いとう　「まーたやってる、あいつは。バカだ！」って。なんだか泣けてくるようないい話だったね（笑）。

（「ラジオご歓談！」vol.1／2019年8月5日＋vol.2／2019年8月19日配信）

ご歓談！②

風に吹かれて→マイブーマー→原稿用紙→芯の硬さ→

みうら ……金沢は16歳のとき、はじめて家出をした地だから。

いとう なんで金沢だったの？

みうら なんでだったのかわかったのは、それから40年くらい経ってからなんですよ（笑）。五木寛之さんにお会いしたときに、同じ質問が出てね、そのとき、五木さんの『風に吹かれて』というエッセイ集を当時、愛読していたことに気づいたんですよ。

いとう ええ、そうなの！

みうら 金沢は五木さんが住んでおられた場所だったのよ。たぶんボブ・ディランの曲「風に吹かれて」を連想して、買ったんだと思うんですよ。

いとう ああ、つながったんだー。

みうら そうそう。僕はその旅でボブ・ディランに一歩近づこうとしてたから。その後、五木さんの『風に吹かれて』が新たに出たとき、本の帯を書かせてもらったんだけどさ、読み返してみたら、金沢の情景がいっぱい出てきてさ。

いとう　マジか！

みうら　要するに憧れてたんだよね、五木さんとボブ・ディランにさ。当然、旅にはギターとハーモニカだからさ。誰もいない雪が降ってる兼六園で一人コンサートして「どうもありがとうございます」とか言ってさ、MCも収録したカセットテープ「ライブ・イン・金沢」は、今も大切に保管してあるよ(笑)。でも、そのカセットを録り終えたら、もう家出の目的がなくなっちゃった。

いとう　だって、単に旅行だもんね(笑)。

みうら　そうなんだよ。春休みを利用して、だもの(笑)。

いとう　全然、家出じゃないんだよね。

みうら　自分では家出のつもりだったんだけどね。その夜、飛び込みで入ったホテルでさ、急に淋しくなって、翌朝すぐに帰ったんだ。

いとう　はあ、そういうことなんだねえ。のちに仏像でも五木さんと接点が出てくるわけだしさ。考えてみたら、ロン毛みたいな髪型だよ、あの人も。

みうら　ロン毛みたいな髪型ってなんだよ(笑)。僕はその頃同時に野坂昭如さんの本もよく読んでたし、たぶん、野坂さんがかけてたサングラスに影響も受けてるよ。

いとう　それでいったら、俺は完全に小沢昭一だもんね、やってることは。

みうら　いとうせいこう的こころ、だもんね(笑)。

いとう　五木さんがなんとなく俺を気にしてくれてるっていうのもわかってるけど、それはたぶんみうらの相棒だからだよね。

みうら　そうなの？

いとう　たまーに五木さんから呼ばれるんだもん。それはみうらさんを見てるんだよ、ちゃんと。

みうら　僕さ、当時読んでた本を書き出してたんですよ。それ、『みうらじゅん大図鑑！』ってやつに載ってるんだけど。対談する前に五木さんが目を通されててね。

いとう　ええ！　そうなの？

みうら　「君はね、『鳩を撃つ』なんて本まで読んでくれてるんだね」って、おっしゃって。あの頃、五木さんの本をいっぱい読んでたんだよね、僕。ほら『かもめのジョナサン』（リチャード・バック／五木寛之創訳）もベストセラーだったじゃない？

いとう　一大ブームだったもんね。みんな、あの頃の五木寛之を語らなすぎだよね。

みうら　本当本当、どれだけ影響受けたか。

いとう　なんかなかったことみたいにしてるけど、星新一があって、五木寛之があって、遠藤周作があった。バーンッて売れてたもん。

みうら　あと、筒井康隆さんね。

いとう　……ブルブルは、この頃、怠けがちなんだよ。

みうら　ブルブルッて、シックスパッドのことね（笑）。最近、いとうさんがシックスパッド貼ってない夢を見たよ。

いとう　現れた？　俺が？

みうら　旅先のホテルでシックスパッド貼ろうとしたら、いとうさん、持ってきてないって夢（笑）。ハハァーン、また何かに浮気してるなって思うわけ。

いとう　（笑）。

みうら　付き合い長いと、予知夢まで見るってね。

いとう　なんかしない習慣になっちゃうと、なかなかできなくなっちゃうよね。ヤバいよ。

みうら　あんなに貼るの楽しみにしてたのにね、いとうさん。

いとう　ブーメランね。

みうら　投げてもきっと戻って来ないだろうけど、ブーメランみたいな形状のシックスパッド。

いとう　それで筋肉ができたら、こんな面白いことはないと思ったんだよね。みんながやたら鍛えるから、それへのアンチとして、俺たちはなんも鍛えないと。

みうら　いとうさんの面白主義がここでも出たね（笑）。

いとう　そうだったそうだった！　あと、みうらさんだけがそれをやってると、なんか真面目に見えちゃうのがイヤだったんだよね、俺が。

みうら　やっぱ、ここはペアで貼ってればおかしいと。

いとう　ペアでやれば一気にふざけモードが入って。

みうら　ペアパッド（笑）。

いとう　みうらさんもめっちゃやるんじゃないかと思ったんだよ、たぶん。

みうら　いとうさんもめっちゃやってたじゃない（笑）。『見仏記』でどこかに旅したときも、きっといとうさん、持ってくるだろうと。

いとう　（笑）。当然、持ってくるでしょ。

みうら　だから僕も当然、持っていったし。ツインの部屋のベッドの上で、同時に二人で貼って、ピクピクさせて、終了すると「ピーッ！」って音がするんだよ。

いとう　悲しい音なんだよ。

みうら　チャルメラみたいな悲しい音がね（笑）。それがユニゾンで……。

いとう　二人して「ピーッ！　ピーッ！」って聞こえてるんだよね（笑）。

みうら　顔を見合わせて笑ったもんだよ。そのあと、今度は中国の四川省に仏像も見に行ったよね。当然、いとうさんも持ってくるだろうと思ってたら、いとうさん、空港の荷物検査でひっかかるんじゃないかと……。

いとう　もうあんなの2セットあったら爆弾だよ！

みうら　で、持ってこなかった（笑）。

いとう　俺はコロコロコロコロコロッて両手で床に転がすヤツを持ってった。何も持ってかないのもなんだなと思ったからさ。

みうら　あの漢方薬を作るときの渋いローラーみたいなや

つね。

いとう　そうそうそう！

みうら　そのときにちょっと浮気の臭いを察知したのかな。

いとう　なんか寂しい顔してたもん、そんとき（笑）。

みうら　だって、いとうさんはもう「ピーッ！」を鳴らさないんだよ。そもそものペアのおかしさはどこに行ったのかなと思ったよ。

いとう　ごめんごめん、そうだったね。

みうら　だから、もういとうさんはしてはいないんじゃないかって、夢を見たんだよ。

いとう　あの頃から、もうあの人の心はシックスパッドにはないんじゃないかと。

みうら　何かに目移りしたに違いないと。

いとう　（笑）。だからコロコロコロだよ！

みうら　コロコロがそんなにいいの……って、浮気された相棒の気にもなってよ（笑）。

いとう　でも、毎日スマホからは「今日もトレーニングがんばりましょう！」って。いまだにシックスパッドのアプリを入れてるから出るんですよ。そのときに確かに胸がチュンと悲しい気持ちにはなるのよ。

みうら　きっと、それは僕の声だよ。

いとう　あ、それはみうらさんの声がここへ来てんの？　そういうことだったんだ！

みうら　だね（笑）。

いとう　（笑）。

みうら　「今日もトレーニングがんばりましょう！　できればブーメランでね」って。

いとう　マジに！　そんなこと聞いたら、もうやらざるをえない。悲しいじゃない。

みうら　僕が知ってる、いとうさんの長続きしたものは、ふんどしと禁煙だね。

いとう　確かにそう！

みうら　長い長いふんどし（笑）。

いとう　長い長い！　禁煙もがんばったよね。

みうら　がんばった、がんばった。あんだけヘビースモーカーだったのにね。でも、昔からチョロチョロ出てくるマイブームがあるでしょ、いとうさんには。

いとう　俺、実は結構マイブーマーなんだよね。

みうら　「今、翁がキテる!」とかチョロチョロ言ってたとき、あったでしょ?

いとう　言ってた、言ってた! やたら翁の面とか買ってた時期あったよね。やったら靴べら買ってた時期もあったよね。

みうら　あったあった。だから僕もどこかで靴べら見つけたら「あ、これは持ってるかな?」と。後日、それをいとうさんに言ったら「あっ、それ持ってる」って、言ったんだよ。

いとう　さすがみうらさん、目を付けてるな!と思ったんだよ、俺。

みうら　でもさ、少ししてとーんとその靴べら話を聞かなくなって。

いとう　(笑)。めんどくさいなあっていう。

みうら　めんどくさいって(笑)。

いとう　なんか歩数計をデコってるときあったよね。

みうら　あったよねって、他人事みたいに(笑)。

いとう　最終、タニタに作ってもらっちゃって。

みうら　それにキッラキラのシールいっぱい貼って、ギャルみたいなことになってたよ。

いとう　こんなのも面白いほうがいいんじゃないか!とか言ってたねえ。ああ、ごめんなさい。

みうら　謝ることはないけどさ(笑)。

いとう　全部、もうその場の思いつきだから。

みうら　いや、わかるよ。僕のマイブームも同じだから。でも、話してていとうさんはいろいろやめてることがわかった。それで納得したよ。

いとう　やっぱりピクピクやってないんだっていう納得。やっぱね、ピクピクしてないから太っちゃったよ。お腹出てる。

みうら　やっぱりアレ、効いてたかね?

いとう　それは絶対効いてる。だってみうらさんはやってるでしょ?

みうら　一年半ぐらい続けてるよ。

いとう　みうらさん、自分がとんでもなくお腹出てたのわかってるよね?

みうら　出てた、出てた。めっちゃ出てた（笑）。

いとう　（腹を出しながら）俺はもうこんなだから。また出ちゃった。

みうら　でも、お腹の脂肪はシックスパッドでは取れないって聞いたじゃないですか。たぶん、脇に筋肉がついて、へこんだんだよ。だからへーんな体形になっちゃったよ（笑）。

いとう　前にとんがって、脇がそげてんだね。

みうら　地獄絵図の餓鬼みたいな。

いとう　（笑）。

みうら　それでよかったのかって、鏡を見て思うことがあるよ。肩もずっと貼ってるから、ここも筋肉が少しついてるのよ。

いとう　胸筋は結構出たよね？

みうら　前は胸がかなりたぶついてたからね。

いとう　たぶついてたね、確かに（笑）。

みうら　走るとブラジャーがほしいなってぐらいだったんだけど、それはなくなったんだけど、おっぱいが硬くなってね。でもね、僕、おっぱいは柔らかいほうが好きなんだよ。

いとう　知らねえよ！（笑）

みうら　硬いおっぱいなんて、興味ないからさ。

いとう　俺は胸筋ないほうじゃないいんだけど、そんなたぶつかせたくないよ。

みうら　そっかぁ。僕は自分の胸をたまに揉んでるときがあったから。

いとう　（笑）。本当に？　そんなこと聞いたことないよ！　何それ？　いつも飴をペッペペッペなめてるのは知ってるよ。

みうら　飴はすぐに口から出しちゃう。癖なんだよね。

いとう　だけど、他の習慣もあるんだね。

みうら　習慣というか、やんない？　自分の脇乳を揉むの。前はもっと柔らかかったのよ。テンピュールみたいに。

いとう　ちょっとおかしいよ！　そんな趣味があったの？　そう言えば脇のとこ触ってたね。あれ、本当はおっぱい触ってたんだ。

みうら　確かめてるだけだって（笑）。柔道とかで「ちょっと、揉んでやる！」みたいなのあるでしょ？

いとう　そんなわけないでしょ(笑)。飴の癖はどうしたの？　まだやってるの？

みうら　飴は今ガムになってるよ。

いとう　アレさ、糖分摂りすぎだなあと思っててさ。もう薬を投与しているように飴をなめてたからね。

みうら　なめてた、なめてた。

いとう　途中、3、4なめしてピョンッてゴミ箱に捨てるじゃん。

みうら　だってタバコが吸いたくなるのよ。あれはタバコが吸いたくなる飴だったから。

いとう　助走なの？

みうら　飴→タバコ、飴→タバコのくり返しね。

いとう　大変だよ、それ。

みうら　飴時代はかなり忙しかったね。

いとう　それで手書きで原稿書いてるわけだからさ。

みうら　その上、筆圧がもう尋常じゃないからさ。

いとう　首痛も関係あると思うよ、すごく。

みうら　だからタブレット買ったんだけどさ、やっぱりなんか物足りないんだよね。

いとう　何が物足りないのよ？

みうら　筆圧がないからだと思うよ。

いとう　ああ、まぁね。ガリガリガリガリと。また絵を描く人だからね。

みうら　文章もさ、棟方志功さんみたいに彫ってる感じがいいんだよ。少々、手が痛くても、ガリガリガリッて……。

いとう　それはちょっとさあ、あんだけ痛かったんだからさ、せめてタッチペンみたいので描いてみたらどうなの？

文章もさ、棟方志功さんみたいに彫ってる感じがいいんだよ。少々、手が痛くても（みうら）

みうら　だから、タッチペンに〝筆圧〟というシステムを導入してもらえば。
いとう　それはいいね。
みうら　しかも原稿用紙、何枚か重ねた上で書いてるんだよ。そのクッション感覚がたまらなくってさ。
いとう　ああ、そうやってんだ。じゃあ何枚も重なってるほど奥まで枚数があるから、やった感があるんだ。
みうら　やった感はさ、ここ（手の小指の下部）が真っ黒になるからわかるんだよね。そのガサガサ、ガサガサッて音が、秋の落ち葉みたいないい感じに聞こえるんだよね。
いとう　俺もかつては手書きだったからわかるけど、それで肩が痛くなるのは相棒としてちょっとどうにかしたいんだよね。
みうら　ありがとう。まあ、それも確実に「老いるショック」の一環なんだけどね。
いとう　こないだの「ザ・スライドショー」では、生原稿を客に一枚ずつ配っちゃってたし。
みうら　配っても配っても、また書いちゃうからさ。
いとう　今書いてるのは連載？
みうら　小説のこと？　これは連載ってわけじゃなく、年に一度「官能小説特集の季節がやってまいりました」って、編集者に言われるもんで、つい。
いとう　そんなん書いてんの？
みうら　『変態だ』（安齋肇監督、2015）って映画になったヤツもその誌面に掲載されたやつでさ。僕は毎回、官能小説の変態担当なんだ。
いとう　何枚いく予定なんですか？
みうら　50枚までって言われてるけど。
いとう　50枚いってんだ。すごいね！
みうら　いとうさんのほうが小説は枚数多いでしょーが。
いとう　他にもちょこちょこ頼まれても、みうらさん結構断らないじゃん。
みうら　なんか腕が痛くないと人生、物足りないと思ってんじゃないかなあ。
いとう　やってる感じがね。しょうがないなあ、ちょっとピクピク以外の方法も考えなきゃダメだな。
みうら　だったら今度、二人羽織してもらえないかなあ。

後ろからいとうさんに腕を出してもらってさ。

いとう　アーとかウーとか言ってくれれば。

みうら　一時期、万年筆にしたことがあって。いとうさんのまねしてさ。だけど、出だしから間違うわけよ。まとまってない内に書きだすからなんですよね。

いとう　あ、書きながら思いつくほうね。それはまったく僕と同じ。

みうら　だから、僕の場合、途中で中断するとね、変なことになっちゃうんですよ。そこは一気に書かないと。

いとう　ああ、そういうタイプね。

みうら　ついつい違う考えが浮かんじゃうんだよ。

いとう　違うモードになっちゃうからね。

みうら　いとうさんも書きながら思いつくの？

いとう　そうそう。十何年書けなくなってたけど、年取って、ちょっと小刻みにならなら書けるようになったの。体がもたなくなったことに気づいて。みうらさんも今はたぶん原稿を書くのに一晩でまず原稿用紙50枚までいっちゃおうとか30枚までいっちゃおうとかしてると思うんだよ。それは絶対にカラダおかしくする。10枚で抑えられるようにしないと。

みうら　そういうもんかねえ。

いとう　あの筆圧だからね。みうらさん、シャープペンは0.7だよね？

みうら　芯の硬さは２Ｂだよ。

いとう　ＨＢとか使えないよね。

みうら　前々から思ってんだけどなんでＨＢがレギュラーなの？　長いこと手書きで書いてるから思うけど、ＨＢは薄いよ。いろいろ試してみて２Ｂがレギュラーでいいんじゃないかと。

いとう　俺も今は２Ｂ。

みうら　そうなんだ！

いとう　俺も筆圧が高すぎるから。これは年下の作家に教わったの。で、太さは0.7じゃなくて、0.9。そうしたら腱鞘炎がなくなったの。

みうら　小学校のときからのＨＢ伝説崩れたり、だね。

いとう　俺もＨＢだと騙されてた。

みうら　HBは硬くて、原稿用紙が破れる確率が高いでしょ？

いとう　HBはすっごいよく破れる。2Bで0.9ね、さらに太く。それがベストだって教わったの。そしたら確かに太いから、筆圧が高くても全然受け止めてくれるんだって。

みうら　愛を受け止めてくれるみたいで、いいね、0.9。

（「ラジオご歓談！」vol.8／2019年11月11日配信）

ご歓談！③

↓ゴリラ↓トキ↓ウシ↓五月病↓

いとう ……人はさあ、笑ったときに「アハハハハ！」って言いながら手を叩くでしょ。アレってたぶんゴリラのドラミングみたいな習性なんじゃないかなと思うのよ。

みうら ゴリラはそのとき、表情もあるんだっけ？ 僕はテレビに出たとき、Vを見ながら顔を抜かれるワイプってやつが苦手でさ。タレントさんは上手に笑うでしょ。

いとう ワイプ芸っていうのがあるからね。

みうら この間はさすがに無表情じゃいけないと思って、無理して笑顔でいたら、ものすごく肩が痛くなってきてさ。ダメだね、向いてないんだよ。

いとう 向いてないことをしちゃいけないっていう教えの肩痛だね。

みうら 肩痛は警告っていうことだね。それにさ、タレントの人ってVの中で何か言った人を見て「なんとかなんだ」とか、わざわざオウム返しすることあるでしょ？ アレ、別に言わなくてもいいのにと思うけど、それじゃ、場がもたないんだよね。

いとう　もたないし、ディレクターが編集しやすいんだよね。

みうら　なるほどね。

いとう　そこで上手に句読点を打つヤツが使われるっていう。

みうら　句読点ってやつも苦手なんだよなぁ（笑）。

いとう　あの人、ちょっと不機嫌なのかなってことにはなるよね。でも、不機嫌キャラみたいなおじさんが一人いたりすると、チャンネルが止まるってこともあるよね。不穏だから。

みうら　そんなとき、「ウチの志乃がねえ」って、言えればタレントとしてもやっていけるんだろうけど（笑）。こちとら野坂昭如さんや大島渚さんがやってきた芸風だと思ってるんだけど、そこにも座れてないみたいでさ。

いとう　みうらさんは違うよね。いきなり「なんとかなんだあ」とか言ってたらびっくりするけどね。

みうら　知り合いはびっくりするだろうけど、まあ視聴者からすれば〝誰なんだコイツ〟ってことだろうけどね（笑）。

いとう　誰も俺たちのことを知りゃしないしね、もう。

みうら　それをいいことにやってるとも言えるんだけどね。

いとう　知ってくれてるから呼んでくれてるんだろうなと思ってるけど、僕の仕事は何も知らないっていう現場で自分を説明しなきゃならない、この悲しさったらないわ。アレは、世代がもう変わったの？

みうら　僕の場合、昔はタレントになりきれてないからしょうがないなとか思われつつも使われてたんだろうけど、やっぱザシタレには限界の世の中というかさ。

いとう　「ザシタレ」っていうんだね。いい言葉だね、雑誌タレント、ザシタレ。

みうら　たぶん、僕が顔も晒して文章を書いてるラスト・ザシタレだと思うんですよ。未だ、20本近く連載持ってますから。

いとう　すごいね！

みうら　前はもっとやってました。でも、今、周りの人の話を聞くと、誰もやってないのよね、連載自体。

いとう　もうずいぶん前に自分から辞めた。

みうら　切られたんじゃなく、自分から辞めたの？　そうなのか……僕だけ、いい年こいてまだオナニーやってるみたいになってるじゃないですか（笑）。

いとう　悪いことやってるみたいなね。

みうら　なんだか恥ずかしい気さえするよ。

いとう　じゃあ、みうらさんが雑誌にモノを書かなくなっただけで、ザシタレが絶滅？

みうら　今が絶滅危惧だからね。

いとう　もうレッドアラートだ。トキが一羽になっちゃったみたいな状態だよね。

みうら　世間の流行に乗り遅れてる僕だけが、ずっと雑誌の上でサーフィンしてるみたいな感じかねえ（笑）。

いとう　まあ、コクヨの原稿用紙に字を書いている時点で、かなり周回遅れの感があるけどね。

みうら　コクヨの方には褒めていただいたんだけどねぇ。そうそう、最近、ファクス番号が載ってない名刺があるね。

いとう　はあ、確かに！

みうら　それをお嘆きの貴兄がここに一人いるんだけど。

いとう　俺も結構早くに住所もなんにも入れずに、メールアドレスとツイッターのアカウントだけ書いた名刺作ったからね。確かにもうファクスさえ使わないのね。

みうら　編集部にすらないところがあるっていうね。「ゲラはファクスで送ってくださいね」って言ったときに、編集者はコンビニから送ってくるんだもの。上にローソンって書いてあるから「ローソンの仕事したかな？」ってこっちは思っちゃうから。

いとう　思うよねえ（笑）。時代変わったねえ。確かにメールとかデジタルで送られてくると、直で直せないから、一回プリントアウトして、直し入れたりしてるよ。

みうら　結局、やってることは一緒なんでしょ？

いとう　そうなっちゃうよ、俺はね。みんなは直接にピュッて直せるアプリとか持ってんのかな？でも書くほうが早いよね。

みうら　手書き原稿はさ、そのピュができないから、前後関係が少しおかしい場合、書き直すか、またはさ、原稿用紙をハサミで切って、その部分を移植するんだよね。

いとう　直し職人だ（笑）。

みうら　そのとき、原稿用紙の裏にセロテープを貼るもんで、そこが引っかかるのかな、束でファクスに突っ込んだら最後、グシャグシャグシャ！ってなるわけ。

いとう　巻き込んじゃってね。

みうら　それを手で伸ばして、今度はコピーにかけてまた再送。

いとう　それ、浮世絵の版画師だよ！

みうら　その際、インクで手が真っ黒になるとこもね（笑）。でもさ、世間からファクス機もなくなると、僕みたいな職人気質のザシタレも絶滅するんだろうね。

いとう　確かに、昔は「どのぐらい連載もってます？」とかって言ってたよ。えのきどいちろうさんは連載何本で「書きすぎだよー！」みたいに思ったことはあったよね。でも、確かにもういないね。

みうら　連載本数を競う人なんてもう、いないでしょ。

いとう　みうらさんはそれをもうなん十年も続けてるわけじゃん。

みうら　ファクス歴も40年近くなるしね。

いとう　うわー、よく書いてるねえ。

みうら　昔はうちの事務所の人が、僕の書いた原稿を、これは４００字、これは８００字、１２００字、１６００字と分類して、引き出しに仕舞ってたんですよ。だから、締め切りギリギリになって「やっぱ書けねえな」ってなると、「８００字原稿ですか？　ありますよ」と言って引き出しを開けてね、まあ、これならテーマに合ってるだろうっていうものを持ってきてくれるわけ。ずいぶん昔に書いた原稿だからわからないだろうって。

いとう　「おかしい！」って言う人はいなかったんだ。

みうら　いなかったよ。たぶん、まったく読まれてなかったんだろうね(笑)。

いとう　それだけやってくると、発表癖がもうついちゃってるね。

みうら　発表癖というか、露出癖だよね。コートの下は裸みたいなさ。

いとう　それは怖いよね。これがもし、連載が5本ないとコート、10本ないと丸裸で歩きまわるってことになるもんね。

みうら　バレないことをいいことに自分で身体縛って出没したりね(笑)。

いとう　まずいまずい(笑)。出没させないためにも仕事をしないとダメなのね。

みうら　それはいっぱい雑誌がある時代だったからできた話でね。でも、もう一度さ……。

いとう　雑誌がワーワー言っている感じがほしいわけね。

みうら　雑誌がなくなる前に、こっちが死んじゃうかもしれないけどね。

いとう　確かに今、雑誌のコラム自体、あんまりもう見なくなってるよね。

みうら　ライターはいるんだろうけどね。

いとう　今はバンドのヤツに書かせるっていうのものすごい多いもんね。

みうら　編集者もそっちにお願いしちゃうから。

いとう　でも、若いヤツ、出てきてないの？　ヤングじゅんちゃんみたいなザシタレは？

みうら　どうだろうね。ザシタレはさ、基本、顔出しだからね。

いとう　ザシタレの条件があるわけだ。

みうら　雑誌インタビューを受けても「これ、2、3回言った話だけどなあ」ぐらいでちょうどいいしね。

いとう　そんなのが第一条件なの？(笑)　もっと、「露出してる」とか「連載本数いくつ」とかが条件じゃなくて、同じ原稿を使い回していることが条件なの？

みうら　いやいやそれはダメだよ。僕のオハコだったから(笑)。そうじゃなくて同じこと言って、同じことと書く。テレビと違って普及力が弱いから、その方法しかキャラ立ては難しいってことさ。

いとう　なるほど！　一回一回のパンチが弱いから。「またゴジラの話してるわー。みうらじゅんだ！」ってことか。

みうら　ザシタレのプロダクションとしてはね。すっかり飽きてるけど、そろそろウシの話、出しとくかってね。

いとう　あ、季節だからとか（笑）。

みうら　干支は、いずれ回ってくるでしょ。僕、そもそもウシのマンガでデビューしましたから。（ウシのマンガ／「ウシの日」のこと。「ガロ」1980年10月第201号掲載）

いとう　ウシ出身ですもんね。

みうら　デビューしてから今度で4度目の丑年ですから。

いとう　ほら、俺は丑年だから、みうらさんに年賀状かなんか頼んだこともある。

みうら　いとうさんから頼まれたことあったかも。1度目は雑誌の年賀状、ほぼ俺のイラストを使ってましたからね。

いとう　ああ、全雑誌のね。ザシタレだから。

みうら　「月刊太陽」の年賀状特集もね。あの頃、ウシ描いてたの、谷岡ヤスジさんと僕だったから。だからもう、ヒンパンアレイにね。

いとう　ヒンパンアレイって（笑）。

みうら　でも、残念なことに丑年の年賀状頼まれるときはノーギャラが多かったのよ。

いとう　「まあ、頼むよみうら君」みたいな。

みうら　干支はね、稼ぎにくいってこともよくわかったよ。

いとう　そういう干支業界の感じあるんだ（笑）。縁起物だからね。

みうら　仕方ないよね。

いとう　丑以外に辰年とかのキャラも考えておいたほうがいいんじゃない？

みうら　一時、干支作家を目指してたもんで「犬じゃないぞう」ってキャラも作ったんだけどさ。

いとう　「犬じゃないぞう」？　何それ？

みうら　どう見ても犬なんだけど「犬じゃないぞう」って言い張ってるキャラ。あとは「猿じゃないぞう」とかね。ちっともウケなかったんで、ネズミ年は「ミッキーマうし」っていうのを考えて。

いとう （笑）。あ、二つ混ぜてきてるのね。

みうら やっぱにわかのキャラの落ち着かなさったらなかったけどね（笑）。やっぱりウシは安定してる。そこでどうにかウシに何かをかぶせて回していくみたいな。

いとう でも、それはお土産でも近頃あるもんね。キティちゃんに、何かをかぶせるみたいな。アレの走りだね。

みうら まぁ言や、十二神将が走りだけどね。

いとう ああ、アタマの上に干支が乗ってるね（笑）。いや、一般の方は十二神将を思いつかないよ。俺は「新薬師寺だな！」とかすぐに思うけど。

みうら 新薬師寺のはやっぱ、かっこいいよねぇ。僕は戌年だから伐折羅《ばさら》大将で——

いとう 俺は丑年だから、招杜羅《しょうとら》大将ね。

みうら そろそろ来るでしょ、丑年。だから、今からキャンペーン張らないと。（このとき、2019年の亥年）

いとう そうだよ！ まずいまずい！ あと2年でしょ。

みうら 頼んでね、年賀状。

いとう もちろんですよ。だって今度の丑年は、俺還暦で丑年だから。

みうら そっかぁー。

いとう 赤牛！ 赤べコだよ、俺（笑）。

みうら じゃあ、ちゃんちゃんこ着てるウシの絵だね。

いとう 今からちゃんと「もう2年でウシ来ますよ」ってウシが向こうのほうにいる感じを出して。

みうら 了解。そこは牛歩だから、ゆっくり描くね。

いとう 牛歩ね（笑）。それをしておくことで、どんなコマーシャルがくるかわかりませんよ。

みうら　気弱なときはなぜか干支の話するんですよね。

いとう　そうね、何年かに一度干支の話をしだすことあるよね。

みうら　いとうさんは僕のカウンセラーだからね。

いとう　次の夢中になることがないときや、連載が1、2本終わってヤバいぞ、とか。

みうら　そういうときに、いとうさんがウチの家にたまたま来て、「前に描いてたハニワのマンガ、もう一度やろうと思って」って、言うとさ、いとうさんは「ダメだ！」って言ったんだよね。正月だったよ、よく覚えてる。

いとう　(爆笑)。ごめん、ごめん！

みうら　いや、最高のアドバイスだったから。いとうさんはいつも「みうらさんは新しいことをやらないとダメだ！」って言ってくれるんだよね。

いとう　「みうらさんは、そのたび、そのたびが面白いんだ！」っていうのが俺の説だから。

みうら　それから考えに考えてカスみたいな絵はがきを使ってマンガを描くことにしたんだよ。それが「カスハガの世界」。それを後日いとうさんに報告したら、「ほら、できるじゃん！」って言ってくれて。

いとう　だってすごい面白かったもん。

みうら　その悩みがね、また来てんだよ、今。

いとう　今の話だったんだ！(笑)　ごめん、ごめん。告白だってことに全然気づかなかったわ。

みうら　いとうさんと知り合ってもうなん十年にもなるけど、この告白だいぶしてたよね？

いとう　だいぶやってる。前からしたら早く来てるね。

みうら　その症状、今回は早く来てますか、先生(笑)。

いとう　前は春に必ずこのみうらじゅんの悩む季節が来て。学校も行ってないのに五月病があるんだよね。

みうら　まだ、人生に慣れてなくて(笑)。

いとう　みうらさんは気持ちが学生なんだろうね。

みうら　そんなときね、さすがいとうさん。この間、メールがきたよ。

いとう　メール送った、送った。

みうら　「みうらさん、写真おさえてきました」って。金箔がやたら載ってるみやげの写真だったよ。

いとう　各地の金箔を写真で採掘していっては?っていう。

みうら　金箔ブーム、どうよ?ってね(笑)。金箔をふりかけたうどんを食べた人の排泄物から再び、金が採取されてるって考えたら、面白いよね。

いとう　子供の腕から垢とかと一緒に金が出てくるんじゃないか? どのぐらい街に金があるか、みうらさんがやっぱり金鉱を当てるべきじゃないか?

みうら　ゴールドラッシュブームだね(笑)。

いとう　これは俺がやっても、ちっとも面白くないから。みうらさんがやらないと。

みうら　じゃ、今度は「パクの世界」だね。

いとう　金箔の「パク」ね。

みうら　その前は「タクの世界」をちょっとかじってたんだけどね。

いとう　アレはどうなったの?

みうら　拓本は、うちのおじいちゃんのライフワークだったからね。僕がしたって仕方ないかと。

いとう　いや、絶対また違う切り口が見つかるって。

みうら　まあ、タクロウとしてはつねに小型の墨と和紙は持ち歩いてんだけどね。

いとう　みうらタクロウは健在なのね(笑)。

みうら　でも、金箔やれってカウンセラーから言われたから。

いとう　なんでもいいから、みうらさんには投げとくと、いつかワケのわかんない咀嚼をして出てくる場合があるのよ。

みうら　近々、金沢には行かないといけないなって思ってるけどね。

いとう　金箔のグッズが気になって!(笑)

みうら　だね(笑)。どっさり金箔を買い込んでいろんなものの上に載せてみるとかさ。

いとう　うどんの上とかね。

みうら　食べるだけじゃなく意外なものにパクってみるとか?

いとう　素っ気ないものに金箔をさせてる金箔アートでしょ?

みうら　以前、ちょいワル雑誌を常時カバンに入れてたときみたいにさ。

いとう　「LEON」ね。つねにカバンに入れてたもんね。

みうら　「LEON」を一番似合わない場所に置いて写真を撮るブーム。

いとう　タヌキの置物とかね(笑)。

みうら　その手法で常時、パクを持ってれば、いろんなところにふりかけて写真を撮ることができるね。

いとう　今日だって、二人でタピオカ吸ってるけどさ、タピオカの上に金箔チョイチョイッてやれば、素敵な和食の感じになると思うよ。

みうら　金沢ではもう出てるかもしれないよ。

いとう　あぁ、金タピオカ！

みうら　キンタピーニ！

いとう　キンタピーニ！(笑)　それはキンタマーニからきてるでしょ！　バリの。この間、みうらさんに1枚送ったとき、俺も責任があるなと思っちゃって。だから、数の子に金箔が載ってるようなヤツがあったわけ。俺は全然興味ないけど、「これ、みうらさんほしいかもしれない」と思って。

みうら　まだ自分でもわからないけど、ほしいかも(笑)。

いとう　おかしいもんね。さらさら細かくして載せてんじゃん。なんなのアレ？

みうら　別にカラダにいいわけじゃないでしょ？

いとう　ここなん十年かで誰かが思いついてやったことでしょ、たぶん。

みうら　だって諸外国では存在しないもんでしょ？

いとう　ないないない。

みうら　金沢以外ではギリ、正月でしょ？

いとう　正月に入ると、たくさんの金箔載せた金山が出てくるから……(マネージャーから資料が差し込まれる)金箔入りプレミアムローストコーヒー、マクドナルド！　金箔入りのタピオカ！　もう出てるんだ！　スゲエ！

みうら　どうやら金箔がおしゃれなことになっているようだね。なんなら顔に金箔パックしてる人とかもいるかもしれない。そのルーツをたどれば、やっぱりインドとかで……。

いとう　ああ、仏像に貼ってるもんね。

みうら　金箔がやたら貼ってある仏像。タイでも見たよね。あれが風にピラピラしてるのを見て、最終的には自分の身体に自分で貼っていくしかないと思ったね。

いとう　なるほど！　金粉ショーならぬ、みうらじゅんの金箔ショーだ。

みうら　すでに、ストリップ界にはありましたね(笑)。

いとう　とにかく七転八倒して、ネタっていうものを生み出しているじゅんちゃんの修行期が必ず一年に一度あるんだと。

みうら　そしてカウンセラーがポトン、ポトンと落としてくれるわけでね。

いとう　……金箔のパックまで！　またマネージャー陣が見つけてきたよ。金箔パック、24金。みんなのほうがすごいじゃん！

みうら　パクは太刀打ちできないね。やっぱ僕らは金箔仏のことを考えてたほうが良さそうだよ。

いとう　それが俺たちの元々居るべき場所だった。金箔に心を奪われている場合じゃない。

みうら　それで心臓パクパクしてる場合じゃないと。

いとう　(笑)。

(「ラジオご歓談！」vol.9／2019年11月25日配信)

ご歓談！④

↓豆まき↓おじいさん↓X↓ちょい↓大人↓出家↓スタンプラリー↓サービス↓塩↓

いとう　……目黒区の五百羅漢寺っていうところからお話があって、我々二人で節分の豆をまいてみようってことになって。

みうら　よくテレビのニュース映像で見る相撲取りがやってる役ね。

いとう　歌舞伎役者とかね。

みうら　まあ言えば、ゲンのいい人たちがするのがふつうなのにね。やっぱ、僕たちが登壇しようとしたら、参道に集った人の中から「怪しい人がいる！」って声がしてね。

いとう　幼稚園児みたいなヤツね。頭は前髪刈り揃えて、昔の俺そっくりな少年だった。

みうら　そんないとう少年似だけには豆をやるもんかと思ったけど、結局あげたね。あの豆袋には黄色い紙が入ってるものがあったらしいね。

いとう　それで何かが当たったらしいね。「番号3番の方は」とか後ろでアナウンスが聞こえた。何百人もいたじゃないですか、豆を欲しがる民たちが。

みうら　と、僕らは思い込んでたけど、欲しいのは豆じゃなかったってね。

いとう　なんでこんな豆ごときに「ワーッ！　ワーッ！」と袋を出してきてと思ってたよね。

みうら　違ったんだよね、それで当たる景品が欲しかったんだよ(笑)。

いとう　枡の中にいっぱいの小袋に小分けした豆をさ、俺たちがまいてるじゃない。

みうら　袋に入ってんだよね。衛生上のこともあるから。

いとう　バンバン投げて、なくなると後ろに行って替えの豆をバンバン入れて投げていくじゃん。そのときにみうらさんが真剣な顔で「こんな優越感を味わったことは人生で初めてだ！」って言ったんだよ(笑)。

みうら　そんなこと言った？

いとう　みんなが「ワーッ！　ワーッ！」と言って手を伸ばしてるところに豆をまいてやることがさ。

みうら　「ウワーッ！」ってみんな一斉に僕らに向かって熱い目線を向けるじゃないですか。よくよく考えたら豆でもなく、その袋の中に入ってる黄色い札が欲しかったんだよね。危ない、危ない。

いとう　どんどん制限なく分け与えてる人間の気持ちになってくるんだよね。人って怖いね。

みうら　また高いとこに立ってるからね。

いとう　裃《かみしも》を着せてもらってたからゆかいな格好だったけど、普通の格好でアレをやってたらなんか大金持ちみたいな気持ちになっちゃうかもね。危なかったね。

みうら　しかも下に向かって豆を投げつけてるからね。

いとう　そうだわ。「豆ごときに！」っていう気持ちに、ついついこっちもつけ上がっちゃうもんね。

みうら　「こんなものがそんな欲しいか！」って、思ったんだろうね。

いとう　そう思った。正直思った。

みうら　でも、違った。民たちはもっと高価な景品を狙っていたんだよ。

いとう　ってことは、黄色い札が入ってないヤツを見ては「ちっ！　アイツなんなんだよ！」って思ってたんだよね、実は。

みうら　「アイツが放るヤツは1個も入ってないぞ！」と腹立ててたかも。危ない、危ない。

いとう　危ない、危ない。

みうら　今はさ、住職も僕らよりうんと若い人もいてさ。

いとう　違うよね、昔と。

みうら　もう、僕ら、婆藪《ばす》仙人クラスの年齢でしょ？

いとう　そうなんですよ（笑）。今までは自分のことは若いと思ってきたこの二人だけども。

みうら　やたら痰がからむ老住職なんかと接してきたからね。

いとう　その年寄りの沼のところにいたから、ちょっとツルツルな感じがあったのよ。でも今はこっちが沼化してるからね。

みうら　今は一応シルバー料金で映画を観てるけど、本格じいさんっていうのは65歳からって言うね。

いとう　確実じじい、カクジイは！（笑）

みうら　だから、僕はカクジイ前後のアラカクなんだよね。

いとう　安齋（肇）さんはもうカクジイね。

みうら　カクジイ党だね。

いとう　山田（五郎）さんもカクジイ？

みうら　山田さんは僕と同じアラカクだよ。

いとう　そうだっけ？

みうら　ほら、もう見分けがつかないよね（笑）。でも、たまに飲み屋では「俺のほうが学年上だから」とか言って、威張る人もいるんだよ。いくつまで学生時代、持ち出すかね。若い人からしたらさ……。

いとう　どうでもいいんだ。

みうら　でしょ？　ジュラ紀と白亜紀の違いなんて……。

いとう　「同じ恐竜だろ！」っていうことだよね。

みうら　そんな感じなんじゃないの？　ひょっとしてこの

ラジオもさ、永六輔さんと小沢昭一さんがやってる感じに思われてるんじゃないかねえ。

いとう　その認識にしなきゃダメかね、もう。

みうら　前から二人のトーク番組企画はいろんなとこに出してんだけどね。

いとう　そうそうそう。俺たちはもうイケイケでやるから、これを今地上波なりなんなりでやるべきだと。少なくとも、僕はポッドキャストとかでラジオを聞く機会が増えたんですよ。だけども、こんな歳の人がね、二人でね、作家もつけずに勝手にしゃべってる。

みうら　作家つけたところで、その作家もアラカクだろうしね(笑)。

いとう　こういう番組は確かにないね。今どきは例えば、「最新のヒップホップチューンをお送りします」とか言ってね……。

みうら　最新ヒップホップチューンは、いとうさんがよく知ってるでしょ？

いとう　俺、知らないじゃん、いつも！　その辺はもう大まかに捉えて、こういうラップの乗せ方してるヤツいるなあくらいで。

みうら　僕の頭の中ではスチャダラパーが最新なんだ。

いとう　(爆笑)。ものすごい止まってるね。もう25年ぐらい止まってるよ、それは。

みうら　あ、そうなの？　スチャダラパーがデビューして何年？……あ、30周年だ！　そういや、僕スチャダラのBose君に「そろそろボーズから住職に変えたほうがいい」って言ったことあるわ。

いとう　寺にいたら、もう引退してるよ。住職どころじゃないですよ。やっぱり上人です。

みうら　スチャダラの上人君ね(笑)。でも、なんで僕らだけは若いって思ってたんだろね？　単に元気だからかな、まだ？　しゃべり口調も変わってないと思い込んでる。

いとう　そうね。それはみうらさんと俺の特徴の一つなんだけれども、あんまり病気しないのよ。

みうら　そこかぁ(笑)。

いとう　我々文科系みたいに思われてるけど、結構強いのよ。これは大きいよ、やっぱ。

みうら　あとね、まだ両親二人健在組っていうのはすごいよ。

いとう　そうなんだよね。

みうら　それで全員、健康ときてる。

いとう　だから健康なＤＮＡが集まっちゃって、元気よくやってるもんだから、今までは目くらましできてたと思ってたけど、いやあ、実はそうじゃない。いや、例えば今日の豆まきもね……。

みうら　まわりでは僕たちのこと、どう見えたんだろうね。

いとう　そこなんですよ。

みうら　僕らの他に山田隆夫さんがいたでしょ。（「笑点」の座布団運びで知られるタレント。2021年に、ずうとるびを再結成）

いとう　ファイティング原田さんもいたよ。（日本初となるフライ級、バンタム級の2階級制覇を果たした元・プロボクサー）

みうら　僕が大好きな東てる美さんもいたよ。本当、びっくりしたもん。（「渡る世間は鬼ばかり」シリーズなどで知られる女優。70年代には日活のロマンポルノで活躍）

いとう　すごいよ。

みうら　で、僕らはどの人寄りに見えたか？

いとう　そこなんですよ。女子プロレスラーのみなさんもいらっしゃったじゃないですか。俺たちはどこに光ったものを感じられているのか。

みうら　登壇したとき、いとうさんの紹介、間違ってたし（笑）。

いとう　「イラストでおなじみのいとうせいこうさん」みたいに言われちゃってたもんね。やっぱ「あの『笑点』の座布団運びでおなじみの山田隆夫さん」とかキャッチフレーズがあるじゃん。

みうら　「ロックンロール・スライダーズの！」って紹介されても、全然、伝わらないだろうし、ますます、わけがわかんない。

いとう　なんか隙間産業をどんどん埋めてやってきたものだから、メジャーな一本柱がない。

みうら　そこだね。逆に言うと、一本柱にすがりたくないっていうので、やってきたとこもあるしね。

いとう　正直そこは反発してきた。「こんな場所にいられねえよ！」って。「ここにいてください」とも言われてないのに、いちいちいなくなるのが俺たちの性の悪いとこだね。

みうら そうそう、初めていとうさんと意気投合したのも隙間の仕事でだったよね。新作ゲームの宣伝、任されたんだっけ？　なんだったのあの仕事？

いとう 記者会見みたいなもんでしょ。

みうら 今だったら、ソフマップって書いた市松模様の前で取材受けるようなやつね。二人の真ん中にファミコン会社の人が覆面かぶって座ってたよね。確か、ミスターXって書いてあったよ。

いとう 額にXって書いてあった。

みうら その3人で新作ゲームについて話してんだけど、その覆面が気になって仕方なくてさ。後半はそこばっか、二人でツッコんでたよね。

いとう 「お前、覆面から肉が出ちゃってるじゃねえかよ！」とか言ってた。

みうら でも、よくよく考えたらその場で素性がはっきりしてるのはXのほうでさ、よくわからないのは僕らのほうだったよ。そんなワケわかんないヤツにツッコまれてさ、Xだって困ってたと思うよ。

いとう それをやったときに、なぜかXを真ん中に置いて二人が挟む形の三尊形式になってて。

みうら 仏像を真ん中にした三尊形式といや、今や『見仏記』のスタイルだからね。

いとう そのあとの二人の飲み会がやたら盛り上がったんだよ。最高だったもん。お互いに「アンタはすごい！」と(笑)。あんときからやっぱりずれてたよね。たぶん見ていた人は、そんな俺たちが思うほど笑ってなかったんじゃないだろうか。

「ここにいてください」とも言われてないのに、いちいちいなくなるのが俺たちの性の悪いとこだね（いとう）

みうら　考えたら怖くなるね。

いとう　なぜならそれは、ミスターXという人を目当てに来ているゲームのオタクたちのイベントなんだもん。

みうら　そうだったんだよね、恐しいことに。

いとう　みうらじゅんオタクとか俺オタクはいないからね。

みうら　仕事の内容をちゃんと把握してないで現場に行ってたから、あの頃。でもさ、あのイベントがなかったら確実に『見仏記』もロックンロール・スライダーズもなかったからね。だから、ミスターXに感謝するべきなんだよ。

いとう　そのときの「俺たちはやってやった」って気持ちが、もう何年も続いて。あのとき幸福感さえあったから。自分たちはすごいんじゃないかっていう気持ちが続いたのよ。だから、みうらさんは俺に言わずに中央公論に勝手に連載を持って行って……。

みうら　それで『見仏記』を始めたんだもんね。そう考えると、Xは僕らにとって仏だったかもね。

いとう　Xが仏なんだ！(笑)

みうら　『見仏記』も初期の頃、住職からよく怒られたもんじゃないですか。今、思うと本当に失礼な話だけど、ちょっと変わった仏像を見て、二人で笑いが止まらなくなったときあったでしょ？

いとう　扉を開いたら、五劫思惟《ごこうしゆい》だったんだよ。アタマがバーンッてでかいヤツ。

みうら　だって、アタマがバーンだものね(笑)。でも、その内にやり方に気づきだしたんだよ。「みうらさん、どーかしてるよ!?」って、いとうさんからツッコミをいただくことになってさ。確か、3回目の「スライドショー」からだと思うよ。

いとう　いいねえ、歴史がわかってきたよ。っていうことは、俺がXの位置に来るときもくるのかね？

みうら　だね(笑)。たぶん還暦の年、いとうさんはXの立場になると思うよ(笑)。

いとう　(笑)。あと1年だ！

みうら　「スライドショー」のタイトルは、いつも「みうらさん、〇〇〇〇かよ！」ってなってるけど、「いとうさん、アンタも還暦かよ！」になるわけじゃない。

いとう　客とみうらさんが企んで、そうなるわけだよね。

みうら　Xになる準備はできてんのかなって。

いとう　ヤバイ。

みうら　いとうさんはずっとツッコミ役だから、きっとツッコまれるの弱いと思うし（笑）。

いとう　うまくボケらんないのよ。

みうら　どうする？

いとう　だいぶもう脳みそはユルユルになってきてるから。この頃、わりとみうらさんにも言われてるよ「いとうさん、それおかしいよ！」とか。

みうら　できたら、ステージでちょい漏れして「漏らしてんじゃねえよ！」って、僕にツッコまれるとか。

いとう　となると、ズボンも白やベージュで漏れが見えやすいほうがいいよね。黒は漏れたときに見えないから。ちょっと待って、それはいいんだけど、急すぎない？　俺が漏らしてんの。だんだん年いって、漏れてるならいいけど、急に漏らしたときに人は笑わないんじゃない？

みうら　確かにそうだよね。

いとう　オムツすればいいのにとか、そういう介護の気持ちになるじゃん。

みうら　じゃあ僕が先に漏らしてから出てったほうがいいね。

いとう　そうだね（笑）。アンタはもう全面いってるじゃないかっていうことだよね。大島渚さんたちでもそこまでは……。

みうら　まだ、オムツ芸は見たことないもんね。

いとう　これからは確かにその路線はありますよね。

みうら　だから「ちょいワル」の次は「ちょいモレ」だね。

いとう　（爆笑）。ちょいモレおやじ！

みうら　やっぱ、イタリアンテイストのちょいモレでいかなくちゃね、ここは。

いとう　イタリアンちょいモレなの？

みうら　ちょいモレがオシャレなのかな？って、お客さんに思われないと。

いとう　ああ、そうかそうか。

みうら　モレシャン的なね。

いとう　おむつはしちゃダメなの？

みうら　そうなるねえ。ちょいモレおやじはそれが美徳だから、やっぱそこは前面に押し出していかないと。

いとう　でも、漏れたときさ、笑ってくれたとしてだよ、それ以降ずーっと自然乾燥するまで漏れてるんだけど。こっちは話に夢中になってるけど、お客さんは「漏れてんのになあ」と。

みうら　思うよね。でも、今、すっごく早く乾燥するズボンって、あるんだって。

いとう　マジに？　じゃあ、何回も漏れ放題だ！

みうら　見たいのはちょいモレのとこであって、ダダ漏れじゃ困るよね。そうそう、いとうさんよく、「スライドショー」のステージで笑い転げるときあるでしょ？

いとう　転ぶ、転ぶ。

みうら　アレをちょいモレでお願いできないかな。

いとう　スライドが出てきたときに、俺がジュッと漏らして。

みうら　笑いすぎて漏らすことあるでしょ？

いとう　確かにそういう漏れが実際ある場合もあるよ。

みうら　それでこそイタリアンテイストのちょいモレおやじだよね。

いとう　いや、だからイタリアンテイストのちょいモレって、なんなんだよ！　スーツ着てて漏らすの？

みうら　今、どうなの？「ちょい」って、かっこいいことになってんじゃないの？

いとう　じゃあ、ちょいボケでもいいわけ？　ちょっとボケてきてもいいわけ？

みうら　ちょいわかんないけど、ちょいかっこいいみたいな。

いとう　名人の落語家とかさ、なんか言ってることがもうよくわからないけど、それがおかしい。

みうら　それ、それ。

いとう　確かにそういうおじいさんに早くなりたいと思ってきた。

みうら　だから、還暦前だからね、いとうさんもここいらで「ちょい」を入れとくっていうのがいいんじゃないかなあ。

いとう　じゃあ「ちょい爺」でいいわけ？

みうら　それが、アラ還ってやつでしょ？

いとう　本当は完全にじいさんなのに、まだ若いみたいに思い込んでんじゃん(笑)。

みうら　それもどうかしてるけど、まだ、いとうさんは爺と思ってないでしょ？

いとう　思ってない。思えないいんだよね。

みうら　わかるわかる。だったら、おやじはどうなの？

いとう　自分で「俺もおやじだから」って言えないいんだよね。

みうら　道歩いてて「おい、ちょっとそこのおやじ！」って背後から言われたときに振り向くかどうかってことだよね。

いとう　絶対振り向かない。気づかないで歩いて行っちゃうもん。

みうら　やっぱ、それも他人事かねぇ。

いとう　「あなたのこと、なんか呼んでましたよ」ぐらい、人に言ってみたりしちゃう。

みうら　「そこのおやじ、サイフ落としたぞ！」って言われても、たぶん拾わないでしょ？

いとう　拾わない、拾わない。おやじだと思ってないから。

みうら　それはマズイね(笑)。僕もたぶん拾わないし「ちょっとそこのおばさん！」って言われたほうが、振り向くかもね。

いとう　そっちは成熟してんだ(笑)。

みうら　だね(笑)。

いとう　おばさんでありたいんだ。

みうら　おじさんになりきれない者は、おばさんにいくしかないんじゃないかと(笑)。たぶんいとうさんにもおやじ期はないいし、じじい期も来ないんじゃない？

いとう　なんでこんなに自己認識が甘いんだろうね、おかしいよ。

みうら　生まれついてのツッコミだからじゃない？

いとう　全体を俯瞰して見て、こっちがいつも若々しいと思ってたんだ。

みうら　若々しい気持ちじゃないとツッコミは成立しない

とか。

いとう　だからたまに「いとうさんも老けましたねえ」とか言われてさ。

みうら　そんなこと言う人いるの？

いとう　若い頃を知ってたりしてさ。そのときに俺も反省して、「確かにおじいさんなんだってことを認識しなければ！」って自分で思うんだけど、もう寝る頃にはすっかり赤ちゃんの気分なのよ。生まれたてみたいな気持ちになってるわけ。

みうら　それ、好きなことをがんばって続けてきたわけじゃなくて、単にやめられなかったからじゃないかなと思ってんだけど。

いとう　どういうこと、どういうこと？

みうら　「みうらさんはいろんなこと長く続けてますねぇ」とか言われることあるんだけど、なんかピンとこなくて。だって、続けるっていう意識がないから続くわけでさ。

いとう　振り返る位置に来てないってこと？

みうら　振り返る位置を完全に見失ってるというか。だって、そこ、立ち止まって考えることでしょ？

いとう　「これでいいのかな？」とかね。

みうら　そうそう。だって、続けたいと思って続けてるわけじゃないし。

いとう　続いちゃったということ？

みうら　恥ずかしながら続いているみたいですって、感じ？（笑）

いとう　ああ、評価の段階にまだないのね？　自分では形になってると思ってなくて、「これでいけてんのかな？　もうちょっと面白くしたいな」とか思ってんでしょ？

みうら　かなぁ？　たまに中野のブロードウェイのフィギュアショップを見回りに行くとさ、そんなつもりないのに気づいたらショーウィンドウのガラスんとこに鼻がついててさ。

いとう　（笑）。

みうら　じいさんでも、鼻の脂はまだ出るのね。しまった！と思って、袖でガラスを拭いてる始末だから（笑）。

いとう　俺たちひょっとしたらめちゃくちゃ子供っぽいのね？

みうら　それって、子供の気持ちを忘れないでいるいい大人ってことじゃないでしょ？

いとう　もちろんそこじゃないよ。ちょっと大人な振る舞いをしてみたりもしてるんだけど、板に付いてはいないんだよね。

みうら　板に付いてないけど、僕の鼻はガラスに付いてんだけどね(笑)。

いとう　人は、結構あきらめてんじゃない、やっぱり？あきらめてないでしょ、この人たちは。なんかものすごいことができるんじゃないかって、まだ思ってるでしょ。

みうら　と、いうか欲しい怪獣のフィギュア見つけたときは「誰か僕に買ってくれないかなあ」ってまだ思うことがあるんだよね。

いとう　すごいね(笑)。

みうら　親にねだるセンス、まだ残してるんだよね。

いとう　ああ、赤ちゃん側のセンスだ。そうなると、そんな人間がちょい漏れしたとき、赤ちゃん漏れになってくるよ。じじい漏れじゃなく。

みうら　でも、年を取ると、赤ちゃんに戻るっていうじゃない？

いとう　二度童《にどわらし》でしょ。

みうら　座敷童みたいだね。戻りやすい体質が二人にはあるんじゃないの？

いとう　なるほど、ゴムがまだ効いてんだね。ビューンッて戻るんだ。

みうら　ビューンッて戻ってバブーだもんね(笑)。

いとう　バブーだよね。バブー期が、これは恥ずかしながら、ちょっと続いてしまってるんだよね。

みうら　バブル期はとっくに終わったというのにね。でも、それって、やっぱり二人とも両親健在というとこが大きいんじゃないかねぇ？

いとう　そこかあ。「おふくろの三回忌でね」とか言われたときに、なんかすごいその人が陰影のある人に見えてくるよね。こっちピンピンだから。

みうら　ピンピンはコロリッていくはずなのにね(笑)。だから、ずっと子供のままというかさ。

いとう　なろうとしてるんだけどね、もちろん。

みうら　でも、大人は責任を取らなきゃなんないんでしょ？　別に責任逃れしてるわけじゃないけどさ。

いとう　もちろん！　そこは言っておきたいよ、俺も。

みうら　何回くらい責任取れば大人にならせてくれるのかが知りたいよね。

いとう　何をもって「我々は大人」とするかってことだね？

みうら　天下一品というラーメン店に行くと、今、スタンプ押してくれて、それが貯まると、ちっちゃいどんぶりとレンゲのオモチャがもらえて、月によって色が違うんだけど、やっぱ全部欲しいじゃん。あと1個スタンプが足らないから絶対に今月中に行かなきゃならないとき、どうするか？結局、中野ブロードウェイに絶対売ってんじゃないかと思って行くわけで。それを買ってる自分はやっぱ、いい大人じゃない気がするんだよね。

いとう　大人買いって言うけど、本当の大人はそんなずるいことをしてはいけないからね。子供っぽいことなんだよね、それは。

みうら　やっぱ、「こんなもんいらないよ！」って、すぐ言えるのが大人じゃないかと。

いとう　そんなこと言ったら、みうらさんがやらないって言ってる断捨離が大人ってことになっちゃうよ。

みうら　大人じゃないの？　やっぱ。

いとう　物いらないって言えるのが大人なんだ。

みうら　だって、こちとら、王将でもポイント必死で貯めてんだよ。盤のところにフィギュアの餃子がいっぱい付いた目覚まし時計もらえるんだよ。

いとう　バカだなあ！（笑）どうして欲しくなっちゃうの？

みうら　そんなに欲しくないはずなんだけどね。

いとう　景品欲しがるよね？

みうら　景品って響きにはやたら弱いね。特に期間限定のもの。

いとう　「あと1ヶ月ですよ」とか言われちゃうとお尻に火がついちゃうんだ？

みうら だね（笑）。ほら、よく５００円で詰め放題みたいな店のニュースやってるでしょ？　あのときのおばさんの必死さに似てるかも。

いとう テレビの通販チャンネルとかで「緑の商品があと何個です！」とかやってるけど、すごいよね、あの世界。

みうら 気がつくと電話番号を覚えようとしてたことがあったよ。商品は別にいらないんだけど、「あと30分！」って言われるとさ、焦るわけさ。

いとう おばさまたちのドレスとかを売ってるヤツだから、みうらさんはいらないのに（笑）。

みうら ほら、健康器具とかもあるじゃないですか？　しじみエキスだったら、初回はタダだったりしますからね。

いとう そうだね、得じゃん！

みうら それを得って考えるのはやっぱ、大人じゃないんじゃないかなあ。

いとう ああ、絶対得じゃないんだもんね。得だったら向こうの会社がやっていけないもん。

みうら そうだよ。でも、「ヤバイ！　タダかよ！」ってなっちゃう。

いとう わかった！　騙されやすいんだ！　俺もそういうとこあるよ、騙されやすいよ。

みうら いとうさんも騙されやすいかい？

いとう 俺もわりと騙されやすいよ。

みうら いとうさんは理論の人だから、それはないと思ってたけど。

いとう 言われたら、その人が言ってんだから、もうこの人を立てておいたほうがいいかなとかって思っちゃうしさ。

何回くらい責任取れば大人にならせてくれるのかが知りたい（みうら）

みうら　そんなときはその人が言ってることよりは、その人のことを考えちゃうっていうことと?

いとう　そうそう。それはちょっと悪いからなあとかさ、この人がこんだけ言うんだから、っていうふうになっちゃうんだよ。

みうら　で、買っちゃう?

いとう　換気扇カバーみたいなヤツは、昔すごい高いの買わされたなあ。それで俺はもうそういうの買うのはやめようと心に誓ったけどね。

みうら　それで初めて拒絶心が芽生えたの?　僕はね、上京して間もないとき、初めて行った原宿で勧誘の人につかまってさ。ひょっとしてタレントのスカウトかも知れないでしょ?(笑)　すると、その人、いきなり「映画好きですか?」って言ってくるじゃない?　ハハァーン、これは俳優のスカウトかなって思ってたらさ、映画を1ヶ月の間に4本観たら1本タダになるチケットっていうのがあるので買いませんかって。で、たんまり買わされて。

いとう　たんまりなんだ!　フツーいいことに使う言葉だよね。

みうら　いや、1本タダになるんだよ。そのとき、「得したなあ」と思ったけど、よくよく考えたら1ヶ月にそんなに行かないじゃない?

いとう　確かにね。

みうら　やっぱ、勧誘する人にはすぐに僕が田舎ものってわかったんだろうね。

いとう　この人は断れないだろうとかわかるらしいよね。

みうら　東京モジモジ組だもんね。僕はようやく慣れたけど、あとを絶たなくてね。この間も近くのファミレスに行ったらさ、追い込まれてるヤツがいたのよ。たいがい、モジモジ組は隅の席で追い込まれてて、スカウトマンみたいなヤツが「あ、ちょっと待って」って、電話してんのよ。そしたら3人ぐらいあとからやって来てさ。追い込まれて、説得されて、買わされそうになってるから、僕は「エーッヘン!　エーッヘン!」ってすごいでかい咳して。

いとう　えらいねえ（笑）。

みうら　いや、やめてやれとは勇気がなくて言えないからさ。モジモジに「気が付けよ！」って思ってんだけど。何回も咳するからそいつもこっちを見るんだけど、僕のほうが怪しいヤツだと思われてんじゃねえかなと思って。

いとう　逆にそいつらの親玉みたいに思われてる場合もあるね（笑）。

みうら　ロン毛の親玉ね（笑）。

いとう　そうだね、やっぱり夢見させられちゃうとかね。上手に断るっていうことが一番大人じゃん。アレできないのよ、俺も。

みうら　断るとか別れるとかは。

いとう　もう大変だね、難しいねえ。

みうら　昔さ、ポール・サイモンの曲で「恋人と別れる50の方法」ってのがあったけど、その和訳読んでもよくわかんなくてさ（笑）。

いとう　（笑）。

みうら　みんなどうやって別れてるのか知らないけど、あの大変さが最初からわかってたら、付き合わないよね。

いとう　そうかもね。愛別離苦とは言うけれど、離れる悲しみというよりは離れるときの苦しみ。

みうら　アレはなんなんだろうね。恨まれたくないし、自分を守りたいしって、そんときの自分って、やっぱ、嫌いだね。

いとう　汚いよね。

みうら　よく言うよって言葉がポンポン飛び出すでしょ？　イヤだあ、嫌いだ自分。

いとう　いいねえ（笑）、人生相談みたくなったね。

みうら　そういう人は出家するっての、わかるよ。一回そういうとこに立つんだよ。

いとう　みうらさんも出家欲が非常に強いときがありましたよね。

みうら　「一緒に出家しよう」と、数人を誘ったんだけどね（笑）。

いとう　集団出家！

みうら　でも、みんな「一人でやってくださいよ！」って言うんだよね（笑）。たいがい5年に1回出家願望がくるんですよ。

いとう　確かにそうかも！　もう言わないなと思ってると、また戻ってくるよね。

みうら　実は、つい1ヶ月前にきたんですよ。

いとう　もうきた！

みうら　1ヶ月ぐらい前に「そうだ、出家しよう」のキャンペーンがね（笑）。今度は大きい声で言ってみたんだけど、結局やってないから、なんか後ろめたいのよ。だって前にさ、仏教系大学の校長さんにお会いしたとき、「僕、裏口で入れませんかね？　もう結構やってるんで、ちょろちょろっと入れてもらえませんか？」と、申し出たんだけど、「いやあ、すいません。みうらさん悪いけどそれは無理です。通信教育もありますんで、それでお願いできませんかね」って、通信教育のパンフをもらって帰ったことがあってさ。それをじっくり読んだらさ、やっぱ、最終的に京都だったら知恩院、東京だったら増上寺に22日間……。

いとう　修行行かなきゃいけないんだね。

みうら　そうなのよ。僕、中高仏教系だったから、知ってたんだけどねその修行。しかも、12月の、寒いときなんだよ。

いとう　そこ狙ってくる！

みうら　わざとそこを狙ってくるんですよ（笑）。

いとう　こたえるね。布一枚みたいな世界だもん。

みうら　当然、寺は床暖じゃないし。きっとヒートテックを下に着てても取り上げられるでしょ。

いとう　それはダメだって言われるでしょ。

みうら　でしょ？　だから「もう、やめた！」が出たわけ。

いとう　激しい上下があったんだね。

みうら　そのとき思ったのは、いとうさんとならできるかなって。どうだろう？　いとうさん！

いとう　（笑）。俺も22日間は無理だよ、やっぱり。

みうら　いとうさんは戦場にも赴いている人だよ。

いとう　国境なき医師団の取材ね。いやいや、その22日間が終わっても、本当の出家をするっていうことは、同様のことがずっと続くんじゃないですか。お寺で詰めなきゃいけないとか。

みうら　確かに。

いとう　もう全部権利をもらったから遊んで暮らすってわけにはいかないじゃないですか。

みうら　だよね。だから『見仏記』のスタンス。門外漢でいるのがいいんだってことにしてさ。

いとう　そこだ！

みうら　これは自己防衛かなあ。

いとう　いや、でも俺たちの良さを生かすには……。

みうら　そん中に入ったら見えなくなることもあるし、たまの「この人、実はいいこと言ってる」が利かなくなるし(笑)。

いとう　言えなくなると思う。俺らがグッズで本気の数珠を出し始めたら、もうおしまいじゃないですか。

みうら　グッズって(笑)。

いとう　22日行ってちゃんとしたら、やっぱり数珠も出すべきだと思うよ。でも、みうらさんがマジで数珠出したら、ちょっと違うんじゃない？

みうら　シャレになんないですよね。

いとう　なんかスタイリッシュじゃないよね。

みうら　そこですよね。

いとう　数珠の中に一個一個ワニが入ってたら、やらかしたなと思うよ、俺は。

みうら　ま、オリジナル数珠は作れないとしてやっぱ、ちょいジュウぐらいのスタンスでいろと。

いとう　ちょいジュウが、いいんだろうね。みんなもちょいジュウを求めてるんであって、まるっきり住職のまるジュウでは、みうらさんのお寺に人が来てくれないよね。か、来るヤツ来るヤツ濃いヤツばっかり。仏像についての問答をぶつけてきたりさ。

みうら　仏像問答って、単なるウンチク合戦だもんね。ちょっと上から言ったら言ったで逆に怒られる仕末。しまいには「なんだ、がっかりしたこの人」とか言われるのがオチでさ。

いとう　「なんか面白いこと言うんだと思ってた」とかね。ちょいジュウの場合は、まるジュウにもいけるし、ちょいジュウにもいける。つねに転身ができる。

みうら　やっぱりその「ちょい」って言われてるところが、僕らの基本だもんね。ひょっとして「ちょい」ってマルチの意味なんじゃないかね。

いとう　そういうことかあ。やっぱり一つのことを極めて、大人になっていくっていう過程を我々は逃して生きてきてるから。

みうら　でもさ、いとうさんは通信空手は黒帯までいってるじゃないですか?

いとう　一応、確か初段までいったと思うんだよ。

みうら　確かって、通信だけにあやふやだなぁ(笑)。でも、それだけでも尊敬に値するよ。

いとう　もうぴったし正拳突けたからね。

みうら　僕もかつては通信空手家だったからよく知ってるけど、そこまでいく間に周りから「通信空手って、やってないヤツより弱そう」って言われたわけでね。それを振り切ってまで。

いとう　それは耳にはしなかったんですよね。やっぱりそのときは本気でこれで強くなると思ってたから。

みうら　聞いたとこによると、庭の木のとこに巻き藁を立てて殴ってたって。

いとう　パーンパーン!と叩いてましたから。横にいた犬がいつもすごくびっくりしてた。

みうら　近所から「あそこの子、ノイローゼかしら?」が出てただろうね(笑)。

いとう　絶対出てたと思う(笑)。だって、おかしいもん。巻き藁立てて叩いてるって、そんな少年はさ、いちゃいけないでしょ。今、町内にいたら大変な問題になってますよ。当時だからまだ許されてましたけどね。

みうら　巻き藁少年ね(笑)、いや、僕は今まで何も成し遂げたことがないからなぁ。

いとう　ノーゴールだ。

みうら　ノーゴール人生(笑)。それを獣道と勘違いしてたけど、獣道は獣道っていうだけあって、そういう道がちゃんとあるんだもんね。

いとう　そうだよね、実際にね。

みうら　僕の場合、本当はないくせに、あるように見せてきただけじゃないかと思うんだよね。

人生にスタンプはない（みうら）

いとう　確かにその手は俺も使って今まで生きてきてるね。獣道でもない道を獣道と言い表して「いとうさん、今度はそっち行きましたか！」なんて言われて、ガサガサッてやって見せてるけど。例えば、僕がインスタレーションとかを急に始めたら「あ、いとうがまたやってるな！」。

みうら　って、当然、出るよね。

いとう　中途半端なヤツやって、ガサガサッていわせてるだけだから。熊笹の音が大きいだけだから、俺。

みうら　でも、その世界って、巻き藁同様、庭でしょ？

いとう　実は庭なんだよね。熊野の山中とかではないんだよね。

みうら　あくまで庭派だと（笑）。

いとう　若い人がよく「自分は何もパーフェクトにできないんです」とか言うじゃない。そんなことで悩んでなくていいのになって思うじゃない。パーフェクトである必要がないから。

みうら　パーフェクトって、そもそもあるのかねぇ？　あ、スタンプラリーにはある。これだけは言っとく。

いとう　ああ、コンプリートね。

みうら　人生もそうやってスタンプ押していくものだったらパーフェクトはあるかもしれないけど、人生にスタンプはないってね。

いとう　そもそも、人生でコンプリートしたら、面白くない人になっちゃうでしょ、たいてい。

みうら　どういうことなの？

いとう　例えば、ガラス職人でもうずっとやってまいりましたと。

みうら　やりたいことをまっとうしましたと。

いとう　これは立派なことで、俺も大尊敬するけど、ただそんなに面白くはないんだよね。

みうら　ついつい、面白さを取っちゃうからね、こちとら。あのときのように二人から「覆面から肉がハミ出てる！」なんて、ツッコまれちゃう。

いとう　そうなんだよ。そのガラス一筋やってきた人がね、ミスターXみたいなちょい漏れとかしてたら抜群に面白い。俺たちのちょい漏れではできない超面白い天然ボケがあるから、この人たちには。でもなかなかツッコむ人には出会わない。

みうら　っていうか、俺たちはツッコまれたいために生きてんのかな？

いとう　それもおかしな話なんだけれども（笑）。

みうら　だってパーフェクトだとツッコむとこないもんね。

いとう　面白くないよ。

みうら　僕、車を運転したこと一度もないけど、よくたとえでハンドルの遊びって言うでしょ？　なにハンドルの遊びって？

いとう　急にハンドルを動かしただけでタイヤが動いたら危ないんだよ。ちょっとしばらくして動かないと。

みうら　なるほど。それを言ってんだ。人生にも遊びがいるって。

いとう　ああ、いいこと言った。

みうら　遊びがないと急にカクカクッといっちゃうから。

いとう　でも、結構急にカクカクとやってるみうらさんも見てきたような気がする。「ワニだ！」とかさ、カクカクッとしてるじゃん。もちろん、よーく見てればストロークが2年ぐらいあるワケよ。ずいぶん金比羅のことを俺に言ってくるなとか、クンビーラがインドでワニのことだとか言ってるなと。

みうら　それ、ハンドルの遊びだね（笑）。

いとう　あるときからストレートに「ワニだ！」ってことになるけど、最終のアクセルを踏んでるときはガクンッてなってるからね、みうらトラックに乗ってる人たちは。

みうら　きのうも新宿の酉の市の神社（花園神社）で、古道具市やってるって小耳に挟んだものだから、当然「ワニグッズ出てるかも！」って、行くわな（笑）。

いとう スゲエなあ(笑)。

みうら ワニ業界では「行くワニ」って言うんだけどね。

いとう そういうときは「行くワニ」って言うんだ！(笑)

みうら 参道のところに出店が何軒か並んでたんだけど、「ワニなし！ワニなし！」って確認取りながらさ。

いとう 『西部戦線異状なし』みたいになってるワケだ(笑)。

みうら 異状なし！って、自分に報告してんだけどね(笑)。

いとう ワニのときはワニしか見ないんだね。天狗に狂ってたときは、みうらさんはいっつも一眼レフ持って歩いてたけど、一緒に奈良のほうの電車に乗ってて、窓の向こうに何か赤ーい棒状のものを見つけたじゃん。たぶんお祭りのなんかだと思うんだけど、それを見たときのカメラの構えの速さ！　で、「天狗じゃない！」ってすぐカメラ降ろしてさ。天狗が走ってきたとか思ったワケでしょ？

みうら あんときは一眼レフの〝ピピッ〟って音が天狗確認音だったからさ(笑)。

いとう みうらさんのハンドルに遊びがあるとは到底思えないよ、俺は。「天狗！」って言ったら、ガクーンッてハンドルきってたよ。

みうら いきなり(笑)。

いとう 今はワニがあってよかったなと思うけどね。それがあるとみうらさんは出家のこと言わなくなるから。

みうら そっか。それはそうだね。俺ももうこの歳だから、急ブレーキかけたり、ハンドルガクンッてしたりしてないから。

いとう　そうかなあ。

みうら　「TV見仏記」のロケで滋賀県に行ったとき、飛び出し坊やの看板見つけたら「ここで止めてください！」ってロケバスの運転手さんに言うだけで、僕はハンドル握ってないから。そういう意味では安全ドライバーと言えるよ（笑）。

いとう　ああ、そうかそうか、そういう意味ね。「止めてください！」って、乗ってたロケバスのドアをガーッと開けて走ってたね。

みうら　「すぐ撮ってきます！　すぐに終わりますから！」って、一応、気は遣ってたつもりだけど（笑）。

いとう　タイに行ったときもさ、向こうでウルトラマンのドラマを作ってるなんとかスタジオってあったじゃん。

みうら　チャイヨー・プロダクションのスタジオを見つけたんだよね。

いとう　ロケから帰ってきて、暗ーくなってきたらさ、向こうのほうにウルトラマンの大きい面みたいなのがブァーッと見えて「運転手さん、なんとかあそこに行きたいんだ！」が始まって。

みうら　しかも、何車線かある道路でね。

いとう　停まって、バックして、変な農道ずっーと行って。これ横転しちゃうんじゃないかな、みたいなところで。ちょっと近くに着いたら、飛び出し坊やのときと同じだよ。走って出てってさ、暗いのにずーっと何度も撮ってたよ。

みうら　あとで見たらね、全然撮れてなかったんだよ（笑）。

いとう　その思いは俺は認めるけどね。そうなったときのみうらさんの情熱は。

みうら　そうなったときはもう、自分であって自分でない状態だから。

いとう　自我なしだね。

みうら　きのうも原宿のキデイランド行ってさ。ワニあるんじゃねえかなと思ったら、やっぱりあったよ、
ワニワニパニックゲーム！

いとう　ドッキリアクションゲーム！

みうら　しかも、かなりデカイサイズのやつでね、すぐレ

ジ運んだけど、そこでけっこうな金額言われたときまだ、そんなに欲しくないんだなって気づいたよ。

いとう　あ、そうなの？

みうら　〝これ、欲しい！〟と思ったらマジでしょ？　そんなに欲しくない程度がいいんだって。

いとう　面白い領域は本当に皮一枚のところにしかないんだね。

みうら　いとうさんにツッコまれてタジタジにならなきゃね。

いとう　それより行っちゃうと、もう狂気の世界が待ってるんだね。

みうら　いや、ファンシーワニまで欲しいとなると、自分でも困るよ（笑）。熱川バナナワニ園に行ったときも、ファンシーがたくさんあったらどうしよう、ファンシーだらけだったらどうしようって……。

いとう　心配なんだ！（笑）

みうら　〝ありませんように〟って、相模湾に祈ったぐらいだよ（笑）。ま、ゴソッと買ったけど。

いとう　それで増えてんだ。俺には噛みつきガメが見えてるけど……（みうらじゅん事務所で収録している）。

みうら　これ、ワニガメなのよ。

いとう　ワニガメなんだ！　ワニガメもイイとしたんだ！　考えたよね、これ？（笑）　ワニガメを入れるかどうか……。

みうら　これはしょうがねえなって（笑）。

いとう　「ワニ」って書いてあんだもんねえ。

みうら　ま、ファンシーと違ってコレ、リアルだったから、つい。

いとう　リアルなヤツだったら、いいと。

みうら　ですね。やっぱ、ファンシーはつらいなと（笑）。

いとう　それをよしとする場合の直前に起こりやすいみうらさんの症状としては、それはやめとこうと思うものを「やる！」と自分に言い聞かせねばならないがために、盛んに屁理屈みたいなことを言いだすんだよね。俺に言わないでもいいのに、「そもそもワニってものは……」みたいな話になってくるじゃん。

みうら　いとうさんに「うん」って言ってもらわないと気弱になるもんでね。「カメなんだけど、ワニ要素もあって……」とかさ、屁理屈こねなきゃ納得いかないよ、自分も。本当はワニならなんでもいいっていうとこまでいかないとダメなんだけどね。

いとう　そこがもうゴールなんだ。

みうら　それにワニには悪気ないもんね。

いとう　ワニには悪気はないから、買ってあげるの？　買わないの？

みうら　いや、だから、ファンシーなワニのグッズには罪はないからね。そこで、「うん、そうだ。いとうさんも買ったほうがいいって言ってくれたしな」と、勝手に思ってようやく手が出せる。そして、結果、いとうさんがそのグッズをうちの事務所か「スライドショー」の現場で見たとき、「何、買ってんだよ！」とツッコんでくれる。やっぱりほら、僕、いとうさんありきでやってるから。

いとう　俺に責任押し付けないでよ！（笑）

みうら　だってそうしないと、単なるワニマニアになっちゃうじゃん。

いとう　そこなんですよ。

みうら　人生、遊びがないと笑えないから。

いとう　そこはね、何回でも言ってほしい。失礼だけど、ワニマニアだと面白くないんだよ。前にこのラジオでみうらさんが言ってたのは、ワニに興味がないんだと、実は。

みうら　今の段階だと、まだそれぐらいのレベルかなと。

いとう　それはワークとしてやってるわけ？

みうら　僕が買わネバーっていうやつかな。

いとう　買わネバーはＮｅｖｅｒのネバーなんだ。買ってねえじゃねえか！　Ｎｅｖｅｒじゃ！

みうら　あ、そうかネバーは打ち消しか（笑）。

いとう　打ち消しちゃってるよ！　でも、みうらさんは確かに誰かの声が聞こえるって言ってるもんね。

みうら　いつも聞こえるよ。聞こえてくる。

いとう　「ファンシーはダメだ」とか指令が出てるんでしょ？

みうら　だから、いとうさんの声でね（笑）。
いとう　あ、俺が言ってるヤツ？
みうら　そうだね。だから、僕はグッズに関してドMな気持ちでいるわけだよ。
いとう　「どうすんだ、これ。買うのか、買わねえのか？」
みうら　そんとき、「ヒーッ！」って奇声を上げて、「買います！　御主人様」ってね（笑）。いやぁ、僕はね、いとうさんと知り合うまでずっとツッコミ役だと思ってたんだよね。いとうさんがあるときからボケだって知らしてくれたから。それで生きやすくなったとも言えるよ。そうそう、大学のときの友達にトットリくんっていうヤツがいてね、こないだ何十年ぶりに会ったんだよ。やっぱ、相変わらずカンフーグッズ集めてるんだって。
いとう　ああ、すごいねえ。

僕はね、いとうさんによって改造された（みうら）

みうら　鳥取県出身なだけで、本当は本名違うのに、トット・リーって言われてるくらいブルース・リーのファンでさ。もちろんカンフー映画全般のファンでもあるんだけど。学生時代に一度、一緒に原宿に遊びに行ったら「ジャッキー駅→チェン駅」って書かれた、定期券みたいなカードを見つけて、トット・リーとしてはさ、「それ、カンフーグッズじゃないから」と、言い張るんだけど、そこはツッコミ役の僕が「これは買ったほうがいいんじゃない！」って言うわけさ。この間、そのときの話をしたら、「じゅんちゃんがいじめてきた」と（笑）。
いとう　ジャッキーが好きであることとはなんの関係もないもんね。
みうら　でも、僕は今でも思ってるよ、あのとき、トット・リーは買っといて良かったとね。だって、おかしいもん(笑)。

いとう　その苦しみを、みうらさんはうれしみに変換してるんだ。

みうら　僕はね、いとうさんによって改造されたから(笑)。

いとう　マジですか?

みうら　ファンシーワニも買ってのものだねだからさ。

いとう　3ワニ、4ワニでは面白くないもんね。

みうら　だね。「何やってんだ!」がいとうさんの口から発せられるには、やっぱり100超えないとね。

いとう　みうらさん、ここがキワキワだったのねっていうのがおかしいんだもん、こっちは。「ワニガメいったんだ!」と思ったとき、みうらさんが苦しい顔して「いや、これいくでしょ!」って言ったときのおかしみってないよ、こっちからしたら。

みうら　そんな芸風ってないでしょ?

いとう　ないねえ。買い芸でしょ。買い芸はないよね。みうらさんが頭の中の分類っていうものをすごく細かくやってるのに、僕が「この分類もあるんじゃないか?」って本人の弱いとこを突いていく遊びがあるんだよね。

みうら　イジメ芸じゃないからね、それ。

いとう　全然違うよね。それは俺も絶対やらないよ。

みうら　SMもお互い、ちゃんとわかってやってるからいいのであってね。

いとう　そうじゃないとしらけちゃうから。ヘタなSの言葉ではMが燃えないから。俺はみうらさんのMを燃やすために「ワニガメはどうしてんの?」って言ってるわけだよ。

みうら　いとうさんのSはサービスのSだもんね。それに僕のまわりで「何やってんだよ!」って言う人、いとうさん以外いないから。

いとう　確かにそうだね。

みうら　いそうなのに、いないんですよ。

いとう　それはおかしいね。ホントはワニガメ見たら即座に「いらないでしょ、これ」って言わないとダメじゃん、常識としておかしいよ。

みうら　『いやげ物』っていう、いらない土産物の本を出したときに、いとうさんにあとがき頼んだけど、一言「お父さんに謝りなさい!?」だもんね（笑）。そりゃ、世間もスカッとしたと思うよ。

いとう　そんなこと書いたんだ。ごめん、ごめん（笑）。

みうら　いや、マットーな御意見でございました御主人様（笑）。

いとう　サービスSだから。

みうら　僕はツッコまれたいための葬式やる予定だから。

いとう　よくみうらさんがさ「俺が先に死んだらいとうさんが葬儀委員長だ」とかさ、「いとうさんが死んだときは俺がやる」とか言って笑ってたじゃん。もう笑いごとじゃないなって本当に思う。もう悲しいワケ、そのこと思ったら。

みうら　悲しいよね。でも、そこをどうにかするのがこのコンビじゃないかと思ってるとこもあってさ。

いとう　そこで笑いをお届けしないとね。

みうら　だって、そんなこと言ってる自分も行くんだから、そっちに。

いとう　じきにね。その人だけが行って残されてると思うから悲しみが生まれてるんだよね。だけど、先にゴールしてて、レールはつねにあって、死なない人間はいないと思えば。

みうら　「おい、いい加減にしろよ！」という葬式もあっていいんじゃないかと。

いとう　「なんだよ、先越されちゃったなあ！」とか言ってるぐらいのね。

みうら　生前かけてたメガネが霊前にいっぱい展示してあったりさ（笑）。

いとう　いろんなアトラクションがあるんだ（笑）。

みうら　みなさま、そのメガネをおかけくださいなんてね（笑）。

いとう　みうらさんが変な格好してる写真があって、「ひと言ツッコミお願いします」みたいなヤツがあったりね。アトラクション葬式ね。

みうら　ムチャ振りってやつね（笑）。ワニグッズだって霊前に並んでる場合あるよ。

いとう　ちょっと待って、そこでワニが並んでたとき、号泣しちゃうかも、逆に。菊でもあったほうが形式的に済ませることができるけど、みうらさんが「みんな見てね」って言って、ワニが積んであって……。

みうら なんか僕も泣けてきた（笑）。そんときはワニワニパニックのデカイやつ置いとくから、歯のとこ押してってくれたらいいな。いつか、ガブッて噛まれるから。

いとう わっ、怖いけどそれは笑いも起きるね。人間って意外に悲しみ続かないからね。

みうら 意外と葬式のあとの飲み会ってその人の話出ないときあるでしょ？　たまに出してもらわないとね。

いとう ということは、会場にランプがピカンピカンッてついたほうがいいね。「あ、いけね、みうらの話しないと！」。

みうら サイレンも鳴らして（笑）。

いとう 塩とお礼状とか帰りにもらうじゃん。あそこもちょっと工夫をこらさないと。

みうら だね。塩の中に遺骨の粉を混ぜとくのはどうよ？　料理に使うとその人のこと、また思い出すんじゃない？

いとう 知らない間にやんなよ！

みうら 僕が参列者の体内に入るなんて、ちょっとしたロマンじゃない？

いとう なるほど、実は滅びてないってことだね。不増不減だね。でも塩は白いけどさ、たぶん骨はかなりクリーム色とかそんなきれいじゃないと思うんだよ。だからすぐわかると思うよ。「これ、入ってんなあ」って。

みうら なんか、みうら臭えな！って（笑）。

いとう 明るいお葬式になりますね、これは。

みうら 死んでからもツッコまれてるからね（笑）。

（「ラジオご歓談！」vol.15／2020年2月17日＋vol.16／2020年3月2日＋vol.17／2020年3月16日配信）

ご歓談！⑤
兜巾→サポーター→十手→想像→単一→のり→特撮→ファン→受験→

みうら　……これ頭に着けてて、兜巾《ときん》だって気づくの、たぶん僕の周りではいとうさんだけだと思うから、今日は天狗気分でしゃべらせてもらいますよ（笑）。

いとう　それ、どうやって手に入れたの？

みうら　ほら、いとうさんと奈良の吉野の金峯山寺行ったときに、土産物屋で買った……そうそう、そのとき、ばったりもたいまさこさんに会ったの覚えてない？

いとう　もたいさんにばったり会ったね！

みうら　それは覚えてるんだね（笑）。もたいさんも金峯山寺に行かれるみたいで。その土産物屋で僕、役《えんの》行者《ぎょうじゃ》の絵がプリントされたTシャツと兜巾を買ったじゃない？

いとう　役行者のTシャツをみうらさんが見つけて、もう狂ったようになって。それXLかなんかだから買わなければいいのに、無理矢理買ってたよね。

みうら　そうそう。その頃、役行者を無理矢理好きになろうとしてた時期でもあったから、買うべきだろうと判断したんだけど、残念なことにバックプリントでね。やっぱ、エンノは前にきてくれなきゃ！　でも、XLだと首が詰まらなくて、逆向きに着れるんじゃないかと思ってさ。

いとう　だからXLにしたのか。サイズが合わなくても良かったんだ。なぜならば、後ろだとジャケット着ちゃったときに、役行者が見えないじゃないかと。

みうら　そうそう。エンノブームは前にこなくちゃ。首ちょっと詰まり気味だったけど、逆に着こなしてたってわけ。

いとう　(笑)。

みうら　そのとき、ついでに兜巾も買ったんだけど、そんなに似合ってなかったでしょ？僕。

いとう　確かに、確かに。

みうら　それからずっと「似合ってねえな」と思って事務所の隅のほうに、放置してたんだけど。この間ふっと、兜巾が光ったように見えて。

いとう　やっぱ、コロナ禍ってすごいね。巣ごもりしてるからこそ気づいたことがあったんだね。

みうら　そうなんだよね。もしかして、今、似合うんじゃないかと？　それで、鏡の前に立ってみたんだけど、いやあ、もうね、僕、天狗そのものだったんですよ。

いとう　(笑)。それはさ、今生やしていらっしゃるヒゲね。

みうら　やっぱ、天狗になるには鼻の伸びは無理としてもヒゲがいるんだよね。

いとう　そうなんでしょうね。確かに「天狗の絵を書いてごらん」って子供たちに言ったら、子供たちは鼻しか描かないじゃん。そうすると鼻が大きなおじさんみたいになっちゃうよね。やっぱ白ヒゲがあって、途端にだね。

みうら　途端に天狗だよ。

いとう　すごいことに気がついたね。

みうら　もう、ふだんでも兜巾してもいいんじゃないかとね。

いとう　ちょっとした雨なら避けれるもん（笑）。

みうら　いやいや、額の上のほうだけだよ、しのげるの（笑）。

いとう　なんか大事な器具なんだろうなぐらいの感じだよ。でも申し訳ないけど、それはプラスチックでできてるヤツじゃないの？

みうら　そうなんだよ。土産出身だからそこはチープだよね。

いとう　いや、土産で兜巾ってさ、どういう発想だったんだろうね。昭和の子供は着けたもんなのかな。「天狗だ！」って。

みうら　かなり、初期の昭和だろうけどね（笑）。それこそ『月光仮面』の世代の人たちが、セルロイドのオモチャのお面かぶってたようなもんかねぇ。

いとう　出てたらしいね。

みうら　そうなるとその前は鞍馬天狗じゃないの？　ヒーローは。

いとう　なるほど。

みうら　テレビの鞍馬天狗は天狗コスプレじゃなかったけど、やはり天狗は、元祖真似したいヒーローだったんじゃないかな。

いとう　すごい重要なことなんだけど、ある時期までは家のまわりにあるものでヒーローを模すことができたんだよね。魔法使いっつったら、ホウキを股に挟んだよね。天狗っつったらその辺の柏を採ってきて、あおいだりなんかしてさ、おじいちゃんの下駄履いて「わーっ天狗だ！」っていうことができたけど、今の仮面ライダーとかは買わなきゃなんないじゃん。

みうら　だね。今のライダーベルトは複雑になってますからね。到底、家にあるものでは代用できないよ。

いとう　やっぱ、そうなんですか。そういうふうにヒーローが変化してきたんじゃないの。売り物でしかできないヒーローになっちゃったんだよ。

みうら　だから、今、逆に天狗コスプレがいけんじゃないかとね。

いとう　なるほどね。

みうら　仏面をかぶって練り歩く練供養《ねりくよう》も結局はヒーローである仏になりたい願望じゃないですかねぇ。

いとう　それで往生しましょうっていう話だからね。天狗は羽団扇《はねうちわ》という、まさに羽根の団扇と、錫杖持ってたよね。

みうら　そうそう地蔵の持つね。

いとう　それで一本歯の下駄だよね。どれも近所を歩いたときにもう一つ目立つよねやっぱ。アレ?って思うじゃん。

みうら　うちの事務所の周りは坂が多いもんでさ、一本歯はかなり危険だよ。

いとう　転がってくよね(笑)。そこへ行くと兜巾はっていう……。

みうら　そう！　天狗要素がすべて兜巾に入ってますからね(笑)。

いとう　入ってる、入ってる！

みうら　たぶん、これで散歩でもしようもんなら、すんなり周りの人は「あ、天狗だ！」って思うんだろうね。

いとう　たぶん修行した方なんだろうなっていう感じはあるよね。去年11月にさ、イスラエルとパレスチナに行ってきたけどさ……。

みうら　そっか、あの国の人も着けてるよね、頭に。

いとう　着けるのよ、ユダヤの人たちね。箱みたいなのを前に着けてんだよ。

みうら　それは学研の「ムー」的発想だと、ルーツが同じってことになるんだけどね。

いとう　歌舞伎とか能を観てると、「兜巾といっぱ」って言って、弁慶が自分が山伏であるって嘘の証明をしていくじゃん。「錫杖と言えばこういうものを打ち砕くんだ」「兜巾というのは……」って。

みうら　兜巾には何か理由があるの？　僕は第3の目のところを隠してるんだと思ったけど。額のちょっと上に着けるもんでね。

いとう　そうだね。普通なら頭頂部に着けるよね。「兜巾といっぱ五智の宝冠なり」か。五智の宝冠だって。

みうら　五智如来の五智なの？。

いとう　五角形の各平面に5つの仏像が本当は書かれてるらしいよ。

みうら　へぇー、今、僕は5つの仏像を額に載せてることになるの？

いとう　いわゆる「ゴチになります」と言ってるのは、俺らからすると五智如来のことだから。

みうら　なるほど。それで、これ着けて原稿書くとスラスラ書けるわけか。

いとう　マジに？

みうら　いとうさんに以前、書きやすいシャーペン教えてもらったじゃないですか。

いとう　0.9ミリの2Bが実はいいんだと。

みうら　鬼に金棒って言うんですか、その上、兜巾着ければスルスル書けるんですよ。

いとう　みうらさんは自分で字を書くから、俺で言ったらコンピューターを立ち上げるようなもんだ、兜巾を着けるっていうのは。

みうら　兜巾の場合、額に立ち上げてる感じだけどね。

いとう　額に立ち上げてんだ（笑）。

みうら　やっぱり初めは「兜巾してるな」って意識がすごくあるわけですよ。それに横に付いてるゴムが緩くてね。ロン毛のせいで上がってくるんだよね。それを気にしながらだと原稿に集中できなかったんだけど、だんだん無の境地になってきてね。兜巾をしてることも忘れスラスラと書けるようになってきたんだよ。

いとう　いいね。天狗が書いてんだもんね、つまり。「作・天狗」だもんね。

みうら　降臨させてるようなものだもんね。天狗の視点で世の中を見ちゃう。

いとう　だから、結構上から見てるよね（笑）。

みうら　上から目線と言われちゃ困るけどね（笑）。

いとう　だって杉の木の上とかにいるんだから。「縁の下から見てみれば」とかは天狗の視点にはないよね。

みうら　己の姿も俯瞰で見てるようなものだから、書きやすいんじゃないかなあ。

いとう　なるほど、幽体離脱の状態だ。

みうら　確かにそうかも。

いとう　兜巾からWi-Fiが飛んでんじゃない？　ひょっとして、それが腕とつながってるんじゃない？

みうら　ここからそんな電波も飛んでんのかぁ（笑）。ねぇねぇ、昔「少年マガジン」とかの通販ページにノーベルバンドって載ってたの知らない？

いとう　何それ？

みうら　バンドを頭に巻くと、ノーベルの知恵が宿り、勉強ができるようになるらしいんだよ。

いとう　ノーベルって、火薬の関係の人だよね。

みうら　そうだよね（笑）。それ、テスト前とかいらない知恵だ。

いとう　科学者ではあるけど、ノーベル自体がすごく頭がいいような気はしないけどね、俺の中で。

みうら　ノーベル賞飴なんてのもあったでしょ？

いとう　俺の地域にはないよ。どんなの？

みうら　現物はどんなのだったかは覚えてないけど、その飴をなめるとかしこくなるって。

いとう　「ひとつぶ３００メートル」とか言ってた時代だからね。なんでも栄養が大事だったんだよね。

みうら　ま、昭和でかしこいっていうイメージはノーベルだったんだろうけど。

いとう　確かに。だって他の科学者の名前をいろいろ言われてもピンとこないから、一つにまとめてんだよねノーベルに。

みうら　エジソンかノーベルだよね。

いとう　あ、飴のメーカー、ノーベル（製菓）がそっからきてんのかな？

みうら　今でもCMは「ノーベル！」って言ってるもんね。

いとう　……さて、天狗のみうらさんに、この放送を毎月サポートしてくれてる人たちからお便りが来てましてね。

みうら　僕は、その「サポーター」っていうのがいつ出てきたのかが知りたかったのよ。

いとう　パンツじゃなくてってこと？

みうら　そう。最近、水着買うとさ、初めっからサポーターが内蔵されてるでしょ。アレ、昔なかったじゃん。

いとう　なかった。でもアレ、なんかぴったり付いてるわけじゃないじゃん。おざなりに、4点ぐらいしか留めてなかったりして、あれがなんか引っかかるっつうか、なんか気持ち悪いのよね。あともう一つは水着って、濡れてるときに何度も穿く場合があるでしょ。

みうら　えっ、どういうこと？

いとう　2日、3日ぐらい遊びに行って、1日目遊びました。外に干しておいた。乾ききらない間にもう1回、翌日穿くじゃん。

みうら　半乾きは気持ち悪いよね。

いとう　あの半乾きのときに最初に張り付いてくんのがあのサポーターなんだよ。アイツが飛びかかってくるんだよ。

みうら　飛びかかってくる（笑）。湿気を帯びてる分、食いついてくるよね。

いとう　気持ち悪いのよ、アイツが。

みうら　わかる。だから、サポーターもほどほどにっていうことだよね。

いとう　あのサポーターはね（笑）。これから話すサポーターはいいサポーターだから。

みうら　サポーターの中にもワーッと暴徒と化す人いるで

しょ？　それは半乾きのサポーターってことだよね。

いとう　半乾きではあるだろうけど。なんか「サポーター」の表してる範囲が極端に違うよね。だって一つは、守るためのフワフワッとした半乾きのサポーターじゃん。一方は瓶とか投げたり人をぶったりするサポーターじゃん。だから表してるものがちょっと違いすぎる。

みうら　真逆だね。

いとう　中庸はないんですかっていう。

みうら　だからやっぱりいいサポーターはいいサポーターを穿いてないとダメだってことだよね。

いとう　いやいや（笑）。体が悪い場合に着けるサポーターあるじゃん。俺ね、小学校低学年のときに陰嚢水腫っていうのをやったってみうらさんに言わなかったっけ？

みうら　知らない。陰嚢水腫って、どんなの？

いとう　睾丸に水がさ、溜まっちゃうのよ。膨れちゃうわけ。なぜか何回か水を抜いたら治ったんだけど。その陰嚢水腫のときに、なんかゴムみたいなサポーターでピターッと垂れないように……。

みうら　宍戸錠さんのほっぺたの部分を止めるみたいな？

いとう　錠さんのそこにする必要はないんだけれども（笑）。がんもどきみたいなところをピタッとしておくように穿かされて、すっごい悲しかった思い出があるわけよ。

みうら　大変だったねえ。

いとう　そんなのしなきゃいけなくて、ゴムの臭いがして。サポーターと聞くと悲しいイメージになっちゃうんだよね。

みうら　ピタッとしたで僕が思い出すのはね、ビガーパンツっていうの。知らない？

いとう　何それ？

みうら　包茎矯正用ビガーパンツってやつなんだけどね。そのビガーパンツを穿いてると、おのずと剝けるとでも言いたいようでさ。

いとう　だってビガーパンツは、当然あそこをビガーにするっていう意味でしょ？

みうら ビガーって苦いって意味じゃなかったっけ？
いとう ビターでしょ、それ！
みうら そっか（笑）。苦くしてどうするんだろうなと思ってたわ。
いとう Big、Bigger、Biggest じゃないですか。
みうら 三段活用かぁ。
いとう だから、あそこをビガーにする気持ちだったのかなあ。大きくもするし、剝くってすごい機能だよね。
みうら そんなね、都合いいパンツ作るの無理だと思うよ。
いとう 布には無理だよ、それ。
みうら 布にできることって、知れてるってさ（笑）。
いとう 知れてる。布は包むか、拭くかでしょ。
みうら その二つで十分だとみんな思ってるだろうしね。
いとう 布ってそれで人類と一緒にやってきたんだもん。
みうら それ以上期待するのは酷っていうもんだよ。
いとう 塞がってるものを剝くとか、そんなことはね。野菜のピーラーとか剝くヤツがあるじゃん。あれだって、剝くこととジャガイモの芽を取るとこが付いてるよ。
みうら 付いてるねぇ。
いとう やっぱ機能は二つだよ、基本的に、ものは。
みうら 昔の缶切りさ、グリグリドリルみたいなの付いてたでしょ。あとで気がつくんだけど、あれはワインのコルクにブッ刺すヤツだったんだね。
いとう そうなのよ。子供の頃、わかんないんだよね、あのグリングリンの意味が。
みうら お仕置き用に使うのかなと思ったよね。
いとう 確かに（笑）。
みうら 登山ナイフみたいにいっぱい用途が付いてるヤ

十手の謎が解かれてないまま令和になっちゃった（みうら）

ツッて。

いとう　十徳ナイフね。

みうら　それって、十も徳があるってこと？　あれもよくわかんないし、十手ってさ、アレなんなの？

いとう　そうなんだよね。短いほうが横から付いてんじゃん、音叉みたいな状態で。長いヤツの横に。だからあそこに相手の刀をはめるんだよ。パーンッて来たヤツをはめて、カチーンてはね返すんじゃないの。

みうら　え、それだったら、同じ長さでよくない？

いとう　同じ長さだと入っていかないじゃん。長いところで受け止めて、ズラしてヒュッと入れるんじゃないの。

みうら　でもそれって至難の業じゃないの？

いとう　そうそう至難の業。俺のイメージは使い捨てナイフっていうかさ、パリパリッと折って新しくしていくじゃん。

みうら　カッターのこと？

いとう　カッター、カッター！

みうら　古いのをパキッと折るヤツね。

いとう　滅多に折らないんだけど、アレ。

みうら　アレね、折るの意外と難しいんだよね。

いとう　そうなの、怖いんだよ。

みうら　アレもカッターの裏についてる溝のとこに。

いとう　そこそこ！

みうら　差し込んで。

いとう　それそれ！

みうら　カクンッてやるんだけど。お前、うっすら線が引いてあるところで折れると思ってんなよ、ってぐらい違うとこで折れるんだよね。

いとう　まるーく欠けたりもするんだよね。

みうら　するする（笑）。

いとう　アレが怖いんだよね。

みうら　あの欠片をどこに捨てたらいいかわからないんで怖いんだよ。

いとう　そのカッターの場合の折るとこのイメージよ、俺の十手のイメージは。

みうら　怖いもんなんだねぇ（笑）。

いとう　アレが十手の原理なのよ、俺の中の。

みうら　それに「じゅって」じゃなくて「じって」というとこも変だし。

いとう　「じって」って言うね、なんか知んないけど。

みうら　アレは東京弁だから「じって」なの？　僕、関西にいたときは「じゅって」って言ってたよ。

いとう　俺も「じゅって」って言ってたけど、下町の人は「じって」って言ったりするね。アレ、十手じゃなくて、一通りしか使えないから、一手だよね。

みうら　あの「十」はなんの「十」なの？

いとう　十徳ナイフだって、見たらわかるけど、いろんなことするよ。

みうら　だって10の使い方があるぞって大きく出てるわけでしょ？

いとう　やっぱそうなんじゃないの。そうじゃなかったら十字架の形をしてなきゃダメだよね。

みうら　じゃ、十手も敵がやってきたのを防ぐ以外に、せめて栓ぐらい抜けないとダメだよね。

いとう　栓はマストだろうね。どっちも喉が渇く場合があるもん、加害者も被害者も。

みうら　その時代にラムネがあったかどうかわかんないけど、長いほうでビー玉を押し込むとかね。

いとう　紐とかをうまくクルクルッと結べるのかな？　だって捕まえたら、紐でやっぱりくるでしょう。

みうら　お縄って言うもんね。

いとう　あの短い部分は帯に掛けとくんだろうね。落ちないように。アレがまず一手なんだろうね。

みうら　たぶん、十手の謎が解かれてないまま令和になっちゃったんだろうね。

いとう　やっぱりお上のもんだから、いろいろ言っちゃいけなかったのかもしんないよね。職人からしたらあんな馬鹿なもんはないでしょ。だって三手はないとさ、やっぱり着けてる意味ないじゃん。

みうら　持つとこだけさ、なんかヒモを巻いてさ、下に房みたいの付いてるでしょ？　十手。あれ、なんなの？

いとう　おしゃれしてんだよ、あそこだけ。

みうら　え？　おしゃれなの？　あそこだけちょっと密教法具感出してるってことか。

いとう　出してる出してる。あれはやっぱり競ったろうね。

みうら　その部分が粋だとか粋じゃないとか言い合ったんだろうね。

いとう　あとは位を表しただろうね。偉い人は紫とか。

みうら　なるほどな。でも、昔、聞いた話によると、岡っ引きっていうのは私営だったらしいね。お上から言われてやってるわけじゃなくて、あくまで自警団なんでしょ。

いとう　そう。割とちょっとワルだったりして。「お前よく町のこと知ってるから」とか。

みうら　ああそうか、ワルのほうが知ってるからね。

いとう　だから銭形平次とかも、実際の位は低いわけだよね、確かね。

みうら　ふだんは何をしてたんだろうね。いつも居間のとこに座って、あれで金入ると思えないし。

いとう　やっぱり相当幅を利かせてたんだろうね。正直申し訳ないけれども、一つ間違えば鼻つまみ者だよね。

みうら　変わったものを腰にぶら下げた鼻つまみ者だよね。

いとう　そうそうそう。だって、勝海舟のお父さんも、勝小吉っていうんだけど、暴れん坊だったために結構早く、30代か40代でもう隠居しちゃって。それで何してたかっていうと、街をぶらぶらぶらぶら歩いて、「お前ちょっとケンカしてんならやめろ」とか「ちょっと俺に金くれればこれやっといてやるから」とか言って生きてたらしいからね。

みうら　落語で「算段の平兵衛」っていう話があるんだけどさ。ケンカを見つけると仲裁に入り「俺に算段させろ」っていうようなヤツ。それかね？

いとう　はいはい、それよ。

みうら　それが今のコロナパトロールみたいなことになったのかね？

いとう　ここで一両払えば全員が一両損だとかいい裁きがあるじゃん、自粛警察はああいうのがないからいけないよね。

みうら　せめて腰には十手を差し込んでいてほしいよね。

いとう　「あ、あの人、自粛だな！」ってわかるもんね。実際アレを抜いたところでたいして役に立たないぞってこともわかるからね。

みうら　自分が何者であるかの証明にはグッズが必要であるってことだよね。

いとう　……サポーターの話していい？

みうら　あ、ごめんごめん。聞かせてください（笑）。

いとう　例えば「このnoteでラジオやってんですよ」とか俺がインタビューとかで言うじゃん、そうすると途端に聞く人が増えてるみたいで。

みうら　ということは、ほとんど知られてないってことだよね。

いとう　そうなの。俺たちも宣伝を忘れてたんだよね。

みうら　僕も努めてするようにするよ。やっぱ、このラジオ、気持ちはさ、「TV見仏記」のロケバスの中の無駄話だから。

いとう　そりゃそう、そりゃそう。

みうら　ロケバスの中で「これからおもろい話しますから聞いてください」ってスタッフに宣伝しないもんね。

いとう　本当はしたほうがやっぱいいってことはこないだ気づいたんだけど。

みうら　そうだねぇ。そんな話してたら見仏の旅に出たくなっちゃったよ。でも、コロナ禍だしねぇ。

いとう　そうなんですよね。だからしょうがないんで、みうらじゅん事務所で、俺とみうらさんがちょっとだけ離れてマスクして、行きたい仏像を書くとか、そういう見仏記でもいいんだよね。

みうら　話仏記ね（笑）。

いとう　仏像の話だけするよ、と。……例えば三門って、要するに寺によって幅があるじゃない。いつも言ってるように、上にさ、十六羅漢がいたりする場合がある。

みうら　だね。

いとう　とした場合、どこの寺の十六羅漢のうち誰の腕がもげてるかとか、だいたい俺たちはわかってるから。あそこの寺のなんとか尊者のあの目ンとこがちょっとずれちゃって……。明らかにコイツだけ昭和に子供が作ったなってやつもいるでしょうよ、羅漢の中には。

みうら　それはいるよ。羅漢さんはそれでも笑ってるってね。そこがすごいんだよ。

いとう　そうそう、俺たちそれは馬鹿にしない。

みうら　三門をくぐって少し行くと納屋と間違えてんじゃないかと思うお祭りの道具などを置いてる収蔵庫もあるよね。

いとう　妙にでっかく「祭」って書いてある提灯がたたんであるとかね。

みうら　あるある、そこは見逃せないね。

いとう　アレをいちいち二人で描いていくんだろうね。最高だね。20時間ぐらい、もう夢中でやるだろうね。

みうら　たぶん三門の仁王の前には10円玉とかお賽銭も投げ入れてあるだろうね。

いとう　きっとあるね。

みうら　中には昭和三十何年かのギザ十もあるかもね。

いとう　ギザ十かあ。

みうら　十円玉の側面にギザギザが入ってるヤツで、あまり作られてなくて、値打ちあるんだよね。そうそう、この間、新宿のコインセンターに見に行ったんだけど、なんと3倍だったよ。

いとう　すごいね！

みうら　つまり、30円だけどね。

いとう　30円（笑）。

みうら　宝物があったってことだよね、仁王の横に。お供えしてあるものも想像したいもんだね。

いとう　いいですねえ。

みうら　歓喜天とかは大根が置いてありますからね。

いとう　ヤバいね。

みうら　お供えものは仏によって違いますからねぇ。

いとう　仏それぞれ、好きな食べ物が違うからね。できたら二股大根がちょろっと置いてあったら最高。その大根がちょっと足を組んでるみたいに。かわいいんだよな、アイツ(笑)。

みうら　「イヤーン恥ずかしいわ」みたいなね(笑)。

いとう　なんかこう、ベティ・ブープみたいな感じで(笑)。

みうら　いやぁ、そのたとえはどうかなあ(笑)。

いとう　俺たちより上の人たちのたとえだよね。

みうら　そうそうベティちゃんのことをさ、ウチのおかんは「ベッティさん」って言うんだよね。

いとう　何それ？

みうら　なんかね弁天さんみたいな呼び方をしてて。

いとう　完全に仏だよね。すごいものが来たっていう気持ちはあるよね、当然。

みうら　ビリケンさん同様にね。

いとう　戦勝国アメリカから来たキャラクターだもんね。

みうら　それはもう崇めるしかない状態だから。

いとう　ベッティさんが像になっててもいいわけだよ、本来はね。ベッティさんが小さいお厨子の中に入っていて、足をちょこんと組んでてもいいわけだよね。

みうら　どこのお寺にそのベッティさん、安置してあればいいかねえ？　奈良・佐保路の寺とかは？

いとう　いいねえ。

みうら　安置予想寺コーナーも作っていいかも？

いとう　それいい！　これの読者の方々から三門の写真だけを送ってもらって。

みうら　こちとら仏像少年コナンとしてはだいたいそれで「あそこの寺ね……」とわかるからさ。

いとう　仏像少年コナン出たね(笑)。兜巾がキラーッて光るんだろうね。

みうら　だろうね(笑)。

いとう　確かにその兜巾の後ろに豆電球入れて、光ってもいいよね。

みうら　「あの人、今ひらめいてんな！」って言われちゃうね。なんだか照れ臭いけど（笑）。

いとう　逆にあの人今ひらめいてないんだなってことがわかるとその人に振らなくて済むじゃん（笑）。青くなったらひらめいてない、「ちょっと待って！」っていう意味にするとか。

みうら　それより夏場は虫も寄るね。

いとう　寄るねえ。誘蛾灯になってるからね、それ（笑）。じゃあその想像見仏記を一回やってみようか。

みうら　っていうかさ、昔からいとうさん想像好きだよね。

いとう　想像好きなんだよ（笑）。

みうら　「みうらさん、『想像探偵』という番組をテレ朝に持ち込もうと思うんだけどどう思う?」って聞かれた覚えがあるけど、そのとき、意味わかんなくてさ（笑）。ついに番組化したからって言われたもんで僕、よく意味がわからずのまんまテレ朝のスタジオに入ったら、電車の車内のセットが組まれててね。つり革に何人かつかまってて、それを見て、「何か想像してください、探偵」って（笑）。

いとう　つり革の人たちが何か言うんだよ「近頃あれよね」とかって。それで何か新しいOLさん用語みたいなのが出てきたりして、突然みんなピタッと止まると。

みうら　そうだ、その用語を二人で勝手に想像するんだったね。

いとう　確か、その車内には蛭子（能収）さんも呼び出されて座ってたよね。

みうら　そうそう、蛭子さんいた！

いとう　なんの意味もなく蛭子能収がいるっていう贅沢さ。

みうら　そうだ。ただいるだけでね（笑）。会話が終わったときに、いとうさんが僕に「さあ想像探偵だ！」っていきなり言うんだよね。

いとう　（笑）。

みうら　そのとき、いきなりだったもんで、僕、何言っていいのかわからず、戸惑ったまんま番組終えた記憶があるんだけど。今、ようやくわかってきたよ。

いとう　やらんとしたことはわかってもらえる？

みうら　今ならうまくやれると思うけど、あの頃ね、なんかずっと半信半疑でさ。番組は何回かあったんだよね。

いとう　そう、何回かやってもらえたのよ。

みうら　外ロケに出たときには、ちゃんと探偵の格好してたもんね(笑)。

いとう　だから、今回もそれにかなり近いけど。俺の今のイメージはね、五百羅漢の絵を二人で書くでしょ。そしたらね、すぐ紙を切ってね、立てていくわけ。

みうら　ほうほう。

いとう　足のほうを折って立ててく。そうすると立体ができるわけじゃない。そういうのがわかりやすいよね。

みうら　この羅漢は、この位置よりここだろうとか？

いとう　そうそう。なんとか尊者は壊れかけてるから横の壁際に、なんかもうもたれないと座ってられないんじゃないかとか、そういうことだよね。

みうら　横倒しの原理もあるからね。

いとう　いろいろな地震もあったからね。

みうら　中には縄で縛られてようやく立ってる像もいたね。

いとう　そんなのいたっけ？

みうら　ほら、後ろの柱に縛り付けられて立ってた四天王の一体。この前、事務所掃除してたら出てきたよ、その写真。

いとう　どうしてもやっぱり立てたいと。

みうら　立つ瀬がないと言うけどさ。どうにか立てたい。そんなときは緊縛状態の仏像にするしかないって。

いとう　それ、もう罪人状態だもんね。

みうら　いや、そこは国宝委員会にちょっと指定を上げてもらってさ。

いとう　修復がさ、ままならないじゃん。

みうら　なかなか大変だよね、地方仏は。

いとう　こんな風に想像するのは家にいてもできるからね。

みうら　だいたいのことはね、兜巾着ければわかるから。

いとう　兜巾があるからね。俺、もう山門抜けた道も今見えてるからね。

みうら　見えてきた？

いとう　見えてきた。萩が左右からワーッてきてる。新薬師寺的な。

みうら　いとうさんは寺の植物も見るからね。

いとう　俺に任せて、ここは桜がちょっと若葉になってますとか、季節の変化も。

みうら　なるほど。その先を進むとさ、庭をお掃除している小坊主の石像が立ってるでしょ。

いとう　あるねえ。そういう小坊主がいるところって、正直それほど古い仏像はないよね。

みうら　言えるね(笑)。

いとう　アレを見たときに「ここは平安はねえな」って思いながらお堂に上がるものだけどね、俺は。

みうら　白鳳期の仏像をお持ちのお寺に現代のお掃除小僧は不必要だもんね。

いとう　そこはご僧侶もわかってらっしゃるんだよね。

みうら　そりゃそうだ。

いとう　また、サポーターの中のcoconさんっていう方がね、三十三間堂で僕らが会うとき……。

みうら　あの、『見仏記』の一巻目で33年後の3月3日、3時3分に三十三間堂でいとうさんと再会する約束のことでしょ？　当時はSF話だと思ってたけど、もうあと6年もなかったと思いますよ。

いとう　coconさんが言うには、そのときに握手だけじゃなくて、ヒシッと抱き合ってほしいと。33年ぶりに会ったって設定だから、カメラが抱き合う二人の周りをぐるぐる回ってほしいと。カメラワークの指示が出たのよ。

みうら　なるほど。恋人が抱き合うシーンにはそのカメラワークだよね。

いとう　回り灯籠みたいなもんでしょ。回り灯籠の逆か。周りを灯籠が回るんだね。

みうら　そうだね。AᗺBAの曲「ダンシング・クイーン」がBGMであってもいいかも。

いとう　キラキラしたオーケストラみたいな曲だね、いいねえ。

みうら　もはや二人が、ミラーボールになったような感じでね。

いとう　なるほど光ってるんだ。乱反射してるんだ、恋が。

みうら　自ら発光するんだろうね。
いとう　そのとき、兜巾も光ってるかな？
みうら　そりゃ、してたらね（笑）。
いとう　してたらやっぱり光ってキラキラになるだろうね。
みうら　もうディスコ天狗だね。
いとう　……ご歓談ネーム・ヒルズさんからです。
みうら　ヒルズ。
いとう　だから、丘さんなんじゃないですか。
みうら　ヒルズの場合は複数形だから、丘たちってこと？
いとう　なぜ丘たちかはこれを読めばわかるんですよ、今読みますから。
みうら　はいはい（笑）。
いとう　「お二人に報告です。『ザツダン！』がきっかけで仲良くなり……」。「ザツダン！」って「ご歓談！」より前に俺たちが文化放送でやってたラジオだよね（のち『雑談藝』として書籍化）。「『ザツダン！』がきっかけで仲良くなり、お付き合いした方とこのたび結婚しました」。
みうら　えー！
いとう　すごくない？
みうら　完璧に結婚式に呼ばれてスピーチしなきゃなんない感じになってるけど。
いとう　なってるよ。つまり「アレって面白いよね」とか、給湯室だかタバコ吸う部屋で言ってたら「聞いてます、私も！」とかなって、「先週録り忘れちゃったんだけど」「私テープ持ってますよ」みたいな経緯があったのかな、想像すると。
みうら　また、想像かよ（笑）。この場合、結婚まで至る密な感じなわけだから、ここは「ザツダン！」で取り上げてた「単一電池の大きさは今必要なのか」の一点で盛り上がったとか？
いとう　単一って言うだけで、二人が吹いて。
みうら　「単一ってパンイチの響きに似てますよね」で「プーッ！」が出たりしないと、なかなか結婚まではいかないと思うね。
いとう　「よし、ちょっと単一探しに行ってみよう！」って言って二人で会社を飛び出したかもしれないよね。

みうら　コンビニに行ったら意外と普通に単一が売られてて、二人で笑い合うとか？

いとう　横のチューハイも買って、「ちょっと公園で飲みましょうよ」なんて言って素敵なことになったのかもしんないよ。

みうら　「実は私も単一でしてね」「私も単一なんですよ」「じゃあお付き合いしましょうか」みたいな。

いとう　ちょっと待って「私も単一」ってどういう意味なの？

みうら　この場合、独身って意味だけどね。

いとう　なるほどね。

みうら　結婚は単二になるけど、独身だと単一だね。子供が生まれたら単三、単四って増えてくから。

いとう　単って家族の数のことなの？

みうら　なんだか、単、の意味がわからなくなってきたよ（笑）。

いとう　でも確かに単身赴任って言うもんね。いや、そうじゃなくて、この人は結婚したと報告してくれて、「結婚指輪の内側にSINCEと彫りました」と。ちょっとすごくない？

みうら　彫ったSINCE（笑）。

いとう　「お二人のおかげでつながった縁です。ありがとうございます。引き続き、二人で『ご歓談！』を聞き続けます」。だからヒルズなのよ。

みうら　なるほど。

いとう　たぶん丘本さんとなんとか丘くんとかなんじゃないの。で、丘丘なんじゃないの。

みうら　いや、丘くんと結婚してW丘になったんじゃないの？

いとう　そうか、丘が二人か。さすが兜巾着ける人は、福を呼ぶよ。よかった、おめでとうございますとね。

みうら　でも、のちに僕らの雑談がつまらなくなって、そのせいで別れましたっていうのはやめてくださいよ（笑）。

いとう　ヤバいね。俺たちは俺たちで勝手なこと言ってるだけなんで。

みうら　それに「なんか最近二人、老けたなあ」「いや、老けてないわよ！」とかそんなことで論争になってもらっても困りますからね。

いとう　そうなんだよ。俺たちはつねに明るい状態をご提供するために、ためにっていうか、ただ二人でそういう気持ちだからお送りしてるだけだからね。

みうら　でも、末永く、幸せにね。

いとう　だって、話は絶対合うわけじゃん。

みうら　今後、「スライドショー」を二人で見に来てほしいですね。

いとう　それはありがたい話ですよ。

いとう　……さて、フライングねずにゃんからのお便りです。「ヤマト糊を愛用されているみうらさんに手にのりが付かないように、紙を貼り付けるコツがもしあれば教えていただきたい」と。「封筒を閉じるときなどに必ず手がガビガビになっちゃう」と。

みうら　ちょっと前のニュースだけど、液体のりががんの治療に役立つって言ってたの知らない？

いとう　見たよ、見たよ。

みうら　テレビでもやってたし、新聞にも大きく載ってた。アラビックヤマトが横倒しになった写真。

いとう　確かに横倒しになってた。

みうら　新聞見たときに、「僕のインタビュー記事かな？」って一瞬思ったもん。

いとう　アラビックヤマトのことを語る人はほぼみうらさんしかいないからね、この時代にね。

みうら　ミスター・ヤマトだから（笑）。

いとう　確かに。

さすが兜巾着ける人はね、福を呼ぶよ（いとう）

みうら　よくよく読んでみたらがんの特効薬の何かに混ぜると効果が出るんじゃないかってことが発表されたんだよね。

いとう　それ自体が効くとかいうのと、ちょっと違うんだよね。

みうら　そのためにじゃないけど僕はのりが指に付いたら、刷り込むようにね。

いとう　どこに？

みうら　肌に(笑)。

いとう　ハンドクリームみたいに？

みうら　そうハンドクリームのりだね。レモンを絞るとき、汁が手についてなぜかわからないけど手に擦り込むことあるじゃないですか？

いとう　あるあるある。

みうら　その感じですかね。

いとう　むしろガビガビを取ろうとしてなんかすると、ティッシュがくっついちゃったり。

みうら　ティッシュはダメだよ。

いとう　ティッシュでいちいちやってもダメだ、と。擦り込めば、ガビガビはなくなるぐらいまで薄まるもんなの？

みうら　時間経ったガビガビは、こすってると黒くボロボロ落ちちゃうから、そこは瞬時に行うね。スクラッパーとしては、次に貼る写真の表面にのりが付いてはいけないから、その都度手に擦り込んで次の作業に移るんですけど。

いとう　つねに新鮮な状態の指で取りかかってんだ。

みうら　そうしないと紙にものりにも失礼だからね。

いとう　職人の考えだ、これ。この人は「ガビガビとは共生しなければいけないのでしょうか」って言ってるけど、ある意味共生なんだけど、ガビガビにならないように手に塗っちまえと。

みうら　ですね。まだ、液体がユルいうちに擦り込んじゃえっていう。

いとう　鉄は熱いうちに打てっていうそういう考え方だよね。

みうら　大概の匠はそう思うんじゃないかねぇ。

いとう　匠はそう思うんだ(笑)。

いとう　……池崎浩士くん。「みうら先生にお聞きしたいです。特撮世界では怪獣や宇宙人が頻繁に現れるのに、子供が『人が消えた！』『空が割れた！』と、近くにいる警察官に報告すると『そんなことあるわけないよ。夢を見たんだよ』で、なぜ済ますのでしょうか、と。隊員でさえも『そんな馬鹿な！』と怒鳴ってることがありました。不思議です」と。どうなってるんだ、と。だって、毎週起こってるじゃないかってことでしょ。確かにそうなんだよ。

みうら　それはね、特撮世界の掟っていうかな、そういうのがあって、毎回、仕切り直しているっていうことですね。

いとう　ああー。

みうら　一度、仕切り直して見ないと、こっちもワクワクしないじゃないですか。

いとう　確かに一回壊れた町は、しばらく復興できないはずなのに、別にそのことには何も触れず、町並みはつねに新鮮だもんね。

みうら　自衛隊だって、ウルトラマンに倒された怪獣をたった一週間で処理できるわけない！って言うでしょ。

いとう　死骸があって腐っていくんだもんね。

みうら　何せ、デカいですからね。

いとう　たぶん専門業者が必要だよね。

みうら　スーパーマリオだって、敵にやられたり、下に落ちたりしてますけど、次やるときにはケロッとしてるでしょ？　あれも仕切り直しですから。

いとう　確かに、確かに。つまり、怪獣は現れちゃってるわけだから、町並みのこととか言ってられないだろう、と。

みうら　だから「空が割れてる！」とか言った子供も次回は仕切り直し。別の少年になってると思いますよ。

いとう　なるほど。子供ながらに、一回見てるけど、それはそれだったと。だから夢と同じだね。起きて生活したら夢のこと引きずってないもんね。

みうら　飲み屋で夢の話を持ち出されても困るもんね。

いとう　「なんか縁起が悪いんじゃないかと思う」って、いやそれ俺に言われても知らないからってなるよね。

みうら　過去も夢も振り返らない。ドント・ルック・バック！ですかね。

いとう　オールウェイズ・ナウ！ってことなんだね。

みうら　今が肝心であると。今を生きよう、と。

いとう　なるほど、諸行無常であると。振り返っても未来を憂えても仕方がないと。今にベストを尽くすんだと。

みうら　過去は終わったこと、未来はわからないことっていうことですかね。

いとう　今、空が割れたらそのことにもう激驚きしてくれと。

みうら　何回も何回も同じ怪獣映画を観てる者としては、毎回「ワーッ、ヤバい、ヤバい！　なんで信じないんだよ、みんなー！」って気持ちなんですよ。

いとう　(笑)。

みうら　一回だったらまだしも、何回も見直してるわけですから、その都度前も起きたじゃんなんて、思ってたらね、最終的に「なんでこの登場人物はトイレに行かないの？」になっちゃうでしょ。

いとう　ところでみうらさんさ、どう考えても時間がないと思うんだよね。「こないだシリーズを全部見直したんだ」とかよく言うけど。どういう時間にやってんの、それ。家帰ってお酒とか飲みながら見てんの？

みうら　だね。家で一生懸命見てますよ。

いとう　お酒飲んでなんかのついでに……。

みうら ついでに見ることはないですね。

いとう メールのついでにちょっとチラチラとか見てるんじゃないよね。真剣に見てるんだよね。

みうら 映画館と同じ気持ち。ノーモア映画泥棒のあとに上映が始まる感じで観てますよ。

いとう シネコンじゅんちゃんだ。

みうら そうそうこの間、映画館に久しぶりに行ったけど、コロナ禍でわざわざ観に行かなくてもいいだろうっていう映画を選んでさ。さらに平日の朝イチってこともあってさ、客は僕だけだったんだ。

いとう また朝イチだからねえ。

みうら 〝わぁー、ホームシアターだ〟って喜んでたんだけど、上映ギリギリになって一人入ってきてさ。くやしいったらありゃしない。でね、最近ね、やっぱり老いるショックで、動体視力がえらい落ちてるわけなのよ。

いとう そうなの？(笑)

みうら 選んだ映画が『ソニック・ザ・ムービー』ってほら、セガのゲームのキャラがものすごいスピードで走り回るわけさ。動体視力の衰えもあって追っつけなくて。

いとう ソニックを追えなきゃ、もうどうしようもないだろうからね。

みうら ソニックのゲームは昔、僕、ゲーム雑誌で何誌も連載してたもんで、結構みんなより早くやってたつもりだったんだけどね。

いとう やってたんだ。

みうら 調べてみたら33歳のときだったけど、そのときから全然、動体視力が衰えてってさ。ソニックって、他のゲームに比べてめっちゃ動き速くなかった？

いとう 速かった。だから、俺やんなかったよ。まったく追いつかないもん、あんなもん。

みうら メガドライブの広告、いとうさん、やってたのに？

いとう (笑)。移動が早かったよね。

みうら 当時から自分が何をしてるのか、どこに向かおうとしてるのかわからないぐらい音速だったよ。

いとう じゃあもう、ほとんどストーリーは耳で聞いたって感じになっちゃうよね、そうなると。

みうら　たぶん、そうだろうとこちとら吹き替え版に入ってるからさ（笑）。山寺宏一さんが相変わらず上手くてねえ。でも画面は速いでしょ。目に悪いからさ。

いとう　追いついてないからね。

みうら　だから、なるべく目をつぶって見るようにしてたんだよ。

いとう　（笑）。

みうら　目が追おうとするから、よくない。っていうか、もう観に行くなって話なんだけどさ、そういう目の人はね。

いとう　でも、観に行ったんでしょ？　すっごいなあ。

みうら　気がつくと映画の中に自分が入り込んじゃってる場合あるからね。疲れるんだよ。観終わったあとはぐったりだよ。

いとう　（笑）。そうだよね。だって、火が出たりさ、踏み潰されそうになって逃げ回ってるんだもんね、みうらさんは。

みうら　だって、僕がソニックだからさ（笑）。

いとう　オードリー・ヘップバーンになってる場合もあったわけじゃん。

みうら　ありましたね。いや、何度、観返しても『ローマの休日』では僕、確実にオードリー・ヘップバーン役なんだもん。

いとう　怪獣映画のときは怪獣になってる場合もあるわけなんだ。

みうら　なん十回と観返してるからね、そっちは。最終的に怪獣の悲哀ってものがわかってきてさ、巨大である自分が悲しくなるんだよね。

いとう　そうだよね。体も言うこと聞かなくて、ビルにぶつかっちゃったりね。

みうら　大変だよ。だから「早くやっつけられろ！」なんて、思わないでほしいよ（笑）。

いとう　思わないんだ。マニアは割と俯瞰で見てさ、ストーリー的にこうだとかさ、評論するじゃん。

みうら　いや、僕にはできないよ、そんなこと。

いとう　怪獣だから、そんなこと言ってられないよね。もう必死なんだもん。

みうら　だね。夢中っていう言葉もあるように、まさに夢の中なんですよ。だからあんまりストーリーはよく覚えてないんだよ。

いとう　へえ。それは特殊っていうかやっぱり好きな人ってそういうもんなのかな。

みうら　だから、何回見てもいつも新鮮なんだと思うんだよね。

いとう　こないだスチャダラＡＮＩに会ったらさ「また『ウルトラＱ』見てんですよ」とかさ、恥ずかしそうに言うのよね。何回も見てるんだと。俺、なんで何度も同じものを見るのかなって不思議だったけど。そういう捉えきれない体験があることを知ってるからかな。

みうら　たぶん、ＡＮＩもゴメスやナメゴン役だからじゃないかねぇ(笑)。ま、それってロンリー・プレイでしょ？　恥ずかしそうに言うのはオナニーっぽいからだと思うよ。

いとう　なるほど、つまり客観化できないってことだね。没入して、興奮してるから。「いとうさん、毎日しちゃってんですよ」っていう気持ちなのか。

みうら　「いい歳こいて、まだこのネタでやってるんです」みたいな。(笑)

いとう　そういうことなんだ。

みうら　後ろメタファーが出ちゃってんじゃないかねぇ。同じネタだから。

いとう　仕事にからめると、新しいのを見たほうが新しい情報のことが言えるじゃんとかって気持ちにもなりがちじゃない？　そういう職業ではあるでしょう。

何度、観返しても『ローマの休日』では僕、確実にオードリー・ヘップバーン役なんだ（みうら）

みうら　だから僕の場合、仕方ないから何度観てもヌケるって原稿ばっかり書いてるわけよ。

いとう　「たまらないんだよなあ」って(笑)。

みうら　だって評論できないんだもん。ロンリー・プレイは。

いとう　みうらさんはさ、わりと人を呼んで接待してさ、「これ観てよ」とかバカ映画とか観せるけど。バカ映画の場合は人を呼んで一緒に観て、「ほら面白いでしょ?」ができるけど、それができない作品があるんだ。

みうら　よほどの怪獣野郎が来ないとね。だから、接待には不向きだよ。

いとう　ずっと喜んでるかどうかを気にしちゃうから、すごい重荷だよね。

みうら　照れ臭さもあってさ。

いとう　自分はちょっと面白いと思ってんだけど、あんまりこの人反応してないなとか。

みうら　やっぱりエロと同じように、人それぞれ感じるところが違うからだよね。やっぱその辺の微妙な感じを究めてる人っていうのが、マニアってヤツなんだろうね。

いとう　みうらさんはマニアのフィールドが多いわけじゃん。

みうら　いや、僕はマニアじゃないと思うんだ。単なるファンだから。

いとう　感じやすいんだ。

みうら　ファンはね、感じやすいんだよ。あくまで受け手でいるだけだから。

いとう　そこがいいんだね。

みうら　そのほうが楽というかさぁ。だから、昔、ゴジラ映画が復活したときに、「ちょっとカメオ出演とかしませんか」って誘われたことあるのよ。とても困ってさ。

いとう　ええ、そうなの?

みうら　出たいけど、やっぱファンじゃないですか?

いとう　神聖な世界に出るとなんか興奮しなくなっちゃうんじゃないかと思うよね。

みうら　観ているファンに失礼じゃないかと思っちゃうわ

けで。

いとう　それは言われてみるとわかる気はするわ、みうらさんがそういうことをしない、ストイックな理由はわかる気がする。

みうら　ここがファンのつらいところでさ。

いとう　ずっと興奮しながら見るためには、その快楽を取っておくためには。

みうら　それもあるよね。知り合いが男優として出てるAVはやっぱ、困るでしょ？（笑）

いとう　そりゃそうだよね（笑）。

みうら　実は何回観ても途中で寝ちゃう映画もあるしね。

いとう　そうなんだ！　俺は絶対に「今の俺はもうこれに興味がないんだ」って思ってスパンって切って、もう違うことに行くタイプだよ。全然違うよね、みうらさんと。

みうら　我慢して、最後まで観られたときはさ、やっぱ、好きなんじゃん、って……。

いとう　言い聞かすんだ。

みうら　（笑）。言い聞かすんだよね。だから、マニアにはなれないのは知ってんだよね。自分で自分を操作してるから。

いとう　操作してるんだ（笑）。

みうら　自分洗脳しつつやってきた人生だから。

いとう　それは職業病でそうなったのかね。

みうら　いや、昔からそうだったんですよね。一人っ子だったから、友達が家に遊びに来たときに「こんなの面白いよ」とか言って、いろんなものを見せて引き止めとくっていう戦法を取ってたから。そのときに自分が、そのものに飽きてたら説得力もないし、引き止められないでしょ？

いとう　なるほど、なるほど。

みうら　「これ面白いからちょっと読んでいきなよ」とか「見ていきなよ」っていうのは、やっぱり説得する側がカーッときてないとできないから。人に見せてる段階だから、当然もう自分のカーッとするところは、ちょっと過ぎてるんだけど。初めて見たときのように、すごい面白いということを伝える……。自分をごまかして、自分の気持ちを盛ってしゃべる癖がついてるんだよ。

いとう　みうらさんさ、よく俺のこと応援団だって言うじゃん。

みうら　だって、実際、学生時代応援団だったでしょ。それが試合以外にも及んでるってね。

いとう　それ言われるとすごくよくわかるのよ。応援ばっかりしてるわけよ。見つけて、「これ、いい！」とワーッて興奮してさ、人に「面白い、面白い！」って、それをどう言えば面白いってわかるかなとか考えるっていうことを俺はやるじゃん。その気質ではないの、みうらさんは？

みうら　気質はあるのかな？

いとう　旗持ってるか、太鼓叩いてるかは別だけど、応援団にはいるよね？

みうら　うん。たぶん僕の場合、応援団の格好だけなんじゃないかなあ。

いとう　なるほど、なるほど。形も入って、そっちも面白くしてんのね。

みうら　応援団がする格好してる気だけど、やはりどこか自分でも半信半疑だったりしてるんじゃないかね。

いとう　そうなんだ（笑）。

みうら　「もう飽きてんじゃねえか」とか思ってるけど、「それじゃいかん！」と思って、飽きてないフリはしてるよ、きっと（笑）。

いとう　粘り強いよね。

みうら　しつこいっちゃあ、しつこいんだけどね。

いとう　っていうか、そのものを嫌いになったと言えない、その情の深さがあるよね。

みうら　嫌いになったって言ったら、すべておしまいだからね。

いとう　おしまいだし、相手を傷つけてしまうんじゃないかとか。

みうら　切ないよね。

いとう　「君のこともう嫌いだなんて言えないよ」っていう気持ちが怪獣に対してあるみたいな。

みうら　嫌いになった自分にも、当然、後ろメタファーが出るしね。

いとう　メタファー出るかあ。

みうら　それは人間との付き合いでもよくあるもんね。

いとう　特にみうらさんはあるよ。すごくちゃんと友達のことさ、ずっと世話したりするじゃん。

みうら　でもやっぱりテンションが落ちてるときもあってさ。

いとう　そりゃまあ、そうだろうね。

みうら　そういうところが、いけない自分だってね。

いとう　「い・け・な・いルージュマジック」出る。

みうら　ルージュは出ないけどね(笑)。まあ、最終的に「にんげんだもの」の「だもの」出すしかないけどね。

いとう　だものイズム。

みうら　「だもの」がないと、生きていけないのが人間なのかねえ。

いとう　毎日が面白くならないっていうことだね。

みうら　そうだねえ。でも、「だもの」と言いつつしなきゃなんないことだってあるんじゃないかと思うんだよね。

いとう　あきらめなしでね。

みうら　肯定だもの。

いとう　肯定重視。

みうら　「そこがいいんじゃない!」っていう呪文を考えたのもたぶん、そういうことだったかも。

いとう　確かに呪文だよね、あれ。自分に対する呪文だもんね。

みうら　「つまんねえな!」と思ったときに、もう瞬時に「そこがいいんじゃない!」って自分にツッコめば、「あ、そうだ。つまんないとこがいいんじゃない」と勘違いする効果。

いとう　わかるわかる。それすごい大事。自分に対しても大事だし、相手に対しても何かに対しても大事だよね。いいとこはみんなが気づくから。

みうら　そうなのよ。特に自分のことはわざわざ言うことでもないし。だから、僕にメジャー映画の宣伝依頼はこないからね。

いとう　あ、そうなんだ。

みうら　だったら、この一見、つまらなそうな映画を勝手に「そこがいいんじゃない!」と、応援したくなるわけで。

いとう　なるほど、そういうふうにやってきたんだ。

みうら　ずっと、そういうふうにやってきたから、たまに「この人嘘つきなんじゃないか」と思われることもあるんだけど、違うんだよ。

いとう　嘘をつきたくてやってんじゃないんだと。

みうら　そこがいいって言ってるだけだから（笑）。

いとう　……ご歓談ネーム・ずらとるびのみかん色の恋さんから。「以前、偶然耳にしたみうらじゅんさんの中学受験の話にいたく感動いたしました。細かい部分を忘れてしまったので、またご披露いただければ幸いです」。

みうら　もう、その話は古典落語みたいなもんでねぇ（笑）。えー、私はね、小学校の4年から仏像が好きになりましてね。その挙句に、仏教系の中学を目指したんですわー。

いとう　今まで俺はその話を20回ぐらい聞いてきたよ。

みうら　でしょ？（笑）　その都度、少しずつ話を盛ってきたわけで。

いとう　（笑）。本当の話してもしょうがないもんね。

みうら　何せ古典だから、何十年も昔の話でしょ、僕だって記憶が薄くなってるよ、そりゃ。でもさ、小学校のとき、不空羂索観音《ふくうけんさくかんのん》とかいう漢字はバンバン書けたことは確かでね、そのくせ全然勉強できなくて（笑）。だって、勉強するより、お寺行くほうが忙しかったからね。仏像スクラップも作らなきゃなんなかったからさ。うちのおかんがやっぱ困って、この子をこのままほっといて公立の中学に入れてちゃ、高校受験は絶対に受からないから、中学から私立に入れようと考えたんだと思うんだ。

いとう　はいはい。

みうら　そのときにおかんに出された候補の学校が何校かあって、見学したり、受けたりはしたんだけど。当然、箸にも棒にもかかんなくて。でも、京都だから、その中に仏教系の学校もあって。そこならどうかと思ったんだよ。試験があって、面

面接は接待である（みうら）

接があったのよ。面接は、当時の校長さん。京都のお寺の住職を兼ねてた人でね。

いとう　へえ。

みうら　これは「しめた！」と思ったのよ。試験はダメでも面接があるから。

いとう　みうらさん、好きだからね、仏教は。

みうら　仏教というか、仏像に関してはね。そして、この仏像スクラップがある限り、絶対受かると確信があったんだ。

いとう　マル秘の武器があるもんね。

みうら　㊙スクラップね（笑）。それを持っていって、校長さんに手渡したんだよ。「見てください」って。それが『見仏記』の一巻目の巻頭ページに載ってるヤツ。

いとう　例のヤツだ。「聖徳の道踏みしめて」っていう句が入ってるヤツ。

みうら　いとうさんに「これは句でなくて、標語だよ」とツッコまれたヤツ（笑）。それを見せたときに校長さんが言ったのよ、「あなたのような人を本学は待ってました」とね。

いとう　すごいねえ。

みうら　それが「面接は接待である」と考えた始めだったから。

いとう　いや、それはもう間違いない。面接は接待なんですよ。俺もそれはすごいよくわかる。

みうら　面接を受けてると思うとやたらアガっちゃうけど、面接官を喜ばす接待であれば、がんばっちゃうからね、こっちも。

いとう　俺もさ、就職のときにいろんなとこ落ちてから出版社に入ったんですけど。そのとき、全部落ちてたから、もう開き直ってて。相手も飽きてるだろうなってわかったわけよ。毎日何百人も見てるわけじゃん。横見たら、なんかもう真面目なことばっか言っててさ。だからもう、面白いこと言って楽しませてあげたほうがいいなと思って、楽しませているうちに受かっちゃったんだよね。接待だとわかった人間は強いよね。

みうら　二人とも若い頃からサービス業やってたね。

いとう　(笑)。いろんなアジアの国とかにいるちっちゃい子が食堂で食事を運んでたりする、あの切ない感じで、小さい頃から接待してたのね。

みうら　今やってることは世間的に言うと自由業って呼ばれるけどね。

いとう　はいはい。

みうら　でも、本当は自由なサービス業なんだってね(笑)。

いとう　特にみうらさんはサービス業の自覚がすごいよね。そういえば、「本学はあなたのような人を待っていた」って話は聞いたことあったわ。なぜか、すごくまじめに話してくれた記憶がある。だから、みうらさんにとって本当にうれしかったんだね。肯定されたんでしょ？

みうら　あとにも先にも、「待っていました」って、言われたことないから(笑)。それがたぶん初めて誰かに期待をされたっていうことだったんでしょう。

いとう　みうらさんは先生に恵まれてるよね。

みうら　必ず一人はおられるでしょ？　いい先生って。

いとう　大学んときもそうだったんじゃないっけ？

みうら　つーか、そういう先生に気に入られたくてしょうがない病っていうのが……。

いとう　出た出た！　見苦しいほど愛されたいから！

みうら　あの病気がさ、治らなくて。どうやら喜ばれたいっていう気持ちをサービスと勘違いしててんだと思うんだよね。

いとう　本当は自分の欲望なのに。

みうら　たぶん、モロ、それ。

いとう　相手のためにしてるみたいな気持ちになってってんだよね。全然ダメダメなんだよね。

みうら　ダメだねぇ、本当のサービス業じゃないよ、やっぱ。

いとう　愛され業、愛され強制業なんだよね。

みうら　愛されたいねぇー(笑)。僕のこと、相手はどう思ってるんだろうって、知りたくてー知りたくてー。

いとう　たまらないんだ。

みうら　恋してるみたいな気になってね。

いとう　ほう。

みうら　あの子のことももっと知りたいしさ。

いとう　もっと知りたいし、自分のことを認めてほしい、好きになってほしい。みんなが知らない部分だって見たいわけだから。恋をしちゃうんだ(笑)。

みうら　見苦しいほど恋男だね。

いとう　確かに。恋多きじゅんちゃんだよね。

みうら　たぶんそこが災いの元だったりするんだろうけどさ。

いとう　そのおかげで暗いところで怪獣映画をじっといまだに見れるっつう、そういう体質なんでしょ。恋体質でしょ。

みうら　いちいち思い出すんだろうね。初恋の怪獣たちを。

いとう　なるほどなるほど。

みうら　そんなの「いや、もう忘れたとは言わせないぞ!」っていうとこはあるよね。

いとう　なるほど。

みうら　携帯見ながらとか適当に観たりなんかできないでしょ。

いとう　すごいね、誠実だね、恋人に対して。

みうら　恋人というか、怪獣ね(笑)。そうそう、最近頻繁に過去の夢ばっか見るんだよね。

いとう　そうなの?

みうら　それも美化された夢ばっかり。

いとう　へえ、そう。

みうら　初恋の人に始まって、さまざまな思い出の人たちが総出演で出てくるから。

いとう　うわー。フェリーニの映画みたいじゃん。

みうら　だから、一度、台湾からいとうさんの夢見たってメールしなかったっけ?

いとう　あー、送ってきたわ。いとうさんを初夢で見たって言ってたわ。

みうら　見たのよ、なぜかいとうさんが兜巾してたんだよね。

いとう　マジ？

みうら　絵に描いて送らなかったっけ？

いとう　もらったかもしんないなあ……。そういえばなんか兜巾した俺がいたなあ。

みうら　それもね、初めて会ったときのいとうさんだったのよ。

いとう　はー。

みうら　胸ときめく時代のものが僕の夢の中でリバイバル上映を始めたってことなんだよ。

いとう　それの中になぜか兜巾が入ってんだね。

みうら　本来、僕がするものなのにね(笑)。

いとう　ときめく人に兜巾をさせてみたいっていう気持ちがあるわけだ。

みうら　一人一人に兜巾をさせて蘇らせたいっていうのがあんのかね、夢グループとしては(笑)。

いとう　いいかも、いいかも。兜巾グループの中に入れてもらえるのはありがたいことだわ。

みうら　それは、すべて己であるみたいな。

いとう　出たね！

みうら　すべて無であり、すべて己であるっていう。

いとう　変幻の印なんじゃない？　だって一個で五智なんだから。

みうら　姿形などなく、ただ風に吹かれていますよと。

いとう　なるほど。もう私なんかいないですよ、兜巾だけですよっていう。

みうら　兜巾はサラリーマンの人が似たようなスーツを着て個性を消すようなことと似てるのかもね。

いとう　それがないときはプライベートなんだ。今はちょっとオフィシャルなみうらじゅんでやってるわけね。あんまりにも似合うからね。ずっとこんだけしゃべってて、ずっと兜巾してるみうらさん見てんじゃん。なんかツッコみたいと思うんだけど、ツッコミが出てこないんだよね。

みうら　違和感がなくなってんだよね。

いとう　違和感がないのよ。

みうら　ツッコミ役って違和感に対して、ツッコむわけでね。

いとう　そうそう。それが似合わなかったりしてほしいけど、一切そういうマイナス面がないわけよ、これ。驚くね。

みうら　ここ2、3年の「スライドショー」が変わってきたのもそこにあるような気がするんだよね。

いとう　なるほどなるほど。兜巾現象？

みうら　お互いにね、何やってても違和感がないんだよ、もう。さも自然のようにそこにいるからさ。ボケもツッコミもたまに入れ替わったりすることあるし。

いとう　替わったりする。ボケもツッコミも全然ないと言ってもいいんだよ。ただただ話だけが転がっていってるっていう。gathers no moss ですよね。

みうら　だね。

いとう　rolling stone なんですよ話が。

みうら　苔むさず、出てるよね。

いとう　出てる。

みうら　むす暇がないっていうかさ、お互い単なる普通の話してるつもりなんだよね。

いとう　そうなんだよね。お客さんはすごく喜んで笑ってくれるけど、自分としては、普通の反応しただけだったりするんだよね。

みうら　ずっとしゃべり続けてるだけでさ……って、この会話も最初、なんのテーマだっけ？

いとう　たぶんサポーターだったんじゃない？（笑）

（「ラジオご歓談！」vol.26／2020年7月20日＋vol.27／2020年8月3日＋vol.28／2020年8月17日＋vol.29／2020年8月31日配信、すべてリモート収録）

ご歓談！⑥

↓ヒゲ↓

いとう　……コロナ禍で、みうらさんのヒゲも定着してるみたいだけど。

みうら　自分でもあまりもう気にならなくなってるんですよね、伸ばしてることが。初めの内はさ、ヒゲ臭っていうのが気になって仕方なかったんだけどね。

いとう　そうなんだ。

みうら　やっぱ鼻に近いもんで、ヒゲ臭アンド、その時々に食べたものの臭いがさ。

いとう　それはそうなるね。

みうら　納豆はよく洗わないと匂いが、ずっと残ってたりもするんでね。

いとう　ヒゲを蓄えるって、そういうこと含めなんだね。

みうら　臭い修行を経て、ようやくボーボーになるってね。

いとう　なるほど、なるほど。

みうら　常人はそこで「やっぱりこれはもう日常生活にちょっと支障をきたす」ってなってくんだろうけど、やっぱり天狗となると日常が異界だからね。

言っちゃいられないわけさ。

いとう　それはそうだ。

みうら　その異界に僕がどれだけ踏み込んだかが、ヒゲの長さだから。今はこれくらいかな？

いとう　それがちょうどいいぐらいなの？

みうら　ここが僕にとっての結界なんだよね。

いとう　鼻の下が？

みうら　まだまだでしょ？

いとう　鼻の下からあごの下の毛までの長さが異界なのね。

みうら　そうなるかな。

いとう　そこはもう異界なのね。そう思って俺は付き合ったほうがいいのね。

みうら　だね（笑）。ねぇ、ZZトップというバンドのメンバーのヒゲ――

いとう　アレのヒゲもすごいよ。アメリカの連中は。

みうら　相当深い異界に行かれてるでしょ。深みがあるっていうのかな、異界に。そんときまわりは「うわーすごい長いヒゲ生やしてますね！」とか言わないんですよね。もう、それはヒゲじゃなく、異界へのロードですから。

いとう　つまり「この人は真っ当な人じゃないな」のメッセージが出てるだけなんだよね。

みうら　そうだね。この人は現世の人ではないな、みたいな。

いとう　だから天狗も生やしてるし、役行者も生やしてるし。

みうら　あの人たちが都会に降りてきて日常生活を送るのは無理じゃないですか。

いとう　ちょっとバイトで履歴書を書くのもさ「いつもはどこにいますか？」「杉の木の上」ってわけにもいかないよやっぱり。

みうら　その場合、住所不定になりますからね（笑）。あの方々がウーバーイーツしてるなんてありえないわけです。

いとう　（笑）。断られるね。一応なんかニックネーム登録しとくんだけどさ、誰が運んでくるのかなって見たとき、「天狗」って書いてあった時点で、もうこれは遅れるかものすごく早いか……。早いなら一秒だよね。

みうら　まだ、焼いていないピザの生地だけ持ってくる場合だって考えられるよ。ま、ヒゲが伸びていくにしたがい職業の幅を狭めますからね。

いとう　ヒゲっていうのは仕事のバロメーターでもあるんだね。

みうら　このコロナ禍で僕もいろいろ考えましたよ。もういいんじゃないかと。

いとう　要するに今までは心のどこかでまだ履歴書が書ける俺っていうのがいたかもしれないね。

みうら　そうですね、仕事欲っていう煩悩があってさ。だから、昔はちょっとヒゲ伸ばしてすぐ剃ってましたから。「異界行きはヤバい。これじゃ仕事がなくなるかも」と思ったもんです。

いとう　社会に適合できなくなるかも、と。

みうら　ですね。

いとう　だけどよく考えたら、どこに履歴書を出すわけでもねえじゃねえかっていうことに気づいたね。

みうら　そう、そこですよ。自ら名乗ってた「イラストレーターなど」っていう肩書きも最近では受け入れてもらえるようになってますからね。

いとう　アレは元々ふざけてたんだよね？

みうら　照れ臭さもあってね。特に新聞社とかは肩書きをはっきり明記するじゃないですか？　やってることにプロ意識がないもんで、「など」としたんですけど、先方はそんな肩書きはありませんからって「など」を取っちゃうわけです。そうなるとこっちもパンクな気持ちが芽生えてきてね。

いとう　普通に「『イラストレーターなど』ですよね？」って、逆に言ってくるぐらいの。

みうら　そんなこともありましたね。

いとう　だったら何を肩肘張ってたんだと。

みうら　ないものに対する恐れがあったんでしょうね。その自意識をね、ヒゲで一切封じたというか。

いとう　ヒゲを貼り付けることで自意識が。大体自意識って口から出るからね。「ああコイツ……」って思わせたときって、だいたい口から出てる事柄が原因。そこを封じてんだね、今。

みうら　異界行きと引き替えに異性との接触も無くなりましたからね。だって、異性の憧れはけっして天狗ではないだろうし。

いとう　それはないだろうね。実際問題、ベッドになったときにその鼻の部分が逆にうつ伏せにもなれないもんね、あの方は。

みうら　そうだよね（笑）。

いとう　あとずっと赤いしさ。ちょっと気になるよ。体悪いのかなとかって。

みうら　でも、天狗ヒゲが肌に触れるって、意外と気持ちいいんじゃないかなあ。

いとう　なるほど。セクシーヒゲは絶対あるからね。どうなのかね、ブラシみたいな？

みうら　そうそう。ヒゲの存在意義はベッド上にあるかもよ。

いとう　なるほどなるほど。ヒゲが別の用途を持ってんじゃないかと。

みうら　生え始めはチクチクして嫌がる人もいると思うんだ。

いとう　つまり、「いつのヒゲだ？」って聞かれたときに、即座に「時間などない！」って言えるかどうかってことだよね。

みうら　そこですよね。まだ天狗ほど伸びてませんから。

いとう　でも、だいぶ長いでしょそれ？

みうら　もう3ヶ月以上は剃ってませんね。

いとう　もうそんなに！

みうら　もうホームステイから一回もと言ったほうがいいかなぁ。

いとう　ホームステイじゃないよ、ステイホームだよ！

みうら　だったね（笑）。つい、そっちが出ちゃうんだよね。

ヒゲのみうらさんも好きだよ（いとう）

だから、もうインドにホームステイしてるから
ヒゲが伸びたってことにね。

いとう いつの間にか、そういうことしてたんだ。インドだったらしょうがないもんね。だってヒゲ生えてないと大人だと認めてもらえないから。

みうら こちとら、日本で十分すぎるほど年取ってんのに、大人げないと言われてますけどね。ま、こんなヒゲ面でもいとうさんは好きでいてくれるかなって、心配してるんだけどね（笑）。

いとう いや、俺はだって何度も何度もそのヒゲ期を見てきてるから。

みうら 姿形で人のことを判断するいとうさんじゃないってことはわかってるんですが（笑）。

いとう 姿形も好きだよ。ヒゲのみうらさんも好きだよ。

みうら まあ、嬉しい（笑）。ありがとう。

いとう ヒゲ似合うよ。特にみうらさんのヒゲってさ、結構長く下に行くよね。

みうら もう、いとうさんったら（笑）。

いとう いい毛質持ってるよね。

みうら 嬉しいわって、もうヒゲ以外に育てるとこってないわけでさ（笑）。

いとう そうか、なるほどね。

みうら いとうさんは植物育てがあるじゃないですか。

いとう 俺は園芸があるね。水やってる。

みうら だから、このヒゲも園芸みたいなもんでさ。

いとう なるほどね。ヒゲイね。ヒゲイやってんの？

みうら ヒゲイって（笑）。まあ、今、ヒゲイやってんですけどね。

いとう ちょこちょこは、アレンジ的なのはあるわけでしょ？

みうら 変な方向に生えてきてるやつをカットしたりね。それなりにアレンジは加えてますよ（笑）。

いとう ヒゲとか眉毛もそうだけどさ、トンチンカンな方向に年取るといくじゃないですか。

みうら 聞いた話では、そのトンチンカン毛も年取って、抜け落ちることを忘れてるんだってね。

いとう あ、そうなの（笑）。

（「ラジオご歓談！」vol.28／2020年8月17日配信、リモート収録）

ご歓談！⑦

喪服↓ITP↓三大テノール↓棺桶↓名句↓司会↓

いとう　……父の葬儀ではお世話になりました。

みうら　いやあ、こちらこそ。

いとう　俺、みうらさんのあの話がもう大ウケでさ。

みうら　大ウケってどういうことよ（笑）。

いとう　三大テノールの話だよ。

みうら　それね（笑）。じゃ、ここでもう一度するね。葬儀って、やっぱり急を要すわけじゃないですか。家に黒い服あったかな？って。

いとう　うん、急を要するね。

みうら　たぶん、いい大人ならそれ用に持ってるんだろうけどね、喪服ってやつ。

いとう　俺は掛けてあるよ。

みうら　それは普段着の黒いのでなく？

いとう　喪服だよ、ちゃんとした。

みうら　僕は普段着の黒い服で流用してきた人生だから、あんなことになっちゃったんだよね（笑）。

いとう　わかんないではないですけどね。
みうら　いくら探しても下のズボンがなくてさ。僕、実家から持ってきた高校生のときの制服の下の穿いて、今まで葬式に出てたんだよ。
いとう　ウソでしょ？（笑）
みうら　本当。さすがにどこかの段階で捨てたんだろうね。
いとう　俺も共通で出てる葬式はあったと思うから、俺見てるよその姿。逆に言ったら、おなかが入ってたってのは偉いよね。
みうら　たぶん、ヘソんとこのボタン留めてなかったと思うよ。無理矢理、ベルトで締めてたんじゃないかなあ（笑）。ま、それに僕、黒いズボンを買うっていう習慣がないからさ。
いとう　わかるわかる。みうらさん、デニム以外のものをあまり穿かないじゃないすか。
みうら　なんですよ。でも、明日が葬式だって聞いたもんでね、一本、かなり光沢がある黒ズボン見つけてた。ベルトいらずのゴム入りのやつさ。
いとう　はいはいはい。
みうら　だから当日、いとうさん一家にバレないように、ロングコートで隠してたんだよね。コート着てたんだよ。
いとう　あ、そうだったんだ！
みうら　でも、コートは脱がなきゃいけないしね。できるだけ光の当たらない場所を選んでさ、立ってた。
いとう　向こうが主役なのに、こっちがピカピカッとしてちゃ困るわけじゃん。死んでるほうとしても（笑）。
みうら　死んでるほうとしてもって（笑）。
いとう　やっぱり光は吸収していかないとダメだよね。反射してるようじゃダメだよ。
みうら　とりあえず光沢アリだけどズボンは見つけたから安心はしたんだけど、中の白いカッターシャツさ。柄ものばっかり買ってるからさ、こちとら、ないのよ。
いとう　カッターっていうか、ドレスシャツみたいなのが家にあったんでしょ？
みうら　そう（笑）。事務所まで探しに行ったんだけど、一枚だけあるにはあったけど、首元がギャザーみたいになってるやつでさ。たぶん、それ買ったとき、こっちのほうが面白いと思ったんだろうね。

いとう　選んでしまうよね。だって衣装にもなるからね。

みうら　そうそう。家で、それを着て上着を羽織ってみたら、最近やっぱりちょっと胸の辺りが出ててさ。

いとう　わかりますよ。年取るとそうなりますよね。あとひょっとしたら、シックスパッドの特訓の効果もあるんじゃないの？

みうら　特訓の成果もあってかねぇ、胸のとこが妙に張ってるんで、黒いジャケットの前のボタンが留まらないのよ。

いとう　はいはい、わかる。実は俺も出すシャツ出すシャツ全部第一ボタンが留まらないのよ。「これじゃない！　これじゃない！」って、ようやく3枚目で必死に首を入れて行ったんだから。

みうら　喉仏のところのボタンがキツイよねぇ。

いとう　もうモノが飲み込めないわけですよね（笑）。

みうら　だから、そこを留めないでネクタイでごまかそうとしたんだけど、これまた出てきたやつが極細でね。

いとう　みうらさんがしてたのはロックンロール系のヤツだよね？

みうら　たぶん、80年代にテクノが流行ったときに買ったんだろうね。以来、黒ネクタイなんて買った覚えないから。

いとう　みうらさんがテクノカットだったときじゃん。

みうら　テクノカットというか、なんだろうね、アレ。フツーの短髪。テクノでテカテカで――

いとう　シャツのギャザーがバーンッて出てるわね。

みうら　それに昨今、ヒゲも生やしてるからさ、その姿、鏡見たら、もう完璧に三大テノールだったんだよね（笑）。

いとう　本当そうだよね。

みうら　特に三大の真ん中の人ね。ま、現場では坊さんが読経するだろうから、テノールでも、ま、いいかってね。

いとう　大きい葬儀ならまだしも、家族葬で人数も5人ぐらいのとこでテノールはヤバいよ。

みうら　やっぱ、そうだよね。イメージは三大テノールだから、3人占めちゃってるように見えるかもね。

いとう　そうだね（笑）。

みうら　それで行ったのはいいんだけど、やっぱりテノールの理由くらい、いとうさんには言っといたほうがいいかなと思ってさ。

いとう　はいはい。お坊さんもあいさつに来て、ちょうどなんかリハーサル室から「みなさんスタジオへどうぞ」ぐらいのタイミングだったよね。

みうら　そこしかないしさ（笑）。

いとう　俺が気づいた場合、吹いちゃうもんね（笑）。

みうら　ツッコミも入れたいでしょ？　いとうさんとしてはさ。

いとう　「テノールじゃねえか！」ってなっちゃうもんね、絶対（笑）。

みうら　お坊さんに吹かれてもマズイじゃない？

いとう　お坊さんも「あ、テノールの方ですか？」ってなっちゃうよね。

みうら　よかったよ、読経のときは霊前を見てたし。

いとう　お坊さんが気にしてたのはね、お花の中の「いとうせいこうis the poet」ってバンドの名前よ。

みうら　いや、僕も思ったよ。

いとう　アレをどうやら読んだらしくて、「詩人はどなたですか？」って聞いたんだから（笑）。「いとうせいこう」の部分はあんまり見てなかったんだろうね。「is the poet」のとこを見ちゃったからpoetがいるんだと。するとテノールもいるわね、そりゃ。

みうら　ポエット&テノールってねえ（笑）。でも「is the poet」は、そう思われても仕方ないんじゃない？

いとう　あの申し込みがあったときに、ちょっと面白いなって思っちゃった俺がいるんだよね、実は。

みうら　いや、バンドメンバーのWatusiさんとかの名前だったらわかるけどさ。いとうせいこうがこっちにいるのにもかかわらず。

いとう　いとうせいこうは喪主だからね（笑）。

みうら　しかも、「いとうせいこうis the poet」って書いた立て札と花も出してるでしょ。

いとう　喪主がなんか一族郎党を引き連れて花を出しちゃってる感じだったもんね、アレ。

みうら　でしょ？　親戚の人だけだったからよかったけど、他の人もいたらさ、ポカンかもよ(笑)。

いとう　やっぱりそうすると本当に「いとうせいこうは詩人だ！」って言ってる感じが出ちゃったのかな。まさかバンド名と思わないじゃん。

みうら　そうだよ、だったら「バンド・いとうせいこう is the poet」にするべきだったよ。ねぇ、一つ聞いていい？　「いとうせいこう & the poet」なのか「いとうせいこうが詩人だ」なのか、どっちなの？

いとう　ちょっとインタビューを受けますよ(笑)。「&」は結構今までも付けられてきたわけよ。「いとうせいこう & タイニー・パンクス」とか、「いとうせいこう & ポメラニアンズ」とか。

みうら　昔から「&」好きではあったね、いとうさん。

いとう　「&」はさんざん付けたから、もう「&」はないだろっていうのがあって。

みうら　「&」をなしにするために？

いとう　そうそう。もう「is the poet」っていうバンドにして、「ITP」とか言ってるわけ。つまり、その部分は述語なんだよね。「is the poet」だから述語なんだよ。

みうら　と、なると、バンドメンバーは、どんなバンド名なの？って聞かれたときには「いとうせいこう is the poet」ってフルで言わなきゃなんないってこと？

いとう　全部を言わなきゃだと、ヒットラーみたいな、なんか独裁的だよね。

みうら　独裁的というかさあー。

いとう　「いとうせいこうさんは詩人だ！」って言わされてるわけだし。

みうら　「詩人である！　詩人である！」って感じになるとね。

いとう　だから、アンチ「&」の気持ちで「is the poet」ってなったんだよね。みんなは「is the poet は」とか、「ITPが」とか言ってて、「いとうせいこう」

から言ってる人はとんと聞かないもん。

みうら　そうなの？　葬式んときの札はさ、縦書きだったじゃない。「is the poet」って、そこだけ横書きじゃん。坊さんも読むとき、顔を横にしなくちゃなんないよ。

いとう　これは確かに、お坊さんからしたら生まれて初めての体験だったと思うんだよね。

みうら　お坊さんもやっぱり読経しながらチラッチラッと、見てたと思うんだよね。「なんだろうな、なんだろうな、なんて読むんだろうな？」って。

いとう　確かに、確かに。そこはちょっとひとひねりの「is the poet」に、「うまいな！　『&』使わないんだ」って言ってほしいけど。

みうら　でも、喪主としては漢字じゃない？　百歩譲ってそこは「伊藤正幸 is the poet」じゃない？

いとう　すごいね。喪主に合わせてね。

みうら　それか「喪主 is the poet」だね。

いとう　「喪主 is the poet」じゃ何がなんだかわかんないでしょ、それ！（笑）　そういうわけのわかんない花が出たために、葬儀社の人も妹に、「お兄さんは会社経営者ですか？」って聞いたらしいんだよね。

みうら　やっぱ、そうでしょ？（笑）

いとう　ＩＴ企業かなんか小さくやってらっしゃるんじゃないかなって思ったんじゃない、やっぱり。

みうら　なるほど。ＩＴ企業にあるかもね。

いとう　「is the poet」があったがために、さまざまな混乱が生まれてたんだよね。

みうら　どちらかというと「is the poet」をカタカナで書くとかね。

いとう　ああ、なるほどな。確かに。「夜のヒットスタジオ」に出るときはやっぱりカタカナでわかりやすくして、アルファベット使わないでしょ、っていう感じだよね。

みうら　そうそう。

いとう　そう言ってるみうらさんのものすごい大慌てで締めたネクタイのコブのところがさ、三重ぐらい巻いてコブコブが出てたんだけど、アレどうなのよ。あの締め方、俺初めて見たんだけど(笑)。

みうら　コブ締めね(笑)。

いとう　締めに締めすぎて、何度巻いてるんだ、みたいな。

みうら　就職の面接に行くときに、初めてネクタイっていうのを買ったんだけど。そのときにネクタイが入ってた紙袋の後ろにレギュラーノッツのやり方っていうのが書いてあって、以来、レギュラーノッツの一点張りでさ。でも、もうそれもすっかり忘れちゃってあんなことになったんだよ。

いとう　ちょっともうワンちゃんを連れて行くのかなぐらい締めちゃってたからね。「こっちだよ！」って、みうらさんをネクタイで連れて散歩行かなきゃなんないぐらいの雰囲気出てた(笑)。

みうら　黒いネクタイを行きの中央線の車内で締めるわけにいかないじゃない？

いとう　確かにそれは思ったよ。俺も外して出かけたからね。会場に着いてからササッとやりたいものだよね。

みうら　ま、三大テノールになっちゃってる理由は、いとうさんにだけは言っとかなきゃってね。

いとう　だから、そのヒゲがね、今までになく白髪が上手に入ってて、テノール色なのよ。これがもっと真っ黒とかだったらまだまだいいけど、「いいテノールなんだな、この人の声は」って思っちゃうよね。

みうら　そうでしょ。僕もいい声出るんじゃないかと思ってね、家帰って、ちょっとやってみたんだけどね。

いとう　（笑）。

みうら　いとうさんとこの宗派は親鸞さんの——

いとう　浄土真宗本願寺派真宗だったね。

みうら　だから、般若心経は読まなかったけど、家帰ってちょっとネクタイ外してみて、やってみたのよ、「仏説～（ブーセ～）」（と、お経を唱えだす）。

いとう　それ、テノールがやる歌じゃないけどね！（笑）

みうら　だね（笑）。なんかそれからずっと自分の中のテノールが気になってて、ついに見つけちゃったよ。今、渋谷の文化村でさ、三大テノールのあのヒゲのおっさんの映画（『パヴァロッティ　太陽のテノール』）やってることを。

いとう　そうなんだ！

みうら　で、観に行ったんだけどね。

いとう　くだらない！（笑）　我が身のことだもんね、今は。

みうら　やっぱ、近親者っていう気があんのかな？

いとう　一親等、二親等ときて、三親等ぐらいには入ってんじゃない。いとこぐらいだもんねみうらさんは。

みうら　（笑）。で、さぁーその映画、思いの外いい話のドキュメンタリーでさ。（ルチアーノ・）パヴァロッティって人はもうお亡くなりになってんだね。

いとう　俺、まだいるのかと思ってた。

みうら　バツイチで子供は何人かいるんだけど。

いとう　やっぱりご飯はスゲエ食べるの？　なんかすごい食べるんだろうなというイメージだよ。

みうら　イタリア人でしょ、パスタがやっぱり好きでさ。テレビに出ても、その太ってる原因、聞かれるんだけどさ。でも、あの体格だからこそ、すごい声が出るんだろうね。

いとう　そりゃそうだよね。

みうら　三大テノールで登場するシーンもあるんだけど、やっぱパヴァロッティっていう人はダントツなのよ。

いとう　一大テノールに、2付いてる感じなの？　三大は。

みうら　最年少の人（ホセ・カレーラス）がね、なんか病気してたらしくてさ、そのときパヴァロッティが入院先に見舞に行って、「ライバルがいなくなると、俺困るんだ！　しっかりしろよ！」って言ってから三大テノールが誕生したらしいんだよ。

いとう　そういうことなの？
みうら　ま、成り立てホヤホヤの僕が三大テノールの説明をしてるのもなんだけどさ（笑）。
いとう　三大テノールって言葉はほら、これを聞いてる人も知ってるだろうけど、成り立ちを知ってる人はあんまいないと思うよ。
みうら　映画観てるからね、こちとら。そういや、日本でもあるけど、三大美人とか、三大名山とかさ。
いとう　言うよ。
みうら　やっぱ、世界的に三大は流行ってんだなと。最後はね、ロックの人と組んでライブやるんだよ、パヴァロッティ。U2のボノやクイーンのブライアン・メイとかと。すごいんだよ。

いとう　おー！
みうら　どうやらボランティアや、ロックとの融合に力を注いでたみたいね。ま、そんなこと、テノール界では初めてやったもんで、非難もあったみたいだけどね。
いとう　だから俺たち下々のもんもあの人のことは知ってんだね。
みうら　だろうね。だから、三大テノールって言ったときはあの人の顔しか浮かばないのかも。
いとう　あとは影になってるよね。
みうら　レッツゴー三匹よりもね。
いとう　レッツゴーは全員がちゃんと浮かぶもん。
みうら　そうそう。この間、センターの正児《しょうじ》さんもお亡くなりになって、レッツゴー全員この世に存在しないことになっちゃった。
いとう　今はあっちでやってんだね。今ふっと急に葬儀のほうに話が戻ってさ、ひと言みなさまにもご報告申し上げたいのはね、葬儀みたいなのが済んで、霊柩車ではなかったけど、黒い車に乗って焼き場に行くときに、葬儀社の人が棺桶の頭のほうを持って「男性の方お願いします！」って言ったんだけど、俺とみうらさんしかいないから、結果俺とみうらさんがその葬儀社の人と3人で棺桶を持ってった。

みうら　持たせていただきましたよ。

いとう　俺はジーンときたよ、アレ。みうらさんと二人で父親を送ってるじゃないかっていう。

みうら　親戚でもない人が棺桶を持つってなかなかないからね。

いとう　同じ釜の飯を食うとは言うけど、同じ棺桶を持つ人はなかなかいないよ（笑）。

みうら　しかも、角と角を持ってね。

いとう　後ろ側の足のほうの角と角に、向こうにみうらさん、こっちに俺っていう。これ、「スライドショー」の構図じゃねえか！っていう。

みうら　ホントだね（笑）。

いとう　すごかったよ、アレ。

みうら　昔、ブルース・リーの葬式をドキュメンタリー映画で観たんだけどさ、スティーブ・マックイーンとジェームス・コバーンが担いでてさ。

いとう　なるほど、なるほど。弟子だからね。

みうら　それを思い出したの。

いとう　見たことある。肩に担いでなかった？

みうら　そういや、肩に担いでた気がする。

いとう　肩に担いでも良かったのかな、俺たちも。

みうら　肩に担いだら、いとうさん浅草の三社祭の常連だから、つい振っちゃうんじゃないか。

いとう　そこはシェイクなしだわ（笑）。頭のほうは下になったままだから、斜めになるし、よくないよね。

みうら　それはよくない、よくない。

いとう　今時のはこういうことなんだなってのはよくわかった。やっぱコロナだからさ、人が来られないじゃん。

みうら　初七日も込みでその日にやっちゃったね。

いとう　そう、やっちゃうヤツ。

みうら　そのため二回焼香したんだもんね。

いとう　そうそう。

みうら　初七日とか、あっちの世界では裁判中だからね。

いとう　そうなんですよね。

みうら　そこはちょっと僕も帰りに考えたね。先に初七日やっちゃってたら、裁判どうなるんだろうなって。

いとう　こっちで初七日を冒頭にやっちゃうと、「おい、見てないうちに裁いちゃってんのかよ！」っていう。

みうら　七日の間に遺族の人たちが「この方はとてもやさしい人でした」とか言って、酌量をやっぱり迫るんだよね。その時間が短くなっちゃったんだよ。

いとう　現代ではね。ちょっとあっちの裁判所は混乱されてると思いますね。

みうら　でも、お父さんの顔を見たときにさ、仏さんに成られたんだなと思ったよ。死者は仏になると言うじゃない。

いとう　言うね。

みうら　いろいろ人生、あったのかもしれないけど、やっぱり最後には仏さんになるんだなって。だから地獄には行きたくても行けないよ。

いとう　いやあ、よかったよ。

みうら　面白い人だったなあ、いとうさんのお父さん。

いとう　みうらさんを句に詠んで「じゅんさんを　花の下にて　置き去ろか」とか言って。

みうら　名句出たね。あれはね、もう石碑に彫ったほうがいいんじゃないの？

いとう　彫ったほうがいいね。

みうら　俺、そのとき、拓本取りに行くから。

いとう　不退寺だったじゃん。奈良の佐保路にある。いろ

同じ釜の飯を食うとは言うけど、同じ棺桶を持つ人はなかなかいないよ（いとう）

いろ思い出したよ。みうらさんの親孝行プレイにウチの両親を参加させて。四人で奈良を回って不退寺に行ったら、じゅんさんは不退寺の外側の廊下に寝ちゃったわけじゃん。

みうら　あの頃よく酒も飲んでたし、前の日寝てなくて行ってたんだよね。

いとう　一番最初の『見仏記』のときも東大寺の三月堂(法華堂)かなんかでみうらさんが寝ながら見ちゃって。

みうら　寝スタイル出たかねぇ。

いとう　あまりに自由なために、俺がこれはもう理論武装してあげなければダメだと。

みうら　あの生のままではね、いつか大目玉食らうとね。

いとう　生のままでは伝わらないかもしれないと思った。そもそもそれが見仏がちゃんと成立した瞬間だよ。

みうら　だから僕はいとうさんとお父さんの前で安心して寝てんだよね。

いとう　そうなのよ。両親もびっくりしたと思うんだよね。お寺来て、自分ちみたいに寝てることの衝撃。

みうら　なんだか、小学校のときから寺に行くと眠くなるクセがあってさ。

いとう　寝てたらしいじゃん。

みうら　東大寺の法華堂のとこは、せり出して畳だったから、昔は何度かお坊さんに起こされたことあったね。

いとう　その現象が起きたから、それを見て一句「じゅんさんを　花の下にて　置き去ろか」が出た。っていうことは桜が咲いてたってことなんだよね、花の下だから。そうすると見えてくるんだよね。いい句じゃないかと思って。

みうら　いい句ですよ。

いとう　っていうことを、みうらさんが葬式に来なければ、俺は思い出せなかったから、俺はジーンときたわけよ。いい話をしてあげられると思ったんだよ、裁判官の前で。

みうら　いい句だけど、「いとうせいこう is the poet」と同じ現象で、わからない人にはさっぱりわからない出だしではあるよね。

いとう　じゅんさんって誰なんだっていうことがわかんな

い場合はね。浜村淳の場合だってあるんだからね。

みうら　関西だと特にね。

いとう　そこのところはJUN SKY WALKER(S)だってあるわけで。

みうら　あるね。そういやあの旅行のときくらいじゃないかなぁ、人のお父さんに「お父さん」って言ったの。

いとう　（笑）。

みうら　自分のお父さんにもあんまり言わないのにね。

いとう　確かにねえ。

みうら　小っちゃい頃は言ってたかもしれないけど、ちょっと大人になってからは、お父さんって呼ぶのなんか照れくさいから、親父に変えようとしたんだけど、それもしっくりこなくてさ。

いとう　みうらさん、親父って言わないよね？

みうら　言えないね。

いとう　お母さんはおかんじゃん。

みうら　関西ではお母さんはおかんで統一なんだけど、そういや、お父さんの呼び名がないね。

いとう　言わないね、そういえば。

みうら　オトンも僕にはないしさ。でも伊藤郁男さんの場合はもう「お父さん」がしっくりきたね。

いとう　みうらさんの、妙にお父さんの気持ちを上げようとする「お父さん！　お父さん！　お父さん！」っていう姿を俺は何度も見てる。

みうら　スラスラ出るのよ、いとうさんのお父さんには（笑）。

いとう　どっちが息子なんだっていう、戸惑いが出るぐらい、あんときがんばったよね。

みうら　やっぱりそこは、親友のお父さんだから、よりしゃべりやすくてね。

いとう　俺もみうらさんのご両親と4人で旅行したけど、みうらさんのお父さんはすごいしゃべりやすいんだよ、俺。

みうら　そっか。それが親孝行プレイというものなのかもね。

いとう　しかも不思議なことに親友のお父さんのほうと自分の性格が似てると思うんだよね。俺、みうらさんちのお父さんのほうに性格似てるもん。

みうら　確かに。

いとう　割と静かじゃん。

みうら　でも、酒飲むと陽気にはなるよ。「そろそろ三浦明賞でも作ろうかな」ってさ。

いとう　(笑)。明賞ほしいでしょ？　明賞ほしいねえ。

みうら　ほしいでしょ？　一人息子ももらってない賞だからね(笑)。

いとう　俺はじゅん賞も獲ってるから明賞を獲ればすごいよ、これ。二冠だもん。

みうら　僕は生前、郁男賞をねだっとけば良かったなぁ(笑)。

いとう　僕の父親は静かなように見えて、実はちょっと笑わせたいっていうかさ、ちょっとふざけた人なのよ、実は。俺にはあんまり見せない。

みうら　そういや、焼き場に向かうタクシーの中で、お父さんが花札の札を額に貼るって話、いとうさんしてたね。

いとう　捨てたくない札をピタッといい感じに額に貼るのよね。そのことで「お父さん！」ってツッコまれるっていうのを、確かに妹の娘がみうらさんに証言してましたけど。

みうら　僕の知ってるお父さんならしそうだけどね。そういうこと。

いとう　だって、旅の最後は二人で飲んでたじゃん。

みうら　いとうさんから何度も「もう帰ろうよ」が出てたのにね(笑)。

いとう　どっちも落ち度のあることをするんじゃないかっていう心配があったんだよ。

みうら　そこかあ(笑)。

いとう　二人とも真っ赤になって、ワーワーやってるからさ。橿原《かしはら》神宮前の飲み屋でね。

みうら　「いや、もうせいちゃんはね、すごいっすよ。もう若者にね、ものすごい大人気なんですよね」「そんなことね、せいちゃん一言も言わないよ」なんて会話ね。

いとう　言わないよ。恥ずかしいじゃん。

みうら　でもそこが親友の役でさ。そんなとこ聞きたいに決まってんじゃん。

いとう　そうなんだよね。考えたらさ、アレが唯一の親孝

行だな。面と向かった親孝行は。みうらさんは

ほら、お父さんお母さんを毎年旅に連れてってさ、偉いじゃん。俺やってないもん。

みうら　こちとら、旅行の終わりは口ゲンカになったりしてますけどね(笑)。

いとう　(笑)。それはみうらさんとお母さんが似た者同士だからだよね。

みうら　そうなんだよね。もうちょっとしおらしければねぇ。いとうさんのお父さんは、しおらしくて陽気で。本当はもっと息子の自慢話聞きたかったんじゃないかねぇ。

いとう　なるほど、なるほど。名司会だったもんね、あのときのみうらさん。妙に前に出てきて、俺たち家族全員を仕切っていって、もう(明石家)さんまさんかなって思うぐらいの仕切りだったよ。「その辺、いとうさんどうなの？」みたいな感じで。

みうら　だからやっぱり、親孝行旅行には司会がいるってね。

いとう　なるほど、いいこと言った。MCがいるんだね。

みうら　友達ってベスト司会になりうるんだよね。

いとう　そうかそうか、抜擢されていくんだ、司会として。

みうら　中でもちゃんと仕切れる友達っていうのが親友ってヤツでさ。

いとう　そうだね。やっぱりそうなると、渡辺祐さんとかさ、仕切りがうまいじゃない。

みうら　うまいねぇ。あの人は仕切りは本当、うまい。そつがないよね。

いとう　そつがない。

みうら　でも、俺はそつがあるじゃないですか。

いとう　みうらさんはそつを期待されてる部分もあるしね。

みうら　そのそつがね、たぶんお父さんに響いて俳句を詠まれたんじゃないかとね。

いとう　なるほどなるほど。そういう人好きでしたからね。

みうら　なんか人って、すごく楽しくしゃべってるときがその人でさ、それ以外はその人じゃないのかなって思うんだよね。

いとう　いいこと言うじゃん。そうだね。

みうら　実はいとうさんのお父さんには旅行中の二日しか

会ってないからね。でも、僕がすごいいいとき
のお父さんを知ってる気がしますよ。

いとう　そうなのよ。元気ハツラツでポジティブなときの
彼を見てるから、いい証言ができるよね、裁判で。

みうら　実子は全体を見ちゃうからね。

いとう　プラマイで見ちゃうじゃん。プラスで見られる
じゃん、みうらさんは。

みうら　プラスしか知らなかったからさ。

いとう　だからすごい良かったんだよ、今回。助かったよ
本当に。ありがとうございました。

みうら　いや、こちらこそ。親戚でもないのに寄せていた
だいて。

（「ラジオご歓談！」vol.34／2020年11月9日配信、リモート収録）

ご解説！①

バカなバンドマン

奥泉光（小説家）

「いとうせいこう×みうらじゅん　ザツダン！」なる番組が文化放送ではじまったのが七、八年前、たまたまラジオで耳にして病みつきとなった。なにが面白いといって、つまりは出演者二人のやりとりが面白かったわけだけれど、やりとりに魅力あるラジオ番組ならば他にもあるわけで、これが他と一線を画すのは、台本、打ち合わせ一切なしに、モダンジャズでいうところの「完フリー」と同様、主題《テーマ》もなにも決めずにセーノではじめるセッションだという点にある。いや、フリージャズよりもっとフリーかつアナーキーなので、「セーノではじめる」段取りさえ（おそらくは）ない。あくまで想像だが、ラジオ局で二人が会った瞬間から雑談は開始され、控え室からスタジオに移るあいだも途切れず続いて、そのまま本番、「はいOKです。お疲れ様でした！」とディレクターが宣した後も、「じゃ、また今度」と挨拶して別れるまで雑談は続く——。想像といったが、これはほとんど間違いのないことだと思う。ライブハウスに入って、楽器をセッティングするや一散に演奏をはじめ、そのうち開店して客が入ってきて、1ステ2ステもなく、休憩もとらず、客が帰って従業員が片付けをして、閉店になるまで演奏を続ける――。そんなバカなバンドマンは世の中に存在しないが、二人はこれに近い。その日会ってから別れるまで会話は呼吸のように間断なく続いて、その一部分がたまたま切り取られて電波にのるという、ラジオの常識からは大きく外れた番組といえるだろう。

対話である以上、話題はあるが、これが流転変転、ちょっとしたきっかけ、たとえば、つと口をついて出た言葉の音韻や連想から別の言葉が引き出されて、それが次々新たな話題となっていくので、非常に目まぐるしく、かつ、とりとめない。なんの話がされているのかはわかるが、どんどん話が横へずれていくために、どうしてその話になったかは、聴取者《リスナー》にはもちろん、話している当人たちにもわからない。

いちおう番組なので、ラジオの古式に則った「お便り紹介」の段取りはあったりするのだけれど、しばしばラジオネームが読まれたところで、当のネームにまつわる話がはじまってしまい、あとはどんどん横ずれしていくばかり。要は何でもいいので、針で刺激を与えると、ぎゅっと縮んで海底を動き出す原始動物さながらである。しかもだ。話にはなぜだか異様に熱がこもっている。それはきわめてくだらない事柄が話されているときにも変わらない。かくて次々と繰り出される熱のこもった語句《フレーズ》の織りなすスリルとグルーヴ感、これが聴き手に大いなる愉悦をもたらすのであった。

という次第で、自分はこの番組を楽しみにしていた。野球放送のない時期のみの放送だったから、「野球なんかやらなくていい！」と悪態をつきつつ、早くプロ野球シーズンが終わらないものかと思っていた。ところが、あるとき、番組はふいに終わってしまった。落胆していたところ、ネットラジオで再開されると知って狂喜した。タイトルは変わって「自主ラジオご歓談！」。前身と基本は同じだが、若干の変化もある。「ザッダン！」では、これも伝統にしたがい途中で曲がかかっていたが、「ご歓談！」では消えた。タイトルコールもほぼなくなった。結果、「ただの雑談がたまたま録音されたもの」にいよいよ近接した。

辞書的には、雑談が「とりとめなく話すこと」であるのに対して、歓談は「打ち解けて話すこと」となるが、タイトルのとおり、演者二人の打ち解けぶりは一段と亢進した。漫才コンビはじつは仲が悪いとの話をよく聞くけれど、ここではもはや仲がよい悪いの域を超えた、ただならぬ打ち解けぶりのなか番組は進行していく。人と人はこんなに仲良くなっても大丈夫なのだなと感心させられる。それでも「ご歓談！」の「ご」の部分が、ただの雑談を活気あるパフォーマンスたらしめ、まあ番組である以上はそれは必然ではあるが、しかし長年に亘って手練れの表現者として活躍してきた両氏なら、黙っていたって自然とそうなるわけだ。というより、おそらく両氏の雑談歓談は、聴き手が一人もいない場面でもおなじテンションでなされるので、これは対話のなかに最初から聴き手たる架空の第三者が組み込まれているからだろう。これもジャズ演奏者とおなじ構造で、彼らは聴衆がいない場でも、いにしえのミントンズ・プレイハウスを嚆矢に、セッションとなれば「本気」を出す。観客を前にして（できれば大勢の）はじめて「燃える」ロックなどの演奏者との違いがそこで、みうらじゅん氏はズージャはお好きではないと拝察するけれど、少なくとも「ザツダン！」「ご歓談！」における両氏の表現者としてのスタイルはジャズ演奏家のそれだ。

「ご歓談！」では、速度が重視されていた「ザツダン！」時代よりも、ゆったりしたミディアム・テンポの対話《プレイ》が増えて、より自由にもなった。この種の話芸では、ばかばかしい話、くだらない話をつないでいくのがたぶん格好いいわけで、「いい話」はダサくなる危険があると思われそうなところ、「ご歓談！」では、「いい話」が平気でされるくらい自由になった。これまたジャズの類比でいえば、とんがったフリーコンセプトで演奏していた人が、そこを突き抜けて、耳に心地よいメロディーを奏でて恬然、といった風情である。とはいえ、自分は今回、活字化されたものを読んではじめて、結構「いい話」がされていたんだなと知った。そもそも斎戒沐浴、姿勢をただしてラジオを聴いたりはしないのであって、料理をしたり、洗濯物を畳んだり、猫のトイレの掃除をしたりしながら聴いていた自分は、「いい話」の気配はそこはかとなく感じていたものの、内容までは頭に入ってきていなかった。

それが今回活字となって、はじめて理解できた。正直右に縷々述べたような「ラジオご歓談！」の面白さは活字では再現できないわけで、これは落語などを文字化した場合と同然であり、まずは仕方がない。だが、その一方で、編集者の手を介して言葉が活字化された結果、多方向から読者が読み込んでいける文書テクストとなってここに出現した。

みうら氏、いとう氏ともに還暦を超えて、「いい話を辞さず！」の構えとなった二人の言葉は、人生論――といま書いて、他人事ながら照れてしまうわけだが、照れついでに書くなら、幸福論、恋愛論といったものにも射程はおよんで、なにより表現論として、読者がさまざまに問いかけうる深度を有するに至った。なんといったって、アートということについて、あるいは広く表現ということに関して、既成のジャンルからはみ出し独自の道を切り拓いてきた両氏なのである。

と、こう書くと、「いい話」にばかり焦点を当てられてもなと、両氏は思うだろうし、自分もそう思うのだが、こうして活字化されてしまった以上は止むを得ないわけで、第一級の表現論、芸術論、と本書に付着したレッテルを、この際は甘受するほかないだろう。

奥泉 光（おくいずみ・ひかる）
1956年山形県生まれ。93年『ノヴァーリスの引用』で野間文芸新人賞、94年「石の来歴」で第110回芥川賞、2009年『神器―軍艦「橿原」殺人事件』で第62回野間文芸賞、14年『東京自叙伝』で第50回谷崎潤一郎賞を受賞。『ゆるキャラの恐怖 桑潟幸一准教授のスタイリッシュな生活3』にはみうらじゅんを実名で登場させた。いとうせいこうとは、06年より定期的に、色々な文学作品について面白おかしく語り合うイベント「文芸漫談」を催している。

ご歓談！⑧

↓センチメンタル↓愛↓鵜呑み↓

いとう　……ご歓談ネーム・みずいろのいろおぜさん。いい名前じゃない。

みうら　いい、いい。水色好きだから、僕、昔っから。

いとう　水色好きなの？

みうら　「恋はみずいろ」っていう曲がまたいいのよ。ポール・モーリア楽団の演奏でも有名なんだけど、フランス語のクロディーヌ・ロンジェ版が特におすすめだよ。今でもたまに聴くんだけど、涙が止まらなくなってさ。

いとう　涙が！（笑）　昔を思い出したりとか？

みうら　たいした思い出なんかないくせに僕のおセンチハートがもう最近ね、どセンチになってんのよ。

いとう　（笑）。あ、わかるわー。年を取るってことは、どセンチメンタルになるってことだよね。

みうら　そうでしょ。おセンチメンタルっていうのは、若い少女のものでさ、年寄りのはどセンチなんだよね。

いとう　もうなんか、東北のものすごい雪降りしきる屋敷の中で号泣してるような感じあるもん、どセンチは。

みうら　演歌要素が入ってきてね。

いとう　それは少女がやることじゃない。日本海に向かって「ウォーッ!」って言いながら泣いてるみたいな、どセンチメンタルあるよね。

みうら　もう今はね、どこを突かれても、どセンチがいっぱい溢れ出るからさ。

いとう　そうなの?(笑)

みうら　『鬼滅(の刃)』のストーリーを聞いただけで、どセンチが出るよ。

いとう　どセンチきた?　やっぱりどセンチであるもののほうがインパクトはあって、受け取り側は年寄りから子供までいろいろ違うけど、基本どセンチの枠がきちんとないと、我々は満足できないもんね。

みうら　どセンチメートルも入ってくるからねぇ。

いとう　どセンチは何センチっていうことなんだ?

みうら　そうだなあ、まわりが「そんなもんでも泣く?」ぐらいな。

いとう　たいていのもので泣ける。

みうら　どんなものでも「鳴いてみせようホトトギス」的なね。

いとう　なるほど。ホトトギス側から歌を詠んじゃってるんだ。

みうら　だね(笑)。

いとう　信長でも家康でもないんだ。「鳴かぬなら鳴いてみせようホトトギス」「ホトトギスのほうじゃねえか!」ってことだ。

みうら　すっかり天下取ることに興味なくすとね、人はホ

愛って煩悩の一種じゃないかと気づき始めた(みうら)

トトギス側にいくんじゃないかねぇ。

いとう　そうだわ。どんな鳴き声で自分が鳴けるかのことにしか興味がないもんね。

みうら　興味がないね、どセンチにはさ。

いとう　……みずいろのいろうぜさんから「時折、みうらさんがお話ししている愛と情、慈悲などの違いについて……」。

みうら　そんなこと言ってる?（笑）　きっと、それはさ、愛って煩悩の一種じゃないかと気づき始めたというかさ。それがあるから苦しみも増すんじゃないかと。だったらもう、愛の意味を「相《あい》」にしちゃうのどうかと?

いとう　なるほど。

みうら　相性がいいで満足しちゃったほうが楽なんじゃないかとね。

いとう　自分のチューニングを押し付けるんじゃなくて、そこに合わせて短波を聞くみたいな。

みうら　そう。相手にどれだけ合わせられるかが一番というかさ。

いとう　いいこと言うねえ。

みうら　自分のことはさておき、まずチューニングを相手に合わせることから始めなきゃなと。

いとう　なんか妙に相性の合うヤツはもう一発でわかるもんね。

みうら　ピピッとくるでしょ?

いとう　もうびっくりするぐらい。すぐ好きになってるもんね。

みうら　せっかく相性が合ってるのに意見が違うことでケンカになるのって変でしょ?

いとう　「映画の趣味が違うな、どういうことだ!」とか言うけど。

みうら　「コイツにしゃべってもしょうがない」とか言うけど。やっぱ好きだったらどこまでも相手に合わせるべきなんじゃないだろうかね。

いとう　なるほど、なるほど。いい説法出てるね。じゃあ何?　ラーメンの好みが合うとか……。

みうら　それは胃も合う仲間ね（笑）。

いとう　アレはなんなの?　内臓の相性もあるじゃん。

みうら　付き合い始めた頃って「ラーメン行こうか?」「いいね!」になるでしょ?　でも、つき合いも長くなってくるとさ「それ、なし!」って言われることもあるじゃない?

いとう　「餃子だけでいい?」とかね。「いや一緒にすすろうぜ!」とか言っても、「いやもう太っちゃうからさ」が出るじゃん。

みうら　だね。「炭水化物ばっかり摂ってると……」って説教に変わっちゃうからね。男の場合、ま、誘うのがたいがいラーメンと焼肉だからってこともあるけどさ。

いとう　無軌道だからね、こっちは。

みうら　もし、僕がその日、すでにラーメン食ってたとするじゃん。いとうさんと街でバッタリ会って、「おいしいラーメンを見つけたんですよ。みうらさん行かない?」って誘われたとき、「いいね!」って言うのがルールだと思ってるからさ。

いとう　なるほど。

みうら　胃を合わせていくっていうかねぇ。

いとう　すかさず合わせたんだね、胃をね。

みうら　「いや、実は今日、すでにラーメン食ってて……」と、そんな無粋なことは言いたくないじゃない?

いとう　それは聞きたくないもんね、こっちもね。

みうら　でしょ?　そんなの手前の事情でね。やっぱそこはチューニング合わせてなんぼだろ、って思うよ。

いとう　今ラーメンをすすってくれさえすれば、それでいい。セッションしてんだもんね、相手と。ラーメンセッションだもんね。

みうら　そうそう。そこにお前がいてくれさえすればいい的な。演歌の歌詞が出るでしょ。

いとう　「さえすれ」ね。

みうら　さえすれは重要だよ、やっぱ(笑)。あとであの人、実は昼にラーメン食ってたなんて知ったとき、「いいヤツだな、アイツ」が倍増するしね。

いとう　そりゃそうだ。次は俺も合わせていこうって思うものだよね。

みうら　一個合わせてもらったら、一個合わす。相ってそういうもんじゃないかなあ。

いとう　相はコール・アンド・レスポンスか。これと情はどう違うの？　本当は意見したくても、情があって言えなくなっちゃったりとかするじゃない。

みうら　やっぱ、愛情ってね、愛&情をね、くっつけたのがよくなかったよね。

いとう　愛&情(笑)。

みうら　愛&情は別モノだからさ。

いとう　愛ｏｒ情と言ってもいいね。「&」がヤバいかもね。

みうら　愛欲とかさ。愛は欲とも組むことあるでしょ。

いとう　欲に狂わされるときがあるっていうだけの話で、愛と違って永遠に続くもんじゃないもんね。

みうら　「欲とか情とかこういうものは、できれば節制すべきです」っていう意味なのにね。

いとう　なるほど。熟語に騙されるなっていうことですよね。

みうら　だね。やっぱ組ませるのはよくないよ。

いとう　シンプル・イズ・ザ・ベストだね。確かに二つが絡んでくると、必ず複雑化するから解けなくなるよねそりゃ。そうか、愛ｏｒ情は違うか。

みうら　ＣＭで「愛情一本」とか言うけどさ、違うんだよ。情は違うチームだから。

いとう　ってことは「愛情二本」だね本当は。愛で一本、情で二本だから。

みうら　ま、それならまだいいね。

いとう　一本にしてるから良くないんだこれ。

みうら　そうだと思うよ。だから「愛してる」ってこれから言うときも、木偏に目だと思って言ってみればしっくりくるんじゃない？　「相してる」ってね。

いとう　なるほど。

みうら　そういう気持ちで言うとさ「そういえば最近、合わせてないなぁー。そんなこと言えるのか」って思うから。

いとう　自分に問われてくるじゃん。

みうら　自問自答も相には必要だからねぇ。

いとう　いい相だね。カップルの間でも言えるし、友達でも言えるし、親子の関係でも言えるってことでしょ。

みうら　そう思うよ。

いとう　親子だって親子だからもう愛があるだろうとかって決めつけじゃないでしょ。合わせていかないと。

みうら　そうでしょう。親孝行旅行ってのもさ、息子や娘が目的地を決めるんじゃなくてね、親に「どこに行きたい？」って、一度、聞いてみたほうがいいんですよ。だって、あっちはどこでもいいって本当は思ってないんだから（笑）。

いとう　そうだよね。「行きたいところに連れてってくれ！」なんだよね。

みうら　たぶん「温泉があってな」って、条件、言い始めるから。

いとう　また温泉じゃねえか！

みうら　温泉なんだよ、結局（笑）。

いとう　そうだわ。なんか雑誌の親孝行特集があったとして、「こんなプランがあります」とか言ってるけど、そんなの関係ないのね？

みうら　その特集組んだ編集者は他人だからさ。

いとう　だって、親の言うことを鵜呑みにするのが親孝行旅行なんでしょ。鵜呑みズムなのね。

みうら　鵜呑みズム（笑）。いいねぇ、これからそれでいこ。

いとう　ああ、湯飲みみたいな感じだよねやっぱりね。鵜呑みの湯飲み作ってもいいぐらいだわ。

みうら　「ウー・ノー・ミー？」って聞かれてるんだよね。自分にどんだけ合わせてくれるかって（笑）。

いとう　というと、自分をどれだけ消せるかにかかってるってことだね。

みうら　それこそ、自分なくしだね。

いとう　出たね。結局、それか。

みうら　なかなかそうはできないけども、そうすりゃ全部うまくいくってね。

相《あい》はコール・アンド・レスポンス（いとう）

いとう　それは確かに言える。
みうら　意見だね。この世で一番いらないのは。
いとう　いらないものは意見なんだ(笑)。ノー・オピニオンなんだ。
みうら　そうそう。
いとう　いや、ノー・オピニオンになれるってすごいことだからね、本当に。「行こうぜ!」っつったら「おう!」って。「帰ろうぜ!」っつったら「おう!」って。
みうら　そんないいヤツ、なかなかいないけどね。
いとう　いないよね。
みうら　そういや一人、いたよ。昔、一緒に住んでたトットリ君。誘ったら絶対、断らなかったよ、ラーメン。
いとう　すごいねえ。相の達人だわ。
みうら　胃が人よりデカかったのかもしれないけど、今でもめっちゃイイヤツだよ(笑)。

(「ラジオご歓談!」vol.37/2020年12月21日配信、リモート収録)

ご歓談！⑨

厄年→ゼロ→偉人→家出→接尾語→低血圧→

いとう　……サポーターのcoconさんから「みうらさんお誕生日おめでとうございます」ってことで。

みうら　ありがとうございます。さすがに誕生日は覚えてるんですが、この間、誰かに歳を聞かれたとき、咄嗟に「42歳」って言ってる自分がいたからさあ。

いとう　還暦の人がね。いわゆる厄年からみの歳が出たんだね。

みうら　それくらいだと思ってんのかね？

いとう　もういわゆる本物のボケだよね。

みうら　役どころではなく、本物のボケが――

いとう　出るんじゃない？　そうであってほしいのか、42の自分が不安だったのか、なんか強烈な印象があるから言ったんだろうね。

みうら　厄年っていうものが、ずっと引っかかってんのかなぁ？

いとう　いや、こないだもみうらさんが60が最後の厄年、って話してたじゃん。俺もさ、この何年かは浅草神社に厄祓いに行ってたんですよ。満と数えがあるけど、アレ、わかんないじゃん。

みうら　満って言われてもねぇ。

いとう　一応、僕、今年60になるわけじゃないっすか。還暦に。

みうら　で、いいんでしょ？

いとう　でも数えだと62なんですよね。2も違うの。で、俺は後厄でしかも大厄だってわけ。二つあるとかいう説あんのよ、60歳のときのヤツって。

みうら　それって、旧暦とか関係ないよね？

いとう　関係ない。生まれたときにもう1歳って数えるかどうかってヤツでしょ？

みうら　そっか、それね。よく生まれたときが0歳って言う人いるけど、0歳ってなんなの、アレ？

いとう　もう生まれてるからいるはずなんだから、0歳はないよね、本来は。それが満なわけだけど。

みうら　もしそれが街を歩いたとしてみ？

いとう　0歳で？（笑）まあ、誰かに抱かれてとかはあるもんね。

みうら　職質されて、「いくつなんだ？」って聞かれたとき、「0歳でちゅ」って言ったら、「君、ちょっと署まで」が出ないかねぇ（笑）。

いとう　そりゃそうだよね。1年後に1歳になる数え方だと、0.何歳かだよね。0歳なんていうのは、生まれる寸前のことを言ってるわけでしょ？

みうら　もう顔出すか出さないかのあの段階ね。

いとう　出すか出さないかのときに、0.11歳みたいのが出るんでしょ？

みうら　「0.12、0.13……」って、勘定しなきゃなんないじゃん、それじゃ。インドの人がゼロの発見をしたっていうから、インドではそれなんだろうね？

いとう　ああ、なるほどね。0歳っていうのはものすごい神秘の数字、年齢だと。

みうら　そうだよね。あるんだけどない。ないんだけどある。生まれてるんだけど、生まれてない。みたいな。

いとう　色即是空、空即是色だ。だから空だね。

みうら　じゃ、0歳ってのは、日本語訳すると空歳《くうさい》なわけだよね。

いとう　そうなんだ、空歳なんだ。空心菜っていうのはあるけど……。

みうら　美味しいよね、アレ(笑)。

いとう　アレ、俺は大好きなんだけどさ、中がないから空心ってさ、可哀想な言い方だよね。

みうら　中が空洞だから空芯菜なの？

いとう　そうだよ。くわえればピューピューッて息もできる。

みうら　ということは、ちくわは「ち空わ」になるね。

いとう　いや、「竹」って書くけどね(笑)。でも、竹を「ちく」って読んでんのは、空が入ってるからかもしんないもんね。

みうら　すごいことに気づいたかもよ、我々。

いとう　わかんないけどね、それは。

みうら　……最近さ、秦氏とか、渡来人の本をやたら買って読んでんだけどさ。

いとう　今キテんの？

みうら　キテるっていうか、前から秦氏とタイトルにある本は買ってしまう癖があってさ。昨今また時間があるもんでついつい出してきては、秦氏をチビチビとね(笑)。

いとう　俺もこんな厚い『秦氏の研究』とか買ってみたりして、置いてあるんだよね(笑)。

みうら　チビチビやってんだ？

いとう　そうなんだよ。あらゆる日本の不思議なことが、だいたいその秦氏のあたりで交差することが多いのよ。

みうら　そうなんだよね。謎は解けないまんまだったりしてるけどね。そのー、渡来人と帰化人はまた違うわけでしょ？

いとう　そうだね。

みうら　鑑真のことは渡来人とも帰化人とも言わないでしょ？

いとう　そうだねえ。

みうら　それ不思議なことない？　もうキャラが立ちすぎちゃってる人物の場合は、どうでもよくなるのかねぇ。

いとう　だから、鑑真レベルになると、もう国とか言ってられないんだろうね。中国人だし、日本人だし、韓国人だし、もうインド人だし、みたいなのが鑑真なんじゃない？

みうら　なるほどね。「職業はなんですか？」って聞かれたときに「鑑真です」って言うようなもんか。

いとう　そうね。「職業、自分」って言えるタイプだよね。

みうら　ちょっとそれ、僕はまだ言えないや。

いとう　俺たちも言わないことはないんだけど、ちょっと照れて言ってるよね。でも、鑑真はそんなことない。

みうら　「絶対、鑑真です」

いとう　って言うだろうね。なんかガンジーもいるし、鑑真もいるし。

みうら　がんじがらめってやつか(笑)。

いとう　確かに「がんじ」までは同じなんだね。そのあたりの音は偉人を生みやすいのかね？　飲み屋にはほら、目利きの銀次とかあるけど。

みうら　最近、うちの近所にもできてさ。秦氏ぐらい気になってたんだよね(笑)。

いとう　アレなんなの？　「目利きの銀次」(笑)。誰？

みうら　僕のイメージでは魚をさばく粋な職人でね……。

いとう　「なんとかの寿司勘」みたいな感じでね。

みうら　そうそう。

いとう　俺は「銀次」っていうところに、もう銀だらが出ちゃうわけ。メシ屋で銀って言ったら、もう銀だらが出ちゃうから、魚関係者なんだろうな。そっから翻って、目利きっていうことは、河岸ですごい見るんだろうなっていう、そういうイメージ。

みうら　(笑)。銀次のジは次ぐじゃない？　ということは、弟なのかなと思うけどね。

いとう　そりゃ、銀太はいるよね。

みうら　男だろうね。

いとう　銀次だから「お前は自由にやっていいよ」って親

に言われたタイプだよ。

みうら　銀太がいるから、家継がなくていいんだろうね。

いとう　そうなんだよね。それが意外に目利きになっちゃったっていう、いい話なんじゃないかって俺は踏んでんだよ。

みうら　不良だった可能性もあるね。

いとう　ああ、銀次は結構遊んだかな。

みうら　みんな兄貴のことばかり褒めるもんで、弟の銀次としてはちょっと立場なくてさ。「バカヤロウ！」と叫んで、たぶん旅に出たね。

いとう　出たかもね。

みうら　それが最終的に漁港に着いたってことだな。

いとう　ああ、いい話だね。すごいケンカの強い人が漁港にいて、その人に憧れてついていってったら、魚をすごい見る目があって、「俺も弟子入りしてえ」って思って、急に更生したんだろうね。

みうら　ま、僕ら文化系の人間は港にたどり着くことはないからね。

いとう　ないんですよね、これが。

みうら　そもそも、「港」っていうキーワードがないでしょ？

いとう　ヘタに港に行って、船乗っちゃったらどこ行っちゃうかわからないからね。

みうら　そうなんですよ。

いとう　危険だもん。

みうら　僕は船酔いしちゃうタイプだからさ、荒波はとてもとても。

いとう　確かに行かないね。

みうら　僕が初めて家出したときも、ほら金沢止まりだったからさ。

僕ら文化系の人間は港にたどり着くことはない（みうら）

いとう　結局、観光じゃねえかっていう場所に行ってたんだもんね。

みうら　本当はそのあとに能登も行く予定ではあったんだけどね。

いとう　北陸にものすごく行きたい気持ちがあったわけだ。

みうら　うん。あの頃のじゅんとしては……。

いとう　じゅん次ね(笑)、目利きのじゅん次。

みうら　としては、朝市が目当てだったしね(笑)。

いとう　輪島の朝市に行くのが家出の目的ってちょっとおかしいよね?(笑)

みうら　随分、おかしいよね?(笑)

いとう　女性の旅の感じだよね。

みうら　旅のガイドブック見ながら家出してる人はいないよね(笑)。

いとう　ガイドブックっていうのは基本的に帰ることが前提で買うものだからね。そこに住むために買うものじゃないよ。「京都に住みたい!」と思って、「るるぶ」買う人はいないわけじゃない。おかしいよ。

みうら　確かにそうだね。しかもご丁寧に二冊も買って持っていったからさ。

いとう　違いがあったわけ、その本に?

みうら　一冊は、食べもの屋がたくさん載ってたかな。

いとう　「ここの食堂は行ってみたいな」みたいな(笑)。

みうら　グルメ旅じゃんね、それじゃ(笑)。北陸の海はやっぱ、銀次で言うとこの銀色なんだろうね。

いとう　鳥貴族とかは黄色に赤でバーッと目に飛び込んでくるけど、目利きの銀次って白いんだよね、看板のイメージが。

みうら　白いとこに筆文字で目利きの銀次って書いてあるしね。

いとう　ちょっとおとなしめだから「おっ、なんだろう?」って思っちゃわない?

みうら　元気ないの似合わないよね、銀次。チェーン店だよね?

いとう　おとなしいからむしろ銀次の勢力が拡大してると見てるのよ、俺は。

みうら　でも僕はチェーン店だって初め知らなかったから、

てっきり一人の銀次だと思ってたわけよ。

いとう　なるほど、そういう考え方ね。

みうら　てっきり店に本物の銀次がいるんだと思ってたんだよ。だって、そんな目利きがいっぱいいるのおかしいでしょ。

いとう　おかしいよね。各店に一人ずつの銀次はないもんね。

みうら　でも、そうなると各店に鳥貴族はいるかもしれないね。

いとう　鳥貴族は、そういう族なんだもんね。

みうら　鳥貴族って、そもそも鳥が貴族なの？

いとう　それは虚を突かれたよ！　確かにそうだわ。

みうら　だとしたら、貴族まで付いてる鳥を食うのは……。

いとう　その場合は「貴族鳥」になるんじゃないの？　「鳥貴族」はやっぱり鳥長者みたいな、鳥を利用して上に上がってった人みたいな？

みうら　なるほど、貴族は人間なんだ、やっぱ。

いとう　たぶんね。この場合重要なのは、経営者なのか、お客なのかっていう場合あるでしょ。「あなたが鳥貴族ですから、どうぞもてなしますよ」かもしれないよね。

みうら　それだったら鳥貴族が集う店って表示したほうがわかりやすいんじゃない？

いとう　そうですね。「鳥貴族様」とか書いてあれば、こっちだよね。「鳥貴族め（わたくしめ　のノリで）」みたいになってたら、経営者側だよね。

みうら　その「様」と「め」の差は大きいよ（笑）。

いとう　全然違う。

みうら　奈良ホテルのウェルカムボードに「鳥貴族め」っ

て書いてあったら、やっぱり泊まりにくいよね。

いとう「みうらじゅんいとうせいこうめ」ってあったら。

みうら「め」はきついね(笑)。

いとう「め」はきついよ(笑)。入らないほうがいいもんね。そしたら俺、駅前の春日ホテルとかに移動して、温泉入っちゃうもん。

みうら「いとうせいこうとみうらじゅんたち」の「たち」もキツイでしょ?

いとう ああ、それは陽気にしなきゃいけない感じが出るよね。仲間感を出さなきゃいけないから、「お前らわかってるだろうな?」っていうことでしょ。

みうら そうだよね。

いとう 一緒に奈良ホテルのバーに行ったとき、みうらさんがイチゴか何かをクラッシュしたような美味しいカクテルとか飲んで、かなりご機嫌だった夜があったけど。

みうら ありましたね(笑)。

いとう あれは「みうらじゅんといとうせいこうたち」のときだよね。

みうら「たち」の振る舞いだったね(笑)。だから相手が出してくる表示で、こっちは判断して態度を変えるっていうのは大切になってくるね。

いとう そう、そうなってくる。だから、鳥貴族の場合は下を早くつけてほしいよね。「様」なのか「め」なのかを。

みうら「鳥貴族」だけでは、なんかちょっとないがしろな感じがしちゃうんだよね。

いとう そうなんだよね。なんでだろう。俺たちの鳥に対するちょっとした先入観が入ってんのかな。「鳥で貴族はないだろ!」っていう。大空を飛んで、身分とか関係ないのが鳥でしょっていうのがあるよ。ロックの歌詞とかもそうだもんね。「like a bird」って言ったらそういうことじゃん。

みうら 地上に降りてきたとき、自由をなくすっていうね。

いとう そうそう。それが人間、人間めじゃない? でもそれが貴族の場合……なんで貴族なの? 儲かって貴族になるわけじゃないじゃん。貴族って生まれつき貴族なんでしょ?

みうら　家柄だもんね。僕、もしかして鳥貴族の血筋では？なんてこともないだろうし。

いとう　俺も残念だけど、代々鳥貴族だっていう話は聞いてないね。

みうら　親から「実はせいちゃん、ウチは鳥貴族の出なんだ」って聞いてないでしょ？（笑）

いとう　聞いてない（笑）、それを打ち明けられたときに俺は何をすればいいのか、咄嗟に思いつかないよね。

みうら　逆にグレちゃうかもね（笑）。

いとう　……今、どこ行っても体温調べられるじゃん。俺、結構低い。

みうら　僕もキーポン低いよ。

いとう　35℃台だったりすることもあってさ、何回もやられたりするけど。

みうら　僕はこの間、いとうさんが出てる映画（山本政志監督『脳天パラダイス』２０２０）観に行ったときに、映画館入場前に体温測られて、係員から「生きてますか？」とギャグまで言われたぐらいだったよ。

いとう　（笑）。

みうら　「生きてますか？」って、生きてるから、観に来てんのにさ。

いとう　死体だったら、客席がゾンビの話になってくるからね。しかも陽気な映画を観に行ってるゾンビだから。

みうら　これ、低血圧とかっていうヤツなんでしょ？

いとう　低血圧なんですかね、やっぱ僕たちは。で、冷え性だよね。

みうら　冷え性は朝、早起きが苦手とかって言うけど、そうでもないんだけどさ。

いとう　俺もそうでもない。

みうら　これじゃ低血圧の特徴台無しじゃん。

いとう　そうなんですよ。受験戦争世代だったり、早起きだった習慣があると変わっちゃうんだよね。

みうら　そういうこと？

いとう　「立ちくらみよくするでしょ？」って言われると、するはするけど、みんなのこと知らないから。

みうら　立ちくらみ度合いが違うだろうからね。

いとう「あ、立ちくらみだ！」って言う人たまにいるよね。

みうら僕が正にその人。つい、報告しちゃうんだよね。

いとう雷雨にあったときに「あっ！」って言いたいみたいな。春の雷とか「春雷だ！」って言うのと似てるよね。なんかかっこいいんだよね。

みうらそれは、立ちくらみって響きがいいからだよね。

いとういいよねえ。

みうらもうひとつ立ちくらみが弱い場合、ちょっと盛って言っちゃうんだよね。まわりの注目集めたくて。

いとう（笑）。目がグルグルしてる感じを言いたいわけだよね。

みうら「もう真っ暗だァー」とか、声を上げてさ。

いとうそうか、みうらさん立ちくらむんだ？

みうら昔から得意なほうだよ。

いとう得意（笑）。やっぱり体温が低いだけのことはあるね。じゃあ、手足も冷たくなるわけ？

みうらしかし、手足はね、やったら熱いのよ。それで心が冷たいって言われてもさ、それは決め付けでしょ。

いとうそれあるんだよね。手をつないだときに「手はあったかいのに」っていう。なんで「のに」が付くんだろうね。「手が温かい」でいいじゃない。

みうら「のに」を付けたがるんだよ、人は。

いとうやっぱり、それは手があったかい人は、心が冷たいっていう都市伝説があるわけでね。

みうらなんのキャンペーンだったんだろうね？

いとう誰か心が冷たいキャンペーン張ったことあんのかね？　心に「ピッ！」と当てたら、めっちゃ低いのかな、俺の温度は。

みうら心臓のところに「ピピッ！」とレーザーか何か当てる、感情メモリみたいなこと？　感情は俺たち結構「ワー！」とか、落ち込んだり山あり谷あり、がんばるほうだけどね。

いとうだよね。でも、それで、ものすごい冷血だってわかったら困るよね。

みうらいわゆる冷血漢ね。

いとうってヤツ（笑）。

みうらすごく僕、手が冷たいから、例えば今もコンピューターでリモートしてるわけだけど、机の上に温熱シートみたいなのを載っけてる。手が冷たくてマウスが持てないから、それであっためてやってんのよ。そのぐらい冷たいの。

みうら　僕があっためてあげたいくらいだよ（笑）。

いとう　（笑）。

みうら　僕としてはそれ、何もラブラブだからじゃないんだよ。単純に手をあっためてあげたいわけで（笑）。

いとう　なるほど、やさしさなんだよね。

みうら　本当に芯まで冷えてさ、指先まで冷たい人いるでしょ？

いとう　そうなのよ、いるよ。

みうら　僕の手、いわゆるテッカイロはね、最終的には指の先まで握って、一本一本あったためていくんだよ。

いとう　すごいね、テッカイロ。

みうら　一生懸命やってるのに途中で「もういいわ！」とか言われることもあるんだけどさ。

いとう　それ何？　相手に照れが生じてきてんのかな。

みうら　照れっていうかね、熱すぎるみたい僕の手。

いとう　熱すぎてね。前にみうらさんから「ちょっといとうさん、マッサージしてあげる」って言われてさ。

みうら　そんなことあったねえ。

いとう　宿屋だったか、みうら家だったか忘れたけど、うまいわけよ、めっちゃめちゃ。

みうら　うまいほうだとは思ってるよ（笑）。

いとう　うまいのよ、みうらじゅんのマッサージは。「揉んであげましょうか」って言う人って今までもいたけど、そういう揉みたがりの中でも一位二位を争ううまさだったわけ。

みうら　マジ？　それはうれしいわ。

前にみうらさんから「ちょっといとうさん、マッサージしてあげる」って言われてさ（いとう）

いとう　すっごいうまいの。ギューッと入ってきて、しかも、あっついんだよ、確かに。手が熱いから、温熱効果が同時に出ちゃうわけ。

みうら　なるほどー。冬場ならいいけど夏場はうざいって、そこだよね。

いとう　確かに熱いからね(笑)。アレは「近づかないでくれ！」まで出るかもね。

みうら　出るんだよ(笑)。

いとう　ちっちゃい頃から熱いの？

みうら　ちっちゃいときから熱いんだよね。すごい冷え性で、手がものすごい冷えてる人って、あるとこまでいくと、今度はドッと汗が出てくるんだよね。

いとう　あ、そうなんだ。

みうら　冷たい汗が出てきて、またそこでスプリンクラーみたいになって。

いとう　なるほど、それによって熱が出ていっちゃうわけ。

みうら　みたいね。

いとう　それはよくないよね。それをみうらさんが、テッカイロでギューッと一番元のマグマのところを温めるっていうイメージだよね。

みうら　こっちとしてはね。それぐらいしかあんまり役立たないからね。

いとう　……旅に出ちゃった銀次はどこ行っちゃったのかね？　銀次の話してたんだよね？

みうら　そもそも最初のテーマも銀次じゃなかったはずだよね。

いとう　お誕生日の話をしてたのに、なんで目利きの銀次になっちゃったんだろうね。

みうら　今度、一緒に銀次の家、行ってみる？(笑)

（「ラジオご歓談！」vol.41／2021年3月1日配信、リモート収録）

ご歓談!⑩

↓男はつらいよ↓蘇民将来↓のらくろ↓CEO↓火傷↓おじさん↓

いとう ……ご歓談ネーム・当時、母親はテトリス全国3位(ガラケー版)さん。「『男はつらいよ』に関する思い出を教えてください」。でっかく出たよね、これ(笑)。思い出かあ……。

みうら いとうさんは、映画館で観たクチ?

いとう 映画館ではね、1回、2回ぐらいしか観てなくて。しかも実は僕が暮らしていたところがほぼロケ地、みたいな。

みうら そっか、ホームグラウンドだもんね。

いとう そうそう、あそこら辺の隣町に住んでたから。映画ん中で子供が土手とかを走ったりするじゃない? あの土手を走ってた口だから、なんかああいうおじさんがイヤだった。ホントにいるようなおじさんなんだもん。

みうら なるほど、実際にいたらイヤだろうね(笑)。

いとう 人の悪口言うしさ、「お前らこっち見ろ!」とか言って、人を否定してくるし、自分が恋してるからメロメロでさ、勝手にみんなを巻き込むじゃん。せいこう少年はああいう人がイヤだから違う分野に行こうとしてて、大人になってようやく「なるほどこれは」と、『男はつらいよ!』が許せた。「なんだ、ああいう悲しい人だったんだ」って思えるまでには、十数年必要だったよ、俺は。

みうら　よくよくわかります。僕が思うに寅さんは題経寺の御前様が使わした使徒だったんじゃないかと?

いとう　なるほど、いい論だね。

みうら　御前様はよく、さくらにね、「寅はどうですか?」って聞くじゃないですか? さくらは「相変わらずですよ」とかって言って、それで終わりなんだ。たぶん、すべてお見通しなんだろうね、御前様は。その上、邪鬼役として源公、佐藤蛾次郎さんを使ってさ、寅さんの行動を窺ってる。

いとう　蛾次郎さんの体形がもう邪鬼だもんね。足の太さもいい邪鬼だよー。

みうら　東大寺の戒壇堂級の邪鬼だからね。

いとう　まさに! いい邪鬼だわ。

みうら　で、題経寺は帝釈天でしょ? 仏像と結びついてる映画なんだと思うわけで。

いとう　仏教的な説話との結びつきですね。

みうら　そうそう、わざとフーテンの寅を下町の日常生活の中に放り込んで、御前様は人々がどう対処するか試しておられるのかもよ。

いとう　それを言ったら、やっぱりさくらさんは本当に仏のような人ですもんね。

みうら　さくらさんは菩薩役ですよね。

いとう　全部許して「だって、お兄ちゃんがかわいそうじゃない」とかって、そんな受け取り方なの?っていうふうに思うもんね。

みうら　ま、若い頃は寅さん、本当困った存在だったけど、よく考えると、いとうさんも僕も寅さんと似た自由業についたわけでさ。

いとう　そうなんですよ、実は。今だったらフリーランスって言われるよね、寅さんはね。

みうら　フリーランスの寅(笑)。

いとう　「フーテン」って言われてたけど、当時は。フリーランスのほうの「フ」なんだよね。だから、人のこととも思えない後ろめたさみたいなものはありますね。

みうら　でしょ？　なんか自由業って、「業」がついてるから、読みを変えれば、カルマ(宿命)がついてる感じがするけど、結局、自称のことでしょ？　「手前、自称イラストレーターです」みたいな。

いとう　自分が言ってるだけで、人が言ってくれたわけじゃないんだもんね。「お前はフーテンだ！」とかって言うわけじゃないもん。

みうら　だよね。映画ではたまに行商してるシーンが出てくるけど、そんなに稼いでるとは思えないしね。

いとう　思えないねえ。ロクなもの売ってないしさ。だいたい「フーテンの寅と発します」とか言って、発してるでしょ自分で。人から言われる客観じゃないもんね。発してるのは主観だもんね。

みうら　僕は中学生のときに随分、映画観たけど、イヤだなって初めは思ったのよ。思ったんだけど、こちとら一度も女の人と付き合ったことがないし、めっちゃ恋愛に対して憧れを抱いてたから、寅さんはその大先輩かと気づいてね。

いとう　成就しないからね。

みうら　寅さんは恋愛の、その手前にある憧れってやつをずっと追い求めてんじゃないかと。

いとう　なるほど。その子を夢に見ると、好きになっちゃったりしてたじゃない。

みうら　よくしてたよね。

いとう　あの夢の状態だよね。好きかどうかは本当はわからないのに、夢に出てきちゃったもんだから、意識しちゃって好きになっちゃってる。

みうら　そうやって得度を積むかの如くシリーズが続いていくと、その憧れが何個も溜まって、ついに恋を通り越して愛に変わるんじゃないかねぇ。

いとう　なるほどなるほど。

みうら　なんかもうリリーとはね、愛について語ってるような感じあったしね。(リリー／浅丘ルリ子の役名。マドン

ナとして『寅次郎忘れな草』『寅次郎相合い傘』『寅次郎ハイビスカスの花』『寅次郎紅の花』『お帰り 寅さん』の5作に登場）

いとう　貫禄が出てくるもんね。説法になんか重みが出てくる。

みうら　そうそう。それは好きになって、付き合って、エッチもあってみたいな、普通の恋愛の過程を踏んでない、すっ飛ばしラブみたいなところにいったんじゃないかと。

いとう　それは逆にすごいよね。

みうら　性欲の部分がつい、愛を遠ざけがちじゃない？ 寅さんのあのピュアな恋心ってのはラブなんじゃないの？

いとう　そうなると、寅さんっていうのは釈迦なのか、人間なのかっていうことになってくるよ。どの段階にいるの？

みうら　実はさくら同様、菩薩だったりして？

いとう　あ、修行中ですね。

みうら　もう悟りは約束されているんだけど、現世にいるみたいな。

いとう　人のところに現れると。確かに、観音と菩薩の見分け方の違いは宝飾品だと言われるわけじゃないですか。頭に宝冠かぶってたりしたら、菩薩になるわけで、寅さんも結構首に掛けてるもんね。

みうら　確かに掛けてるよね。

いとう　あれがだから宝飾品じゃない？ 腹巻とかもさ、あれも宝飾品に準ずるものじゃない？

みうら　実は結構、いいのしてるもんね。

いとう　中国の仏像とか、衣の下にあんなのしてるのあるもんね。

みうら　蘇民将来伝説ってカンジもあるよね。ある日神様が突然「泊めてくれ」って来る。

いとう　そうよ。泊めなかった人と泊めた人であとが違う。

みうら　寅さんが起こすトラブルに巻き込まれた人と巻き込まれずに逃げた人に分かれるみたいなさ。

いとう　ヤバイ。それはちょっと問われすぎるよね、自分が。どのぐらい関与するかっていうことで決まるんだとすると、俺ダメな気がする。この間、たまたま銀座で地下鉄に乗ろうと思って歩いてたら、すっごい背の高い男の人と割と小さい女の人がマスクを取って言い合いしてるんだよね。これストーカーだったら困るなと思ったから、ちょっと近付いて話を聞いたけれども、どうも二人は知り合いらしかったし、お互い結構キツいことを言ってたから、これは単に言い争いなんだと思ってその場を離れたの。「やめたほうがいいんじゃないですか」とかできなかったんだよね、俺。

みうら (笑)。

いとう だって、この時期にマスクしてないから、また怖いじゃん。問われたでしょ、これ。

みうら 寅さんならそんなとき、口に腹巻きするかもね。

いとう そうだね(笑)。その手があるもんね、寅さんには。

みうら いつもそういう現場を見るにつけ「寅さんなら……」って思うもんね。

いとう 問うんだ、自分に。

みうら もし、寅さんがいとう家に「今晩泊めてほしい」って来て、マスクしてなかったらどうする?

いとう いやあ、それはちょっと。やっぱり「早々にお帰りください」になるなあ。今マンションだからさ、エントランスで帰せるじゃん。

みうら 押し売りかもしれないしね。

いとう 寅さんの時代みたいにいきなり入って来られないもんね。

みうら でも、マンションのモニターに写っているのが、確実にあの寅さんだったらどうする?

いとう 完全に渥美清さんなんだ?

みうら で、あの格好なんだよ。

いとう 僕のところに来た事情は知るべきだと思うだろうね。

みうら だよね。

いとう 「一回降りますんで」って言って、マンションって入り口に小さいテーブルあったりするじゃん、あそこに座って「まずお話を伺わせてもらえますか?」って言うかも。

みうら 寅さん用にマスクは一個持っていったほうがいいかもね。

いとう 「これをしてたほうが寅さんも熱が上がらない可

能性が高いんで、いいですよ」と。マスクしちゃったときの顔が想像できないね、寅さんの場合。

みうら　確かにそうだね。モノマネの人も結構いるしね、寅さんの場合。

いとう　いるいる。大体寅さんのモノマネの人は目が似てるんだもん。だから、口隠されちゃったらもう区別がつかなくなっちゃう。

みうら　だよねえ。浅草芸人の中には何人か、そっくりさんいるでしょ?

いとう　何人もいる。だから、モニターでは取ってこっちに話しかけたんだろうね。「寅さんですよ。普通の目が細い人じゃないですよ」と。

みうら　画面の後ろに山田洋次監督も見切れてたら、これは完全に寅さんだから、泊めたほうがいいんじゃないか?

いとう　それは泊めないと、「あの人、人情がわかってない」ってなるじゃん。また山田洋次監督がドキュメンタリーをやるなんてっていう衝撃があるよね。

みうら　各家に寅さんを連れ回し、誰が泊めるかっていうドキュメンタリーね。

いとう　テレ東の泊めてくれますか?企画だよね。アレに山田監督が入り込んだっていう。

みうら　それだろうね、たぶん(笑)。

いとう　うん、山田さんは近いはず。山田さんが『男はつらいよ』のあとにやってた映画があるじゃない?

みうら　『家族はつらいよ』ですね。

いとう　アレのね撮ってるところを見せてもらう機会があったのよ。「したまちコメディ映画祭」で山田さんに賞を取ってもらいたいから、ボランティアと一緒に挨拶に行ったら、「見ていったら?」みたいに言われて。小さな家の中のセットでこぶちゃん(林家正蔵)がいて。階段の隙間みたいなところに山田監督がいて、すごく役者に近いところで演出するんだよね。遠くじゃないんだよ。

みうら　へえ、そうなんだ。

いとう　「もうちょっとセリフを遅らせてみましょうか」みたいなことを言って、ほとんど登場人物の中に入り込んじゃってるわけ。

みうら　吉兆の女将みたいな状態じゃない？（笑）

いとう　そうそう、ささやき女将みたいな。さっき設定があった自分の状況はマンションのカメラのところを押したら、まず寅さんの顔が全部出てる状態でいるけど、そのすごく近く、エントランスのテーブルの辺りの下に山田洋次監督が、かがんで隠れてる感じだよね。

みうら　かがまれちゃなあ。

いとう　「（カメラを）回そうか、回そうか」って言ってるんだろうね。

みうら　いとうさんの「泊めます」ってひと言があったらカメラを回すんだろうね。いろいろ聞きたいこともあるでしょう、寅さんに。

いとう　もちろんありますし、しかも山田洋次さんにも「喜劇ってなんですか？」とかずばり聞きたいものじゃない。

みうら　でも、泊めたのはいいけど、寅さんにすぐに寝られたときにはキツいね。

いとう　しかもまだ回してる場合ね。スタッフが全部撤収したんだったらいいけど、まだ山田さんだけが「回せ、回せ」って言って、フィルムを回している場合、俺ほら座持ちが悪いじゃん。

みうら　そう？（笑）

いとう　みうらさんはいいよ、話が次々いろいろ出るから。

みうら　いやいや。僕は煮詰まったらエロスクラップを見せるしかないしね。そこは接待の気持ちで。

いとう　そうだよね（笑）。そのぐらいやっぱり寅さんっていうのは、こっちに問うてくるわけでしょ？

みうら　問うてくるねえ。『男はつらいよ』のベースに流

寅さんっていうのは、こっちに問うてくる（いとう）

れてるのはそこだよね。この人と関わるのか、関わらないのかで違いますよっていうことだから。

いとう　そうだね。それでイヤになって寅さんは出てっちゃって、違う自由業の人たちと関わってトラック乗ったりして去っていくんだもんね。関わるか、関わらないか。「お前は関わらないんだな」って言って寅さんは背中を見せていくんだもんね。

みうら　淋しい背中をね。

いとう　みうらさん、別の版が出るたびに買って、ものすごい何度も『寅さん』見てるじゃん。

みうら　DVDの前にVHSで買ってる世代ですから。最近出たDVDボックスセットは寅さんのトランクにかけた「寅んく」っていう箱に収まってるの。

いとう　あったねえ(笑)。

みうら　僕の買ったVHS版は、紙でできたトランクに全巻入ってたんだ。取っ手を持ち上げただけでもう破れるんだよ、重すぎて。

いとう　確実に破れるよね。

みうら　仕方なくパッケージは捨てたけど、本数が本数でしょ？　ものすごい本棚の幅取るっていうか。

いとう　みうら家の本棚にいつもゴジラのシリーズとか、寅さんのシリーズとか、なんか倉庫みたいにしていつもあるんだよね。仏壇みたくしてあるわけ。大事なもんなんだろうなっていうふうにこっちはやっぱ思わざるをえないよね。

みうら　いくら本棚があっても足りないよ。その上、小学校のときに買ってもらった『のらくろ漫画全集』ってのがまた、嵩張ってね。

いとう　俺がおふくろに捨てられちゃったヤツだよね(笑)。

みうら　そうなの？　あの箱入りの豪華版を……。

いとう　最高なんだよ、あの本。もちろん俺らのは復刻版だけど。

みうら　布張りのさ、装丁もかっこ良くてね。せっかく買ってもらったのに残念だねぇ。

いとう　親父から買ってもらって。

みうら　それをおふくろが捨てたのね(笑)。でも、内容といや、軍隊のことなんかわからないしさ。

いとう　そうなんですよ。

みうら　「トテチテター」とかラッパ吹くんだよね、誰かが。

いとう　小さいブタみたいなヤツが起こしたりするんだよ(笑)。問題は伍長と曹長とどっちが偉いのかよくわからないんだよ。

みうら　そうそう、ちっともわかんない、わかんない。第一巻目は『のらくろ上等兵』だったんだよ。上等兵は上ってついてんだから、一番偉いんだと思ってたら、そうじゃないんだってね。

いとう　そうなんだよ。だって、下等兵はいないもんね。

みうら　だよね。そこがわかんないとダメだよね、やっぱ。当然調べてもなくて。

いとう　調べる気もないわけよ。

みうら　それが尾を引いてるのかなあ、いまだに部長と課長がどっちが偉いのかがわかんないままだよ。

いとう　まさに俺も。アレはのらくろのせいだったんだね。それを言うとさ、割ときちんとした人たちがね、例えば(渡辺)祐さんみたいな人がね、「いとうさん、部の大きさと課の大きさを考えればわかるじゃん」とか言ってくる。

みうら　(笑)。言われてもなあー。

いとう　だけど俺は部の大きさも課の大きさもわからないわけよ。どっちにどっちが入り込んでるのかが。

みうら　まったく、わかんないよね。じゃ、これは？　社長と代表取締役って違うの？

いとう　代表取締役社長って、銀行では書かされるよ、俺。

みうら　僕もだよ。一応、みうらじゅん事務所の代表取締役なんだけど、振込みとかに行くとさ、書かなきゃなんないでしょ？　そんなとき、代表取締の「締」の字が出てこなくてさ。悩んでたら、銀行の係の人が「何かお困りですか？」って寄って来るじゃない？

いとう　来るね(笑)。

みうら　かっこ悪いから「いやいや、大丈夫です」って言いながら、早く書かなきゃと焦ってね、ついついごんべんのほうをさ、書いちゃって「代表諦め役」みたいになっちゃうんだよね(笑)。

いとう　あはは。そういうことをすると「もう一回書いてくれ」って窓口で言われるでしょう。あれスゲエ焦るんだよね。

みうら　そうそう、諦め役じゃダメみたいね(笑)。定規の短いのを渡されて、そこだけに横線引かされて消すなんて場合あるでしょ?

いとう　あるある。それで「ハンコ押してくれ」って言われてさ。

みうら　そうそう訂正印ね(笑)。

いとう　お金を下ろすために偉い気持ちで押したいところを、間違えを謝るためにハンコを使ってるこの情けなさ。

みうら　わかるわあ。

いとう　でも、代表取締役副社長はいるのかな? だって副社長っていう人はいるわけでしょ、きっと。

みうら　そうなるよね。

いとう　でも代表って言ってるんだから、取締役の代表なんだよね、きっと。取締役代表なんじゃないの、文法的にいったら。取締役の代表は……そこはもう全然わかんない。

みうら　いつも気持ち取り締まってないとダメだってことだよね、その役は。

いとう　のらくろで言うと、警官が出てきて「こらこら、チミチミ!」みたいに言って警棒を持って人の頭をコツンッてやったりしてるあの感じなんだよね、俺の取り締まりは。

みうら　事務所でそんな取り締まったことないよ。

いとう　逆に取り締まるどころか、自分からトイレの掃除をしてるぐらいだからね、みうらさんは。

みうら　気がついた人がやればいいと思ってるしね。

いとう　自分からカラダが動くタイプだからね。

みうら　取り締まりが向いてないしね。

いとう　そりゃあ甘く「まあまあ、いいよ」なんて言ってちゃ、特に代表取締役は務まらないですよ。あと俺わかんないのは相談役ってさ、相談なんかするヤツはたいしたことないと思うけど、社長より偉いみたいな感じが出てない、相談役って。何アレ?

みうら　知ってるよ、PCだか、CAだか……。

いとう　CEOのこと言ってる?

みうら　それ！

いとう　CEOは社長なんじゃないの？　Cは何これ？　Oはオーガニゼーションじゃないの？

みうら　なんか洋服とかの卸売りセンターみたいじゃない？

いとう　違う違う（笑）。それは五反田TOC。Tは東京だと思うよ。

みうら　なるほど東京か（笑）。僕らの頃の縮め方って大概上にTが付くと東京だと相場が決まってたもんだよね。

いとう　そうそうそう。Jって付いたらジャパンなんだから。

みうら　じゃ、Cは？

いとう　CEOのCなんてさ、しょっちゅういろんなものの前にいるタイプの文字だよ、アレ。

みうら　REOスピードワゴンってバンドいたけど、アレなんなの？

いとう　あのREOってなんなんだろうね？　あったねえ、ロックの王道というかね。

みうら　「レオ」って読むのかなと思ってたよ。

いとう　最初は「レオ」って読んじゃってた、俺も。レオスピードワゴンって人前で言っちゃってたら、恥をかいてたね。

みうら　PCR検査のPCRってなんの意味なの？

いとう　もうPもCもRもわからないもんね。

みうら　やっぱり出だし、Tは入れておいてほしいよね。

いとう　それだと俺たちも安心感があるよね。だいたい知ってる範囲のことが起きるんだなっていう気持ちで、怖さがなくなるけど、PCRは怖いよ。

みうら　キャビンアテンダントのキャビンって何？

いとう　キャビンは客室だから。

みうら　そうなのか？　ホラー映画界では大概、山小屋のことだけどね。

いとう　山小屋のこともキャビンっていうよね。だから小屋みたいな状態で、別荘に来たつもりでお過ごしくださいの気持ちが入ったんじゃないか、アレ。離れとか別室みたいな。喫茶店でもさ、別室みたいになってるときあるじゃん。

みうら　あるある。あの感じを出してるのか。

いとう　それのアテンダントがいるんでしょ。

みうら　EWFもさ、プロレスの団体名みたいだけど、アース・ウインド&ファイアーをつづめてるんだってね。

いとう　マジでそう言うんだ？（笑）

みうら　いや、僕らの世代はアース・ウインド&ファイアーって全部言ったもんだけどね。

いとう　確かにアースだと製薬になっちゃって、蚊取り線香かっていうことになってきちゃうもんね。

みうら　そもそもプロレスの団体名もよくわかんなくて。

いとう　俺もプロレスはよくわかんない。なんかそれぞれ流儀が違うらしくてさ。

みうら　だってね。

いとう　変に入ると火傷することのトップだね。プロレスの話をし始めた人に、いい加減な気持ちで接触するとアチチッってなるケースだよ。だから俺、だいたい黙ってる。

みうら　それが賢明だね。

いとう　あと『ドラゴンボール』の話をし始めた人がね、なんとか星人とかいろいろ言いだすじゃない。

みうら　僕、まったく知らないよ。

いとう　俺も知らないから、いろいろ言うじゃん。クリリンがどうしたとかって。ちっちゃいようなヤツで、頭が梅干しみたいな形して、緑色したようなヤツ……。

みうら　梅干しって（笑）。

いとう　アイツじゃねえかなと……。

みうら　でもやっぱ黙ってたほうがいいよね。

いとう　絶対言っちゃダメなんだよ。

みうら　口挟んでいいのはギリ『サザエさん』ぐらいじゃない。

いとう　挟めるねえ。

みうら　「マスオさんみたい」って、たとえは出せても、クリリンどんな立ち位置なのかもよくわかんないしね。

いとう　誰かさえわからないんだから。

みうら　『ドラえもん』だって危ないんじゃない？

いとう　危ないねえ。……しずかちゃん、だよね？

みうら　そう、しずかちゃん。

いとう　俺、しず子ちゃんになっちゃったりするときあるから。

みうら　しず子ちゃんはまずいねえ（笑）。

いとう　「それ、お前のおばさんかよ！」みたいに言われちゃうじゃん。だから「しず」ぐらいまで言って静かに控えてるよね。相手が「しずかちゃんだろ！」って言って、相手の知識にうまく乗っかっていかないと。

みうら　その一文字間違いが命取りになるときあるからね。

いとう　あるねえ。

みうら　だから黙ってたほうがいいんだよね。

いとう　いい。『サザエさん』とか『ドラゴンボール』とかならいいけど、近頃は本当にバンドが多いし、アイドルもめっちゃ多いから、あまりに知らない。ふざけるとっかかりもないようなことになるじゃないですか。

みうら　僕らの頃はとりあえずピンク・レディーとキャンディーズさえ押さえとけばよかったからね。

いとう　スーちゃん、ミキちゃん、ランちゃんとか言ってればなんとかなったんだよね。

みうら　たとえでも「俺はスーちゃんがタイプかな」とか言ったらだいたい伝わったけど、今はなんとかタイプとか言われてもわかんないしね。

いとう　まず読めないもん。

みうら　そこだよね（笑）。

いとう　そもそも普通の人の名前さえ漢字がよくわからないキラキラネームだから、読めないのに、タレントとか歌手とかそういった人の名前なんてよりひねってあるから、これはわからないよね。

みうら　それはやっぱり年寄りを自然淘汰させるためのクイズと考えたほうがいいね。

いとう　お前らもう口を挟むなっていうことなんだろうね。例えばヨアソビは……。

みうら　知ってるけど、それはカタカナ表記かい？

いとう　……いや、カタカナじゃない。

みうら　ひらがなかい？　漢字じゃないだろ？

いとう　アルファベットでしょ、YOASOBIは。

みうら　アルファベットなのか(笑)。

いとう　カタカナでヨアソビってしちゃうと、変なお祭りの名前みたいになんかなっちゃうもんね。ヨサコイみたいな感じ、俺のイメージは。

みうら　よく、オヤジが言いそうなことって、official髭なんとかと言うが、メンバー誰もヒゲ生やしていないじゃないかって、それ、もうドーンと地獄に落ちるでしょ。

いとう　粉の中にバーンッて落ちるね。

みうら　今は罠が仕掛けてあるんだよね、いっぱい。

いとう　調子に乗るようにできてるんだよね。

みうら　なるほど。年寄りも一応言わしてもらえるような、調子に乗れるようになってるわけか。

いとう　そこで第一足切りが生じてる。自然とSNSとかの中には知った人しかいないようにできてるでしょ。そのための足切りでしょ。

みうら　足切りかぁ。こちとらまだ、クリーデンス・クリアウォーター・リヴァイヴァルはスッと出るけどね。

いとう　CCRね。

みうら　クロスビー・スティルス・ナッシュ&ヤングも出るよ。

いとう　出るねえ。でも、それが出たところで、「はあ?」っていうところなんだろうね。「代表取締役書けますか?」っていうところでしょ。

みうら　そこなんだよね。大人の世界の代表取締役の締まりが浮かばない上に、Official髭(男dism)のオフィシャルは英語だもんね。

いとう　オフィシャルは英語で、髭っていう字が元来難しいからね。

みうら　難しい。でも、髭は最近、生やしているから書けるようになったけど。

いとう　原稿に書くからだ。

みうら　だね。髪の毛を想像して、ヒ、ヒって書けばいいんだよね。

いとう　ああそうか。みうらさん、割と書く機会があるんだ(笑)。

みうら　最近よく間違う漢字は、尻と屁だよ。

いとう　ああ、わかるわかる。俺はね、裁くっていう字とね栽培するの栽が「どっちが衣だっけな？」とかって思うことがある。

みうら　難しいね、それも。

いとう　あと、爪と瓜が「爪にツメなし、瓜にツメあり」とか言いながら書かないと書けない(笑)。

みうら　わかるわかる(笑)。

いとう　あれ、本当に罠だよね。

みうら　疑問の疑っていう字も書くとき、ドキドキするよ。「ヒ矢マヒー」って覚えてんだけどさ。

いとう　最後のヒーがわからないけどね(笑)。普通の人もこのぐらいなのか、それとも相当僕らが物事に不得手なことと得手なことの差があるのか。

みうら　僕は昔から差があったねぇ。

いとう　俺も実はすごくあるんだよね。

みうら　いとうさんは割とバランス良く見えるけどなあ。

いとう　爪と瓜みたいなことはすごくあるんだよね。あとなんかよく思い出せなくなっちゃう漢字があるけど、それさえ今思い出せないもん。

みうら　きっと、それは思い出さなくてもいいんだろうね(笑)。

いとう　いいのは、間違えると人が入り込んでくるっていうか、人との関わりができること。「あ、わかります。それわかりづらいですよね、瓜って」っていう会話になるときがあるから。これはいいことなんだと思うようにしてますけどね。

いとう　……ご歓談ネーム・道元42才。女性です。「おばさんであることにあらがってしまいます。おばさんになって良いこと何かありますか？」これ、みうらさんをおばさんと認めての質問だろうね。

みうら　今はヒゲのおばさんだけどね(笑)。

いとう　42歳って書いてあるから42歳なんでしょうね、たぶん。

みうら　はっきり言ってこちらからしたら全然おばさんの歳じゃないと思うけどね。

いとう　42なんて、花開いてきたぐらいじゃないですか、みたいな感じだよね。

みうら　最近さ、何かのインタビューで「みうらさんは男として生まれてきて、よかったなと思ったことはありますか？」って聞かれたんだよ。

いとう　すごいねえ。

みうら　でしょ。そんなこと一回も考えたことなかったんで、すごい衝撃を受けましたよ。なんか男でいいような気がしてたけど、改めて考えてみると、そんなにいいことないような気もするんだよね。その方、女の人だったから逆に「女はどうなの？」って聞いたら、「女は最高です。でも、男の人は何が楽しくて生きてるのかわからない」って言うんだよね（笑）。

いとう　（笑）。

みうら　確かにそうかもなあと。一体男って何が楽しくて生きてるのかねぇ？

いとう　そうだね。

みうら　小さい頃から「男でしょ、我慢しなさい！」とか言われて。我慢をするっていうことは、何かいいことがあるから我慢しようと思うわけでさ。

いとう　そうなんですよ。「男だから泣くんじゃないよ」とか言われて、泣かなかったとして、そのときになんの飴をもらえたの？っていう話だよね。

みうら　そうでしょ。でもそのときになんの飴ももらえないわけでね。楽しくは生きてきたつもりだけど、「男として楽しかったこと」ってなるとさ。通信空手もそんなに面白くなかったわけでさ（笑）。

いとう　通信空手は女子だってできるわけだからね。

みうら　そうだよねぇ。

いとう　割と早い時期からおばさん宣言が出てたもんね、みうらさんは。

みうら　いや、それはね、「男だから」と同じように「もう、おじさんなんだから、しっかりしなさいよ！」って言われるのがイヤだったからかも。

いとう　社会の嫌われ者の位置につくってことだよね。「アイツもおじさんになったなあ」とか言われたら良くないように思われてるってことだから。だから、女性が自分が「おばさんになったな」って言われるっていうことが、僕らがおじさんになったって言われることと同じぐらいダメージがあるのかないのかっていう問題だよね。

みうら　そうだね。だったら「おじさんになったな」って言われんのも今のこの世の中では差別発言っていうことになるね。

いとう　もちろん、もちろん。なんで我慢しなきゃいけない理由がジェンダーなんだっていうね。でも、道元42才はおばさんになって良いことが何かあるのか……いや、あるんじゃないのかなあ。

みうら　いとうさんと、『見仏記』で奈良に行ったとき、JRのポスターを見たらさ、やっぱり夫婦か女の人の二人連れの写真だったじゃない？　おっさん二人旅のポスターなんて見たことないしね。

いとう　皆無だと思いますよ、やっぱり。

みうら　それを俺といとうさんで「どうですか？」と提案してるつもりだけど、オファーはまだ、来ないもんね。

いとう　来ないよね。やっぱり男たちも遊びでブラブラしていいんだ、社会から少しずれた形でいいんだって言ったときに、どういう二人ならポスター化できるのかってことを考えたわけよ。やっぱり、上司と部下じゃ全然気持ちがやわらがないじゃない。

みうら　上司と部下とで仏像見に行く旅って、それはそれでおかしいけどね(笑)。

いとう　スーツ着てさ、一方が荷物両方持っちゃったりしてさ、完全におかしいよ。上下関係があってさ、すごいイヤじゃん。これはナシじゃん。そうなると、やっぱり友達同士がラフな格好して行く

男たちも遊びでブラブラしていいんだ、社会から少しずれた形でいいんだ（いとう）

わけじゃん。で、このときにやっぱりなんか趣味みたいなものがあるなってことがわからないと、あの二人はなんなんだろうっていう怪訝な目で見られる。

みうら　怪訝は何回も出たからね、我々は（笑）。

いとう　そのときに「ああ、仏像なんですか」っていうシーンは何度もあったよ、今まで。よくみうらさんとも言うけど、仏像を見に行ってる感じを出すグッズを持ってる二人のほうがポスターになりやすいと思うんだよね。

みうら　グッズなの？

いとう　だから、単眼鏡が首からかかってるとかね。

みうら　なるほど（笑）。

いとう　網の付いたフィッシャーマンズベストを着てるとか（笑）。

みうら　カメラマンの人が着てるようなヤツね。って着ちゃいないけどね。

いとう　着ちゃいないし、あんなにもう器具いらないんだよね、今のカメラってね。そうするとなんなの？

みうら　だから、僕はおばさん役を取ろうと思ったんだよね、きっと。おじさんとおばさんが二人旅をしているっていう雰囲気をいとうさんと出してるうちに、もう仲いい夫婦みたいな気持ちになってきて、現在に至るわけでさ。

いとう　そうだよね。夫婦感が自然に生じたんだよね。

みうら　生じた（笑）。お忍びの旅行であるっていう感じもあったからね。途中で「編集者はいらない、二人っきりにさせてくれ」って言ったときに、編集者は怪訝だったけど（笑）。

いとう　「部屋は一つだ！」って言いだしたからね。

みうら　それは譲れない感、出しちゃったしね。

いとう　「ビジネスホテルなんですけど、どうしましょう？」って、向こうが申し訳なさそうになっちゃうっていうさ。

みうら　そんなときでさえ……。

いとう　「ツインがあるはずだ！」と（笑）。

みうら　言ったよね（笑）。

いとう　仏像を見て、だいたい4時5時に終わっちゃうわけだから、早いうちに帰ってくるわけじゃないですか。「それじゃあ、あとで夕飯食べに行きましょう」って言って、二人で別れて自分たちの部屋に入る寂しさったらないんだよね。

みうら　そうそう、こちとら仏像見て火が付いちゃってるからね（笑）。

いとう　同じ部屋に入って、同じ手ぬぐい持って風呂に入りに行って、ごはん食べに行くのが楽しいんだよね（笑）。

みうら　本当、ワクワクするんだよね（笑）。

いとう　そうだね。

みうら　うちのお母さんとか見てると、そんな感じの旅行してた気がして、ちょっとうらやましかったんだと思うよね。

いとう　僕の母親にも仲の良い姪っ子がいてさ、ちょっと年下なんだけど一緒になってよく出かけるわけよ。女性はそういうのがすごく似合うよね。おじさんと甥っ子っていうのは、なかなか同じ部屋でっていうのはあんまりないんだよね。

みうら　それは寅さんと満男の関係みたいだね。そりゃ、二人で旅したら、寅さんからトンチンカンな恋愛論が出るでしょ？　なんかご婦人同士だとスムーズにいく気がするんだよね。

いとう　だから、男っていうものが社会を脱げないっていうことでしょ？　定年で会社に行かなくてよくなって、町内に帰ってきた途端にやることがなくなっちゃって、男たちがあぶれるって、よく言うじゃない。女性たちはすんなりサークルに入ったりとかすぐできる。だから、道元もおばさんになっていいこといっぱいあるんじゃないかね。

みうら　いやあ、これからますますね。本当、あやかりたいよ。ご婦人の気持ちで毎日いれば、楽しいんだよやっぱり。

いとう　華やぐんだって言ってたもんね。

みうら　その点、『男はつらいよ』って、言うよね。

（「ラジオご歓談！」vol.44／2021年4月12日＋vol.45／2021年4月26日＋vol.46／2021年5月10日配信、すべてリモート収録）

ご歓談!⑪

↓覚醒↓東京↓孤独↓先生↓

いとう ……ご歓談ネーム・なおさんから。「我が家の息子は予備校生です。朝から夜まで勉強漬けの日々を過ごしています。受験生のお二人はどのような生活を送っていらっしゃいましたか?」と。みうらさんはまさに二浪してるからね。

みうら そうなんですよ。ありゃ、長すぎましたね。今思うと。そうそう、今の子ってね「覚醒した」って言うでしょ。

いとう 何それ?

みうら 勉強もね「俺、ついに覚醒した」なんて言うんだよ。理解したって意味なんだろうね。映画『ブルース・ブラザース』で言うところの光浴びて「The band!」みたいな瞬間。だから、覚醒しないまんま、ダラダラ勉強してもダメだって。

いとう へえ。

みうら すべてのことにおいて、覚醒する瞬間っていうのはあるんだろうね。

いとう やっぱりそれ抜きに平均的に物を覚えようとして

も、頭に入らないぞっていうことだよね。

みうら　覚醒してからはもうなんだって頭に入ったり、なんだって解けたりするような現象があるんだよね。僕は美術大学を目指して二浪もしてたけど、美術予備校に通って「石膏像っていうのはこう捉えるんだ。人物じゃないんだ。面として捉えるんだ」とかデッサンの途中に言われるわけですよ。でも、言葉で言われたってちっとも覚醒しないわけで。要するに光の角度を意識しろってことなんだけどさ。

いとう　まあ、そうだね。

みうら　でも、ついつい石膏像を見ると石膏像だと思っちゃうから。その人物に似せなきゃなんないとか考える。でも、そういうことじゃなくて、光を面として描くことが……。

いとう　本当の世の中のありように気づけば、そう見えてくるってことなんだよね。

みうら　そうなんですよ。白いボールだってさ、こっち側に光が当たれば、あっちに影が出るだけのことなんだけど。それは至極当然のことなんだけど、勉強だと思ってると、その真理に気がつかないっていうか。

いとう　そうだわ。単に似せようと思っても似ないわけで。世の中は全部光と影なんだって気づけば、ということだよね。

みうら　そこです。二浪目の夏くらいかなあ。もう美術予備校も行かなくなっちゃってね。グダグダ昼ぐらいに起きだしたときに、四畳半アパートのカーテンの隙間から光が差し込んでてね。それが世界堂で買ったモリエールという石膏像に当たってたの。そのときに「The band!」じゃないけど突然覚醒したんですよ。これはモリエールじゃない。光と影でできた物体だと。それから、うまく描けるようになって翌年、美大に合格したんですよ。

いとう　すごいねえ。単純に言えば、勉強の仕方っていうのを知らないと、むやみに覚えたってしょうがないじゃん、ってことだよね。

みうら　ですよね。なんのためにしてんのかとか、本筋のとこにピーンと気がつけば、スムーズにいく瞬間があるみたいですね。

いとう　わかるわかる。みうらさんは前から不思議だったけど、まず一回受験して失敗したじゃん。その時点ではまだ京都にいたの？

みうら　夏までいました。

いとう　やっぱ東京に行こうって思ったのは、その夏が終わってから？

みうら　いや、その夏から上京させてもらったんですよ。京都ではんなりしてるうちは受からないだろうって思ってましたから。地元の美術予備校でね。「東京には東京のデッサンというのがあって」って聞いたもんだから。今から考えたら、どこでやってもうまいヤツはうまいんだけど、そのときはもう、藁にもすがる思いで親を説得してさ。うちの両親も一人息子の言うことだしってね。

いとう　「なるほど、そうなのか」だよね。

みうら　一人っ子だったもので、家では一身に注目を浴びてたわけでね。それも、しんどいから一人暮らしに憧れもすごくあって。

いとう　もう夏より前からウズウズしてたわけ？

みうら　ですね。それに、怪獣や仏像のスクラップと違い、家でエロのスクラップが作れないことに鬱憤もあったんでしょう(笑)。

いとう　そこに自由がないですもんね。

みうら　僕にとって自由とはそれですから(笑)。

いとう　結局、エロスクラップのために上京したということですか？

みうら　いやいや、そういうわけではないんですが、人目をはばからず、自由なときに自由なことがしたいっていうのがやっぱりありましたからね。

いとう　もう受験する前からモヤモヤとそういう気持ちがあったはずだよね。うまくいったら東京に行って、一人暮らしなんだって思ってるのに、落ちちゃったらガックリってなるわけで。

みうら　それに二浪でダメだったら帰って来いって言われてましたしね。「自由とは？」と、自問自答の日々でした。

いとう　テーマが出たわけよね。

みうら　やっぱり家でぬくぬくとしてるようじゃロックじゃないですしね。

いとう　（笑）。

みうら　そこは「東京の冷たい壁にもたれて……」的なことも言いたくてしょうがないから。

いとう　じゃ、その夏に、荷物まとめて出ちゃうわけ、家を？

みうら　そうですね。三鷹に親戚がいたので、そこで居候させてもらったんですよ。

いとう　あ、最初は居候なんだ。だって、居候はまだエロスクラップは自由には作れないでしょ。どうすんのそこ？

みうら　いや、すぐにはスクラップ始めてませんから（笑）。ま、ドアのある部屋でしたし、そこの老夫婦もそんなに頻繁には監視してこなかったんですけどね、ついいい調子で夜、ロックのレコードをかけたり、歌を歌ったりしてるわけですよ。

いとう　やっぱり歌うわけですか。もうそのときギターはお持ちなんですか？

みうら　ですね、浪人なのにね（笑）。上京する日、京都駅に何人か高校時代の友達が見送りに来てくれたんですけど、僕はこれまたいい調子こいて、白いスーツの上下にギターケースを持ってたんですね。当然、友達は「お前、何しに東京に行くんだ？」って、言ってきますよ（笑）。

いとう　みうらさんがたまに描く絵にありますよね、白いスーツの人がギターをハードケースで持ってる。アレは上京のときの駅での姿なんですね。

家でぬくぬくとしてるようじゃロックじゃない（みうら）

みうら　そうですね。旅立ちの図です（笑）。
いとう　素敵ですよねえ。
みうら　ツアーに出るんだ、みたいな気持ちだったんですかね（笑）。
いとう　申し訳ないけど、あくまで確認なんですけども、美大に入る勉強のために上京するんですよね、その青年は？
みうら　おっしゃる通り、そうですね。
いとう　普通は画材を持ったり、本を持ったりしながら大事に上京するべきものを、まったく関係ないギターケースを持って。白いスーツはなぜ持ってたんですか？
みうら　実は真っ白のはなくて、クリーム色だったんですけど。それはね『バングラデシュのコンサート』っていう映画で、ジョージ・ハリスンが着ていたスーツをマネたくてね。ちなみにその映画は、バングラデシュを救おうっていうライブを収めたものでね。ビートルズ解散後のジョージ・ハリスンが中心となって開いた、最初のチャリティー・ロックライブだったんです。
いとう　そうなんですね。
みうら　いや、僕の場合、受験に行くんですけどね（笑）。
いとう　そうなんですよね（笑）。人のこと言ってるような身分ではないわけですけどね。そのときはもう一世一代の旅が始まると。
みうら　そうです。オープニングですよね、人生の旅の。監督としてはそこはバッチリ決めてもらわないと困るんです。
いとう　できたら、もう新幹線じゃなくて夜汽車に乗ってほしいぐらいのシーンですよね、それ。
みうら　そうなんですよ。本当は夜汽車のほうが絵になりますよね。
いとう　その姿で受け入れた老夫婦はどう思ったんですかね、じゅんちゃんを。
みうら　ギターを持った渡り鳥をね（笑）。
いとう　（笑）。すっかりそのまま自由の放浪の旅に出るのかなと思ったら、親戚の家に居候に入ってるんですもんね、白いスーツの人は（笑）。

みうら　そうです。その後、たぶんスーツはきれいに畳んだでしょうね。

いとう　やっぱり汚しちゃいけないから。

みうら　あくまで、衣装ですからね（笑）。

いとう　それでギターをポロンポロンとやったでしょうね。

みうら　やったでしょうね（笑）。それから一週間後ぐらいに「中央線」っていうオリジナル曲作りましたから。

いとう　早いですね。

みうら　中央線で三鷹から御茶の水美術学院というとこに通ってましたんで、その車内で見かけた人の顔が君に似てたよという、「木綿のハンカチーフ」風なテーマでね（笑）。

いとう　「君」って誰なんだっていう話ですけどね（笑）。

みうら　ですよね（笑）。架空の彼女と離れ離れになったみたいな。

いとう　そういう設定がほしかったんですね。

みうら　せっかくの上京ですからね。

いとう　それが秋だとして、また次の受験期まで勉強するんですよね、御茶ノ水で。

みうら　はい、一応。それに代ゼミ（代々木ゼミナール）にも通ってましたしね。

いとう　あ、二つ行ってたの？

みうら　美術大学といえども、やっぱり英語と現国のテストはあるんですよ。東京藝大とかになると、数学とかもありますからね。当然そっちは選んでませんけど。せめて英語と現国だけはと思って、代ゼミには行ってたんですけど。申し込みの日にね、代ゼミで並んでたんですよ。夏期講習から行ったんですけど、自分が取りたい授業がすごい長蛇の列で。ふと、隣を見ると、列が空いてたんですね。そっちでいいかと思ってそのコースを取ったんですけど、よくよく見たらそれ、東大京大コースってヤツで。

いとう　（笑）。

みうら　よくわかんないまま、「まあいいや」と思って2、3日通ったんですけど週末にいきなりテストがあったんですよ。当然、さっぱりわからなくてね。

いとう　そりゃとんでもないんでしょうね、きっとね。

みうら　とんでもなかったんでしょうね。それすらわからないほどのものだったんでしょう。翌週行ったらその回答が配られましてね。その答案用紙を受け取るのにしばし並んでたらね、誰かが「おいおい、3点のヤツがいるぜ！」って言ってるのが聞こえてきたんです。

いとう　(笑)。

みうら　僕の答案用紙を見たら、3点だったんですよね。でも、僕からしたらね、1個か2個合ってるわけですよ。スゴイじゃないですか。ま、それでようやく気づいたんですけどね、東大・京大がものすごいってことにね(笑)。

いとう　っていうか、3点が翌週6点になり、12点になりだったら、希望は見えますけど、おそらくまた3点、もしくは0点も出たんじゃないですかね、思うに。

みうら　でしょうね。そこで僕は考えました。ここじゃないなってね。

いとう　ここは俺には関係ねえと。

みうら　それからね、もう二度と行ってないんですよ。

いとう　代ゼミ？(笑)

みうら　はい。

いとう　じゃあ、絵の勉強だけ。

みうら　1ヶ月くらいは通ってたんですけどね、だんだん、気が緩んできてつい、昼ぐらいに起きちゃうようになってね。デッサンはまず、席取りが重要なんですよ。昼過ぎに行くと、もう後ろのほうの席しか空いてなくて。

いとう　ああ、後ろなの？

みうら　みんな前の席取って、ちゃんとモチーフ見ながらいいの描きたいから必死なんです。後ろの席は人と人の頭しか見えないわけで。だから、行ってもボーッとしてるんですよ。

いとう　これは悲しい。俺は一人だっていう歌はどんどんできますよね、これ。

みうら　テーマは当然、「孤独」ですよね。歌詞にいっぱい盛り込みましたから。

いとう　それは使うでしょうね。だって、マジに孤独ですもんね、それ(笑)。

みうら　自ら招いた孤独ですけどね(笑)。

いとう　普通そういうときに、すげえ気の合う友達ができたりして、救われていくっていうね。夜汽車から始まった映画ならそうなりますけども。これどうなるわけですか？

みうら　さすが、いとうさんですね。困ったことに僕はそこで初めての彼女を見つけちゃったんです。

いとう　マジっすか？

みうら　受験からもっとも遠いことになって。

いとう　遠いですよね。

みうら　大学の卒業じゃなく、童貞を卒業しちゃったってわけで。

いとう　なるほど。じゃあ青春はバラ色系に行ったんじゃないですか、これ。

みうら　だから、京都の実家帰ったとき「もう受験やめて、結婚しようと思うんだ」って言いました。

いとう　言ったんだ！

みうら　言ったらね、いつもやさしい親ですけど、珍しく「バカヤロー！」が出ましたね。

いとう　バカヤロー出ましたか。

みうら　「なんのために東京に行かせてると思ってんだ！」が出ました。

いとう　当たり前だよね。すいませんけど、そのときにみうらさん自身が一生懸命、例えば鉄を扱う工場で働いて、汗水流して家賃を払ったとかっていうようなバイトはしていたんですか？

みうら　いや、すいません。本当に悪いんですけど、仕送りもらってました……。そりゃ、バカヤロー解散ですよね。（バカヤロー解散／1953年、当時の吉田茂首相が衆議院予算委員会で質疑応答中に「バカヤロー」とつぶやいたことから衆院解散にまで発展した事件）

いとう　バカヤロー解散しますよね。

みうら　それは当然だと思います。結局、向いてないいんじゃないかってね。

いとう　受験が？

みうら　ですね。結婚がしたくてたまりませんでしたから

（笑）。それにね、絵の道を目指した理由は横尾忠則さんの絵にグッときた。それだけでしたから。

いとう　元々はそこだったんだ。それはどこかで見たの？

みうら　中学3年のときに、今でもよく覚えてるんですけど、京都書院っていう本屋さんで。たぶん仏像の本を買いに行ったんですけど、そのとき美術書の中に背表紙が厚い『横尾忠則全集 全一巻』（1971、講談社）って書いてある本を見つけて。

いとう　すごいときに出したんだね、横尾さんは。

みうら　「全一巻」ってタイトルもグッとくるでしょ。

いとう　面白いじゃん。打って出てるよね。いい企画だよ。

みうら　それが気になって棚から抜いたんですよね。そして、中を開けたらね、重いからバーンッと観音開きにセンターのところで開いちゃったんですよ。そこにはお花畑の写真があって、何人もの横尾さんがコラージュしてあるとても不思議なページで。当然「なんだこれ！」が出ますよね。

いとう　出ますねえ。

みうら　僕そんときね、立ちくらみみたいにクラーッとして、よくわからないけどなんだかスゴイぞって思ったんです。当然、他のページにはイラストやデザイン作品などがごちゃまんと載っていてね。

いとう　もうドキドキですよね、きっと。

みうら　玉手箱を開けちゃったような気持ちになって、その瞬間「この人になりたい！」と思ったんです。それが絵の道に進むきっかけだったもので親もびっくりしてましたよ。「アンタ、学校の美術の点もいつも2やのに、なんで急に美大なんて」って言いますよね。

いとう　今の今まで仏像しか追っかけてきてなかった少年が……。

みうら　「出家、出家」言ってた息子がね。

いとう　コラージュアートにバーンッときちゃったわけだよね。

みうら　横尾さんの写真にもね。

いとう　ああ、なるほどね！　しかもその当時の横尾さん、ジョン・レノンぽいもんね。

みうら　ロックスターを見た気がしましたよ。

いとう　自分というものを出していいんだっていう。

みうら　横尾さんが作品なんだと思いました。だから今でもずっと横尾さんの本を最初に手に取ったときの衝撃がありますね。

いとう　そこがもう変わらずあるんだね。結局、僕にはそれがマルセル・デュシャンだったわけよね。

みうら　デュシャンに覚醒する瞬間があったと。

いとう　「なんだこりゃー！　かっこいい！」って。デュシャンの場合は逆に自分を出さない。便器にサインだけして出すとかさ。それ、ちょっと俺っぽいことだもん。未だに影響が抜けないんですよね。

みうら　長年憧れてるとその呪縛からどうにか逃れなきゃなんないって思うでしょ？　それでがんばって遠回り遠回りしてくんだけど、やっぱ戻るのよ。しょっぱなにかっこいいと気づいたものって、一生忘れられないし。だからたぶん勉強も、出会った先生がかっこいいと覚醒も早くなるんじゃないかねぇ？　英語の先生がすごい好きだったから英語が好きになる人とかいるでしょ？

いとう　あるある。僕が早慶戦の応援がしたかったのは、慶応出身の先生が慶早戦の話をしょっちゅうするわけ。その人は素敵で、僕は大好きだったけど、でも聞けば聞くほど早稲田が好きになっていくっていう。「あんなヤツらはバンカラで」とか言うと、「バンカラ側になってみてえなあ」と思って、俺はこんな道に入っちゃうから。本当に先生は大きいんだよね。

みうら　その人が人生の先生になるってね。

いとう　横尾先生だし、デュシャン先生なわけじゃん。

しょっぱなにかっこいいと気づいたものって、一生忘れられない（みうら）

みうら　そういう先生に出会うか出会わないかで覚醒率が違うんだよね。

いとう　違うよなあ。そういう意味で言ったら、展覧会もいい先生だし、あとは本屋だよね。

みうら　だよね。

いとう　古本屋みたいので本を開いて、マルセル・デュシャン論とか、「ウワーッ、なんだこれ面白い！」。東野芳明っていう当時の美術評論家の本（『マルセル・デュシャン』1977、美術出版社）がなぜか結構安く売られてて。大事なページ折るじゃない？　今見るとほとんどのページを折ってあるから、こんなに本が太いんだよね。すげえ影響受けちゃってんだよ。かっこいいってなってるわけ。

みうら　最近はネットでＡＩがこんなもんが好きだったら、「これはどうですか？」って薦めてくれるっていうじゃないですか？　そうじゃなくてさ、古本屋とかは隣に全然関係ない本が置かれていて、それをつい手に取ったら覚醒ってこともあるしさ。

いとう　そうだよねえ。裸みたいのがちょっと写ってるから、そっちの気持ちで手に取ったら違ってたとかっていうことがあるからね。ＡＩはいきなり裸は薦めてこないからね。

みうら　大きな誤解が生まれた分、覚醒も大きいってね。

いとう　それで人生が……みうらさんも僕もだけど。

みうら　全然、変わったよね。

いとう　全然違うふうになっちゃったんだよね。

みうら　若い頃は頭の中にモヤがかかってるから、目的なんてそうやすやすとは見つからないもんね。

いとう　確かに確かに。だから、このお母さんの息子さんは予備校生だけど、いい友達とか、自分がバーンッて影響受けるものにたくさん出会えるように、うまく暮らせるといいよね。教科書だけでは出会えないもん。

みうら　自分の目指した大学や高校とかって、そこで知り合う友達もやっぱり同じことを目指してたヤツだと思うからさ。

いとう　そうだね。

みうら　目指してる理由はそれぞれ違うんだろうけど、そこで影響を受け合うことって大切だもんね。

いとう　それはあるよね、きっとね。みうらさんに浪人のときのことって、今まであんまり聞いてなかったな。

みうら　いとうさんには話さなかったね、そういえば。浪人時は本当にひどかったからね。今もひどいけど、なんか目的と違うことになっちゃってて。

いとう　でも、2回失敗してるってことは、3回目も受けたんだね。

みうら　そうなるねぇ。

いとう　もう合わねえなと思ったけど、それでも御茶ノ水だけは通ったとかなの？

みうら　いや、ほぼ行かなくなって、カーテンの隙間から差し込んだ光が助けてくれたんだよね。

いとう　自分から気がついたんだね。

みうら　やっぱりそういう覚醒って人に教えてもらってもわかんないんだよ。自分が体験してビッとこなければね。

いとう　それでもうすっかり描けるようになって。

みうら　真理がわかった気になったんだろうね。

いとう　面白いなあ。

みうら　あと、英語は森一郎先生の『試験にでる英単語』を1ページ目から最後まで全部覚えたことぐらいですけどね。

いとう　「でる単」だ！

みうら　「シケ単」って呼ぶ人もいるでしょ？　アレ。英語の解読文で一番困るのは、しょっぱなの英語の単語の意味がわからないと落ち込んじゃうってことでしょ。

いとう　そうなんだよねえ。

みうら　かしこい人は、そこを読み飛ばして、わかるやつから読めば大体わかるって言うけど、僕のようなバカはさ、一発目からわかんないと頭が真っ白になっちゃうんだよね。だから1ページ目の「intellect＝知性」から始めようと思って。ずっと般若心経みたいに唱えてました。

いとう　そうなんだよ、単語さえ覚えておけばなんかそれっぽい文にはなるんだよね。結局最終的には受かって、そこに入るってことなんだね。

みうら 不思議なことに、二浪目も4校くらい受けたんですけど、結局、受かったのは武蔵野美術大学の視覚伝達デザインってところだけで。そこ、当時、一番倍率が高かったんですよ。

いとう すごいねえ。面白いねえ。

みうら それはね、英語試験に「intellect ＝知性」も出たからだと思いますね（笑）、ま、得意なモチーフがデッサンに出たこともありましたけど。

いとう すごいねえ。迎え入れたね、向こうは。不思議だねえ。

（「ラジオご歓談！」vol.54／2021年8月30日
＋vol.55／2021年9月13日配信、すべてリモート収録）

ご歓談!⑫

↓一人称↓流行語↓つづめる↓一人称↓

いとう ……ご歓談ネーム・eさん。「自分のことを言うときに『ご歓談!』でお二人は『俺』とおっしゃっていると思いますが」。

みうら 言ってるかもしんない。いとうさんと話すときは。

いとう でも、みうらさんは「ボク」ともよく言うよね。

みうら 文章は基本「僕」なんですけどね。

いとう そうだよね。俺は文章はずーっと「私」にしてたけど、植物のエッセイとかのときだけは「俺」にしてたんだよね。

みうら そこの違いはどこにあるの?

いとう 植物を『俺』っていう態度で語った人はいないだろうと思ったから。

みうら なるほど。

いとう なんかハードボイルドな感じで「俺の前で朝顔が咲いた」とか書きたかったんだよね。

みうら なるほど、なるほど(笑)。

いとう それでわざとやったのは覚えてるけど、いまだにツイッターとかでも、本当は「僕」なのかなあってときに「俺」にしてみたり、自分の呼び方を迷ってんのよね。

みうら　「俺」でも漢字の場合とカタカナの場合あるでしょ？

いとう　あるね、あるね。みうらさんはカタカナの「オレ」使うよね。

みうら　たまのオレは、カタカナですねえ。今もそうなんですが、文章の中に、人がしゃべった言葉をカギ括弧に入れて、行を稼ごうとするきらいがあってさ。

いとう　確かに、改行して、カギ括弧で言葉をくっておくと読みやすいし、それなら行数は本当にすぐなくなるよね。

みうら　なんか、ズルしてるみたいだけどね。

いとう　「うん」とか答えただけでもう1行いくんだもんね。

みうら　それをいいことにずっとそうしてきたけど、誰かが「オレ」に語りかけて「みうら、俺がさー」って言った場合、自分の一人称が漢字で「俺」だとかぶるのよ。

いとう　なるほど、なるほど。

みうら　でも、どうしても「俺」なんだよ、やっぱり友達間の会話だとね。そういうときに、自分のはカタカナで、相手が漢字、みたいな分け方をしてるんだ。

いとう　そこをちゃんとわかってくんない場合は、校閲の人が「ここ不統一では？」とかって言ってきたりする。「いや、この『俺』とこの『オレ』は違うんだよ」と、ムカッとくるやつだよね。やっぱり表記はすごい気にしてるんですよね。

みうら　気にしてるねえ、すごく。でも、こんな老人になってさ、「ボク」はいかがなもんかっていう疑問も出てきたけどね。

いとう　『ボクとカエルと校庭で』（1988、青林堂）もあるくらいだから。そこはカタカナの「ボク」だもんね。

みうら　よく、そんな昔の本のタイトル、思い出しましたねぇ（笑）。それは元が『ぼくとフリオと校庭で』だっただけの理由ですから。（『ぼくとフリオと校庭で』／1972年に発売されたポール・サイモンのシングル盤。原題

「Me and Julio Down by the Schoolyard」）

いとう　関西の人って、割と自分のこと「僕」って言うよね。

みうら　そうなのかなあ？

いとう　昔の漫才の人は「僕」って言ってたでしょ。あれがすごく新鮮に見えてたんだよね。

みうら　確かに昔はいい年した漫才師も「僕」でしたよね。けっして「俺」とは言わなかった。

いとう　言っちゃいけなかったんでしょうね。

みうら　お客様に対して失礼な感じがするからだろうね。

いとう　だから少し礼儀正しい感じで「僕」っていうふうにしてたんだろうけど。だけど、みうらさんが言うところでは、60を超えたときに「僕」でいいのかっていう。「わし」って言うわけにもいかないもんね。

みうら　「おいら」もね。

いとう　言わない。「わし」は小林よしのりになっちゃう。「おいら」だと……。

みうら　（ビート）たけしさんかな。

いとう　今は「おいら」はたけしさんだね。

みうら　昔は（吉田）拓郎さんが歌詞の中でよく「おいら」を使っておられたけどさ。

いとう　「おいら」かあ。「俺《おい》らはドラマー」の、あのときに、あの人は「おいら」じゃないだろって思わない？（俺らはドラマー／石原裕次郎「嵐を呼ぶ男」。作詞・井上梅次、作曲・大森盛太郎。1957年公開の同名映画主題歌）

みうら　確かに。

いとう　（石原）裕次郎さんはやっぱり「僕」とか「俺」であってほしいときに、なぜか「おいら」っつってんだよね。

みうら　「僕ちん」はどうなの？　なんなんだろうね「ちん」って部分。

いとう　「僕ちん」はありますよね。

みうら　あと轟二郎さんがよく言ってた「ボキ」。（轟二郎／コメディアン。俳優としてドラマ『翔んだカップル』などに出演）

いとう　あった！　あれはすごい勇気がいるギャグだと思うのよ。

みうら　勇気いる（笑）。

いとう　でも、「ボキ」はあの人だけのものとして成立してたよね。

みうら　あのあと、「ボキ」を引き継いだ人はいないしね。

いとう　いやあ、「ボキ」二代目はいないでしょう。

みうら　簿記検定っていうのは聞いたことあるけどね。

いとう　あるけどね（笑）。この一人称問題はエッセイ書いてるときに、1ヶ月に1回は絶対に迷うと言ってもいい。

みうら　それに、いとうさんは文章の中にビックリマークを使わないイメージなんだよね。

いとう　なるべく小説では使わないようにしてるね。

みうら　そう思って、いとうさんの文章見たら、やっぱり使ってないんだよね。

いとう　「本当にそうなのか」って書くんだけど、「か!」って言いたいときあるじゃない。

みうら　そりゃあるでしょ？

いとう　そのときにしょうがないから「本当にそうなのかと叫ぶように言った」とかわざわざ「叫ぶように」とかつけてる時点で、俺どうなんだろうって思うんだよね。

みうら　僕の場合、「不空羂索観音ダァー!!」って、「ダ」のとこにカタカナの小さい「ァ」まで書いて、棒まで引いてビックリマーク2個付けることもあるしさ。

いとう　ああ、相当叫んでるね、それはね。

みうら　でもあんまりそれを連発してると、そんなに感動してないんじゃないかと思われそうでね。

いとう　それはね、狼少年効果が出るわけよ。「出たぞ!出たぞ!」って、もう本当に出て、「出たー!不空羂索観音!」っていうときに、その前の十一面観音で「!」を使っちゃってると、効かないんだよね（笑）。

みうら　そうなんだよ（笑）。そこやっぱ気遣うよね。観音に使っちゃった場合、さらに上の位の如来にはビックリマークもう3つ4つ、映画の『マッハ!!!!!!!!』みたいに打たなきゃなんないしね。

いとう　それはさ、やっぱり自分の心ではなくて、仏としての位で打ってるよね。だから盛り上がってないのに打つのはどうなんだっていう葛藤がすごいあるでしょ？

みうら　なるほどね。「(笑)」っていうのも、途中で「w」って笑いの頭文字になって、今は「草」って書いてあるじゃん。「w」が草が生えてるように見えるからでしょ？

いとう　らしいね。

みうら　どうにかしてほしいんだけどさ。打ち止めにしてくれないと困るんだけど。

いとう　「(笑)」のほうが字数を稼げるよね。

みうら　そうなんだよ(笑)。

いとう　「w」は一文字で終わってしまうから。

みうら　「草」は、若い人が使ってるのをあえて使ってますよってことを言い訳しなきゃなんない感じがあるでしょ？　だから、あまり流行の言葉は使わないようにしてるよ。

いとう　それはすごくわかる。

みうら　すいません、ちょっと小耳に挟んだもので……って注釈入れるのもイヤだしさ。

いとう　みなさんがやってらっしゃるように言うならば……とか言わなきゃなんないんだよね。

みうら　それが数年後に単行本になったときとかに、ものすごい時代遅れな感じも否めないからね。

いとう　しかもね、「草」を使ってる人の中にはね、若い人でも使い方を間違えてる人たちも大勢いるわけ。「いとうせいこうかよ草」ってSNSに書いてあってさ、すごい傷つくじゃないこっちは。他に何を言ってる人なんだろうってリンク飛んでいってみると、「いやあ、いとうさんが出てきてくれて本当にもううれしくてたまらなかった」とか書いてるわけ。つまり、彼は「草」がワッショイワッショイの気持ちだと思っちゃってるんだよね。

みうら　ワッショイの「w」でもあると(笑)。

いとう　ある地方ではワッショイなのかもしれないしね、もはや。

みうら　そうだね。堀ちえみさんの歌でさ、「Wa・ショイ！」ってのがあってさ、そのシングル盤、当時、買ったんだけど、「ワ」が英語表記なんだよ。80年代ちょっと流行ったセンスだね。

いとう　あったあった、そのセンス。

みうら　日本語を英語表記にするみたいな。そのイメージがあるから、俺もwの意味を誤解してしまうタイプではあるね。

いとう　「いとうさんかよ、ワッショイ！　ワッショイ！」って「w」をたくさん書いちゃう可能性あるよね（笑）。

みうら　あるあるある。

いとう　盛り上がってるっていう気持ちだもんね。「ハンパねえ」とか、みんなが普通に言うようになったじゃん。なんとなくラッパーみたいな人は「ハンパねえ」って言うのよ。

みうら　「ハン」が取れて「パねえ」も出るって言うね。

いとう　「パねえ」もSNSで書いたら、さっそく同じ年代の人から「『パねえ』っていう言葉はないはずだ！」ってお叱りを受けたりしてさ。もちろん取り入れなければ一番楽なんだけど、ちょっとふざけて「パねえ」って書きたいときもあるじゃない。

みうら　やっぱそのときそのときで執筆する気持ちは違うからね。

いとう　そうそう。だから俺は「不空羂索観音！」でエクスクラメーションマークは使わないけど、「不空羂索観音だ。パねえ」は使うかもしんないよね。それは変わった言葉を使って、面白がらせてるっていうことが伝わりやすいじゃん、「パねえ」は。

みうら　特に不空羂索観音の場合、違和感を楽しんでもらいたい気があるしね。

いとう　そうそう。だって不空羂索観音と「パねえ」はマッチングしないもんね。そこだよね。しないから使ってんだもん。

みうら　そうだよね。「パリピー」っていうのもあるじゃない。僕は「のりピー」止まりだからさ。

いとう　ピー関係はね（笑）。いや、元々は柿ピーがあったから、のりピーだったんだよ。

みうら　そうか、柿ピー、のりピー、パリピーの順か。

いとう　パリピって止めるはずなのに、みうらさんの印象はパリピーって伸びちゃってるもんね。それは柿ピーからきてるからだよね。

みうら　そうだったのか。一応、パーティーピープルって伸ばすから。

いとう　そこはピーを入れたいわけだね。

みうら　フツー、パリピで止めるの？

いとう　ピで止めてるよね。

みうら　ああ、そう。失礼ないようにと思ったんだけどね。以前、ヘビーメタル好きな人に「ヘビメタ」って言って怒られたことがあってさ。

いとう　そうなの？

みうら　「そこはメタルって呼んでくださいよ」って言うわけ。

いとう　ああ、なるほどね。確かに、確かに。ヘビメタはやっぱりファンじゃない人がつづめたやつだよね。

みうら　そんで、下にだいたい「でしょ」が付くわけでさ。

いとう　あと「ヘビメタおやじ」とかそういうのが付きがちだよね。

みうら　そうそう。その指摘を受けてから、努めてメタルと呼ぶようにしてるんだ。昔、四畳半フォークっていうジャンルがあったじゃない。あれをさ「ヨジョフォー」って、つづめられるのもファンはイヤだったと思うんだよね。

いとう　ああ、「ヨジョフォー」はもう完全に馬鹿にしてるもんね。

みうら　それと同じことなのかなと思ったけど、自分がやたらつづめて言葉を書いてることにも気がついてね。

いとう　つづめ好きではあるんだよね。つづめると途端に面白くなるからね、聞こえ方が。

みうら　そうなんですよ。それこそ一回も電話なんてかかってきたことないのにある日、ナンシー関さんから突然かかってきて「今日、『シベリア超特急』っていう水野晴郎さん監督の映画が最終日なんだけど、みうらさんはどうするつもり?」って言うんだよ。もちろんやってたのは知ってたし、最終日だっていうことも知ってたから、「いや、今日行こうと思ってるよ。ナンシーさんは行くの?」って言ったら「私は行かないけどさ、みうらさんはどうすんのかなと思って」っていう電話だったんだけど。

いとう　(笑)。

みうら　それでどうにか最終上映に行って観たんだけど、『シベリア超特急』っていうタイトルが内容のわりに重いんじゃないかと思って、それをのちに「シベ超」ってつづめて、いろんなとこで書いてたら、いつの間にかみんなが「シベ超」「シベ超」って言うようになって。

いとう　なった、なった。

みうら　水野晴郎さんにお会いすることになったときに「僕は最初『シベ超』って呼ばれてることがイヤでした」って言われたもんで、こりゃあお叱りだと思ってたら「若者が『シベ超』『シベ超』って言ってくれて、これはいいことなんだって思ってね。みうらさんには本当感謝してるんですよ」って言われたけど、これも「ヨジョフォー」と同じ手法だったもんね。

いとう　軽いものにしようとするから、つづめてんだからね。やっぱ国会議事堂を「コッカドウ」とか言わないもんね。

みうら　言わないもん。固いとこは固いまんまだね。

いとう　だから水野先生は『シベリア超特急』も神聖不可侵なものにしておきたかったんだよね。

みうら　そうなんだよ。つづめには愛称みたいな効果があるじゃない。あだ名みたいな感じで考えてたけどね。ファンにとっちゃどっか小馬鹿にされた感じがあるんだなと。

いとう　難しいよね。だから姪っ子、甥っ子みたいな扱いになっちゃうってことでしょ、ヘビメタが。自分は「ロック」っていう叔父さんで「ああ、なんかヘビメタってのが出てきたか」って言ってる感じで。やっぱりメタルっていうと、自立した青年の感じだもんね。

みうら　「子供扱いすんなよ!」みたいな、ター坊とか呼ばれてる感じなんだろうね。

いとう　そうだね、完全にター坊の雰囲気だね(笑)。俺、ター坊っていう親戚一人もいないけどター坊っていう感じがするわ。

みうら　俺も親戚に一人もいないんだけど、マンガとかにはター坊って、よく出てこない?

いとう　出てくんだよね、ター坊。

みうら　タケシなのかタカシなのか。「タ」が付くと全部ター坊なの?

いとう　でも、タカシのままでもいいんじゃないかっていうさ。

みうら　思うよね。字数もそんな変わんないよね。

いとう　そうなんだよ、ター坊って言ってる時点でもう呼ぶの面倒くさいんじゃないかっていう気はするけど、なんかター坊だよね。結構な昔の芸人さんで、浅草のストリップ劇場の楽屋かなんかでずっと酒を飲んでるような感じの人だったらター坊って呼ぶかもね。

みうら　ストリッパーの方から、ター坊って呼ばれてるんだろうね。

いとう　「ター坊、このお金でお蕎麦でも食べな」とか言われてそう。

みうら　結構いい年だけど、ずっとその呼び名でね。

いとう　いい年だからこそター坊が活きるんだよね(笑)。

みうら　ター坊は、フォーリーブスにター坊(青山孝史)がいたね。でも、あれ以来、ター坊なんて生まれてないんじゃないと思うよ。

いとう　いろいろ話して長くなったけどさ、えーと、ご歓談ネーム・eさんのメールで。

みうら　そういや、内容を聞いてなかったね(笑)。

いとう　そうなんだよ。最初から読むと、「自分のことを言うときに『ご歓談！』でお二人は『俺』とおっしゃっていると思いますが、『僕』モードのときもあるのでしょうか。息子11歳(小5)は自身のことを『僕』と言っているのですが、いつ『俺』と言いだすのか母はドキドキ待機中です」と。

みうら　なるほど、「パパ、ママ」をいつ「お父さん、お母さん」にするかみたいなね。

いとう　そうだねえ、あるよね。「お二人が小5の頃に何を考えていたかも知りたいです」って。小5の頃は、友だちの間では「俺」だよね。「僕」って言ったら馬鹿にされない？

みうら　なんかものすごいお金持ちの息子のイメージがあるもんね。中流の人はもう「俺」にシフトすべきか。

いとう　あんまりずっと「僕、僕」言ってると、「気取ってんじゃねえよ！」と思われるかもしれないってこと？

みうら　カツアゲを受けそうなイメージもあるし。

いとう　「持ってるもの持ってんだろ！」っていうことになってくるよね。

みうら　やっぱ、「僕」ってお金持ってそう。

いとう　「ボキ」って言ってたらあんま持ってない感じが出るかもね。

みうら　ボキなんて言ってる人からふんだくるのは悪いなとは思うかもね(笑)。

いとう　あと「俺(頭にアクセント)」って言う人いるよね。「俺(語尾にアクセント)」といくのか、「俺(頭にアクセント)」といくのか。

みうら　「俺(語尾にアクセント)」は年取ったときに「中折れのオレかよ！」って言われるんじゃない？

いとう　「オーレ！」って陽気な感じにもなってくるしね。

みうら　「ワタクシ」って言う寅さんみたいな人になってしまえばもう楽だと思うけどね。

いとう　それは「小生」っていう感じのイメージだよね。

みうら　「ショーセイ」ねぇ(笑)。

いとう　「小生」ももう全滅だしなあ。

みうら　啖呵切ることがなくなったからじゃないの？

いとう「生国と発しまするは」とか言ってんだよ、あれ。あれは社会だったんだよね、テキヤ社会。「手前生国と発しまするは……」だからね。なかなか自分のこと「手前」なんて言わないからさ。

みうら その小5の子も中学上がったときに自己紹介がある可能性があるでしょ。ここは自分をどう名乗るかで、今までの「僕」イメージを変えることができるんだよ。

いとう そうだね。いや、イメチェンってタイミングがすごい大事じゃないですか。

みうら 最初の印象っていうのはやっぱり重要だからね。

いとう そうだね。

みうら でも、公立中の場合、いきなり「私が」とか「俺が」って言ってても、小学校の友だちがクラスにいるとさ「お前、なに気取ってんだよ！」って、言われちゃう可能性もあるね。

いとう 帰りに通る魚屋さんの前で「ボキじゃないか！」って言われちゃう場合に、「あ、違うのに。俺なのに！」っていう。

みうら（笑）。それはのちに、結婚式のときまで尾を引かない？ 当時の同級生を来賓者として招いた場合。

いとう 面倒くさいやつね。

みうら 上京して、気取った雰囲気を精一杯出してがんばってきたのにさ、「昔は、自分のことボクボク言ってたくせにさあー」と、言われちゃうとか。

いとう 教室でオシッコ漏らしてたとか、そういう話が普通に出るよね。

みうら ま、そんなヤツにしゃべらせるな、がまず、あるけどね。

いとう 同級生の出し物は本当に滑るためにある出し物だけどさ、文脈をわからず出してくるのは、やっぱり……。

みうら 怖いよ（笑）。

いとう 本当に面倒くさい（笑）。変にこっちも司会としてツッコむと、「アンタ好かん！」とか言われやすいから。

みうら 実際、そんなこと過去にあったしね（笑）。

いとう「なんなんでしょうね、あの3人組は」とか言いたいとこだけど、グッとこらえるよ。

みうら　もう、大人だからね（笑）。そうそう、高校のときの友だちで「イカ」ってあだ名のやつがいたんですよ。なんだかいつも、イカ臭くて、そいつ。それがいつの間にか「臭い」が取れちゃって「イカ」になったんだけど。そいつの結婚式でさ、まずいことに当時の同級生を呼んじゃったんだよね。

いとう　ああ。

みうら　当然、新婦のほうは「イカ」なんて、呼ばれてたことは知らないんだ。

いとう　そうだったんだ。打ち明けてなかったのかな。

みうら　打ち明けられないでしょ？（笑）　とうとう同級生チームが登壇してさ、「イカ、おめでとう！」って言っちゃったもんで。ま、親しみを込めてなんだろうけどさ。

いとう　まあ、そうなんだろうね。でも、いきなり「イカ」って言ったら、みんなびっくりするからね。

みうら　やっぱり、少しざわついたわけですよ会場は。

いとう　いろんな種類の列席者がいるってことを関係なくやってくるから。

みうら　そうなんですよ。やっぱり結婚式のあと、嫁に「イカってなんなの？」って聞かれたんだって。

いとう　そりゃそうだよね。

みうら　仕方なく「イカが好きだったから」とごまかしたらしいんだけどね。

いとう　イカみたいな顔でもないんだもんね？

みうら　イカの顔がよくわかんないけど、せめて似てりゃーね（笑）。

いとう　足のほうにペロペロッとしたものが付いてるわけでもないんだよね（笑）。その場合、あとはもう臭いしかないんだけどね。

みうら　せめてペロペロが付いていりゃーねぇ（笑）。

いとう　それがのちのち大人になってからあるっていうことを覚悟した上で、「俺」になっていく。自立していくしかないんだよね。

みうら　そういうこと、そういうこと。言いたいことは（笑）。

いとう　そこをわきまえての「俺」にならないといけないよね。

みうら そうだね。その子供さんは別に「俺」になるぐらいで「イカ」にはならないから大丈夫です。
いとう そうだよ、全然大丈夫なんだよね。
みうら 「イカ」のこと考えたら全然大丈夫。
いとう 確かにそうだわ。子供が「イカがさあ……」とかって急に言いだしたらお母さんはやめさせたほうがいい。

（「ラジオご歓談！」vol.56／2021年9月27日
＋vol.57／2021年10月11日配信、すべてリモート収録）

ご歓談！⑬

↓屯↓止まり木↓陽気／陰気↓イライラ↓

みうら　……ここ10年ぐらい前にようやく気がついたんだけど、三浦純の「純」の糸へんの横。ずっと横棒だと思ってたのに違うってね。

いとう　ああ、斜めじゃなくてね。屯田兵の「屯」って字でしょ。

みうら　そうそう。

いとう　こっちは斜めだとばっかり思っていたけどね。でも確かに、みうらさんは平行に書いてたかもね。

みうら　ずっと平行に書いてたんだけど、「屯」の野郎も斜めだよね？

いとう　「屯」も斜めなんだよ。

みうら　やっぱ、斜めかあ、知らなかったよ。昔、著者名のとこ誤植で「本名・三浦鈍」ってなってたときも気がつかなかった。

いとう　今、俺もコンピューターで打ってみてるけど、やっぱり明らかに斜めだけどね。

みうら　明らかに斜めだってね。45度以上の角度で入ってる。

いとう　入ってる、入ってる。これをずっと横棒だと思ってたみうらさんは横棒に憧れたのかなあ。

みうら　たぶんね。そもそも斜めからものを見るとか好きじゃないし。

いとう　見てるじゃん、しょっちゅう！（笑）

みうら　ああ、見てるか（笑）。だからやっぱり見透かされた気がしてイヤなんだろうね。

いとう　なるほどね。

みうら　まっすぐにしておきたいんだろうね。

いとう　そりゃそうだ。まっすぐの人が斜めで見るのが面白いんだもん。最初からふざけたヤツがふざけてみても、それほど面白くないもんね。

みうら　それなのにもう初めからシャーッて右上から斬られたみたいな状態になってる。

いとう　袈裟懸けってやつですよね。

みうら　糸へんから続いて、書き順からしたら、次の筆は、スーッと斜めからシャーッと袈裟懸けかぁ。

いとう　そうでしょうね。

みうら　それがね、遠いんだよ、糸へんから斜めに入るのが。

いとう　ん？　糸へんから斜めに入るのが遠い？

みうら　書道のときね、左から右に横棒に引くのはわかるよ。糸へんの近くから続けられる。でも、糸の隣からパーンと右上へ上がるためには、結構な飛距離がいるわけよ。

いとう　いや、右上から左に下がってんじゃないの、これ。

みうら　そっか。糸書いてから、クルッと糸を離れて、パンと入らないといけないのか。

いとう　何言ってんの（笑）？

みうら　確かに純って書いて、糸へんの下にちょんちょんとやったときに、左から横に棒入るほうが行きやすいんだ。そっちのほうが近道なんだよね。

いとう　でもそんなこと言ったらね、俺の「正幸」の正しいっていう字だけど。これさ、実際に物を数えるのに使うぐらい、いちいち離れたところに線があるのよ。全部だよ、全部離れてる。

みうら　確かにそうだ。

いとう　そもそも間違えないようにするために正の字で数、

数えてんじゃん。いちいち気をつけるためだよ。

みうら　正の字は、選ばれた漢字の一つだよね。

いとう　正はサッサッサッサと書いてくだけでいいんだけど、三浦純の純だったら「屯」の上の部分が斜めにバーッと交わるとかあるよね。正の字はバラバラの線たちが寄り集まって、なんとか「正」になってるっていう字なのよ。だからあんま好きじゃない。

みうら　椅子で言ったら、真ん中の横棒は、クッと上げて座面を上げ下げするとこだよね。

いとう　ちょっと油断するとスーッと下がってくやつでしょ？(笑)

みうら　ストーンと落ちるやつ。あそこだよね。

いとう　正の字をチェアにするとそうだね。とすると純の字の、あの斜めのとこは、アーロンチェア的な首をもたせかける、いいところだよ。

みうら　でも、上からシュッと入るから、先は意外と細いのよ。

いとう　なるほど、危ないんだ。首のところにそれがちょうどくるもんね。

みうら　ペンで書くときは、あそこの細さっていうのは意味がないんだよね。スッと入らないんだよ。

いとう　そうだわそうだわ。しょせん筆で始まったことだから。

みうら　そうそう、出は筆だ。

いとう　筆でやったとき、正の字だってもうちょっといろいろアヤはついたんだろうけど、ボールペンで正を書いたときのバラバラ感はただの棒、ただの木っ端みたいなのの集まりだもん。

みうら　正幸の幸って字はさ、ものすごいいろいろ止まり木みたいなのいっぱい付いてるでしょ？

いとう　鳥がね、パッと見て6羽はとまるよね(笑)。

みうら　一回、小鳥カフェっていうとこに行ったことあるんだけど、壁に幸の字がいっぱいあったよ。

いとう　あるだろうね。正の字も幸の字もめっちゃとまれるけど、純の字はとまりにくいよね。

みうら　とまりにくい。斜めから入ってるとこはすべり落ちる場合があるし。

いとう　糸のところもとまったはいいけど、頭がコツンコツンと上の画《かく》にさ、当たるじゃん。三浦の三ぐらいだよね、いいのは。
みうら　三浦の三もどうかな。中心棒がないからさ、壁に差し込んでるタイプの棚にしないと鳥はとまれないよ。
いとう　そうだね、止まり木ってああいうもんじゃないもんね。
みうら　いとうさんのはいっぱい鳥がとまれていいなぁ。
いとう　伊藤の藤は小鳥ぐらいしかとまれないよ。
みうら　藤は結構だね、あれは。
いとう　あれはむしろ親の鳥が小鳥を隠す場所みたいなのがいっぱいあるじゃん。
みうら　外敵から守る字だね。草かんむりから月まではいいんだけどさ、あの下の水みたいなやつあるじゃん。あいつはどうなってんの?
いとう　巻き物の巻みたいなのを書いてるのに、急に水がパシャッてなるんだよね、最後。あれが上手に書けない。
みうら　車を洗うとこみたいな。
いとう　洗車場ね。
みうら　ああいうとこのブラシみたいになってる字だね。
いとう　グルグルグルグル回ってんだろうね。
みうら　回ってるのかね、いつも。
いとう　回ってる一瞬を止めたら、ああでしたっていうのが藤の下のところだよね。で、伊藤の伊がまたバランスが取りにくいのよ。あの曲がるとこ。
みうら　ああ、難しい難しい。
いとう　その点言ったら、浦はいいじゃない。中に障子紙みたいのがあるじゃない。四つぐらい格子があるよ、あれ。
みうら　でもあれ、子供に破られるタイプだよ。
いとう　（笑）。また、点があるもんで、あれは子供がバシャッて穴開けた場所だよね。
みうら　もう穴開いてる。
いとう　その象形文字だろうなあ。だからひらがなにしたのかもね、俺たち。あんま気に入ってないのかも、漢字。

みうら　ま、いとうせいこうってひらがなにしたとき、小鳥はもう一切とまれないぞって言ってるよね。

いとう　とまれないでしょうね。「と」も曲がってるし、「う」も曲がってるし、「せ」も「い」も「こ」も全部曲がってるのよ。

みうら　曲がってる！

いとう　だから、草書で書きやすいのよ。

みうら　みうらじゅんのひらがなも全部曲がってんだ。だから、その辺で二人は合うんだろうね。

いとう　ああ、合うのか！

みうら　合うところは曲がってるとこじゃないかな。

いとう　ということは、いとうせいこうのひらがなのやつと、みうらじゅんのひらがなのやつを抱き合わせてまぐわわせたら、ヒュヒュヒュヒュッていろんなとこが引っかかっていくんじゃない？

みうら　右左で抱き合わせていくわけでしょ。よく『見仏記』とかの装丁で、もう抱き合わせて見えるときあるもんね。

いとう　あるある。

みうら　束《つか》（本の厚さ）があんまり出てないときなんて2行が近くてもう抱き合わせたようになってて、でもさほど違和感がないんだよね。問題は字数だけなんだよ。

いとう　そうですね。

みうら　どっちかが揃えたほうがいい、いずれね。

いとう　やっぱ俺が一つ削っていく。「いとうせいこ」になるか「いとういこう」になるしかないよね。「とうせいこう」じゃ、ちょっとわかんないでしょ。

みうら　（笑）。

いとう　ちょっと中国の人かなっていう感じになるじゃん。

みうら　そうだね。僕のこと、たまに「みうじゅん」って呼ぶ人いるんだけどさ。

いとう　俺もたまに心の中で呼ぶときあるよ。やっぱ「まつじゅん」（松本潤）みたいなもんなんじゃないの。

みうら　ああ。「ら」は、どうしてなくなるんだろうね。

いとう　「みうじゅん」にしとくと、口のエネルギーが少なくて済むよね。「ら」で一回開けるじゃん。

みうら　ああ、確かにそうだ。

いとう 「みうらじゅん」は東北の人のさ、寒いところでボソボソッと「みうらじゅん、け」みたいな感じで言えるじゃん。たぶん、いとうせいこうも言えるんだよね。「ら」が陽気なのよ。

みうら ああ、そうか。

いとう だから、「ら」があってよかったよ。

みうら 「ら」が唯一陽気にさせてるとこなんだ、僕の。

いとう そうじゃないかなあ。「みうらじゅん」も陽気じゃないとは言えないけど、どっちかちょっとわからないとこあるよね。お酒飲み始めたときは陽気なんだけど、ちょっと過ぎると、壁にバンバン後頭部ぶつけだすんじゃないかみたいな感じあるじゃん。

みうら うーん、それも僕だけどね(笑)。そっか、陽気なのかな。あんまり自覚したことないんだよね。

いとう あ、そう？「やっぱりみうらさんがいると場が跳ね上がりますよね」的に言われない？ だって一時は飲み屋でもう大騒ぎだったわけじゃん。

みうら 「華やぎますね」じゃなくて、そこにみんな呼びつけられてるから。華やぐもなにも華やぎがちょっとイヤな感じだったんじゃないかなぁ(笑)。

いとう なるほど、集合させられてたのか。

みうら そうなんだよね。だから、本当の華やぎを知っている人からすると「みうらさんのおかげで華やいでいる」じゃないんだよね。

いとう 実際俺もそうやって考えると、みうらさんが陽気なのか陰気なのかって、すんごい難しいね。

みうら　でしょ？　いとうさんも陽気なのか陰気なのかっつったらよくわかんないよ。

いとう　マジ？　俺は自分ですごい陰気だって思ってるんだけど。陽気なときある？

みうら　あるよ、そりゃ。だって、声が高いからね、陽気に見えるって。

いとう　あのね、やっぱ陰気なままでは集団を仕切ることはできないよね。

みうら　っていうか、陰気な人の声じゃ無理だよね。

いとう　あ、そういうもんなんすか、声が。

みうら　その声の高さは、やっぱ半ズボンはいてるイメージあるからね。そういや、いとうさん、昔よく半ズボンはいてたでしょ？

いとう　はいてたし、俺の元々のピン芸のネタは子供のマネだしね。大得意だったんだもん。

みうら　やっぱり。

いとう　子供がどういうケンカをするかとかさ。そのときに「(いつもより高い声色で)ボクはさあ」とかこの声だもんね。

みうら　子供のモノマネは陰気な声ではできないよ。

いとう　そうね。確かに確かに。でも人からは、いとうさんは変なこと言ったら怒るだろうから、ちゃんとした対応しないとなって思われて得してるタイプだよ、俺は。みうらさんは逆に、ちょっと陽気だからあの人に何言ってもやってくれんじゃないとかいって変なオファーがきちゃったりして、カチンとしたりするタイプ。そういうとこあるじゃん。

みうら　ありますね(笑)。でも、最近さあ、そこら辺うまくいってんなと思うことがあってさ。テレビとかに一緒に呼ばれたりするとき、どちらかがイライラしてきたら、もう一方はフォローを引き受けるでしょ？

いとう　そうそう。それは本当に俺もね、いっつも助かってるわ。

みうら　僕らにとって、もうダブルイライラってないからね。

いとう　ないんだよね。ダブルイライラしたときはもう本当に机をひっくり返すときだからね（笑）。

みうら そうだと思う（笑）。イライラしだしてんなとか、先に気がついたほうがフォローに入るもんね。

いとう 「それは僕やります」って言うからね。「みうらさんにここのラーメンを食べていただいて、褒めていただけますか」なんて言われたら、「俺のじゅんちゃんに、なんてことさせるんだ！」って思うから。「みうらさんは今日ラーメンあんまり食べたくないみたいなんで僕がやります」って普通に言えるんだよね、素直に。

みうら ありがたいねえ（笑）。僕もさ、いとうさんがこれはイラついてんなっていう現場では「いとうさんがイラついてるよ」っていう念波を周りにビンビン飛ばしてますから。

いとう ありがたいですね。それを考えていくと、割とイラつかせられてるよね、この二人は。

みうら うん、二人で組むと結構イラつかせられますよね（笑）。

いとう 馬鹿にされてる感じがあるよね（笑）。

みうら 二人揃うとすごくご陽気に見えるんだろうね。

いとう なんでもやってくれるんでしょっていうような態度で向こうが来るよね。

みうら ズカズカ来るよね（笑）。

いとう 唯一、二人を尊重してくれるのは「新TV見仏記」だけだよ。

みうら 確かに僕もそう思うよ。それは別に若いからとか年取ってるからとか関係なくね。気持ち良く仕事させてくれるよね。でも、大概は二人で行った現場はさぁー。

いとう そうなんだよ。不思議なんだよなあ。みうらさんが好きな人が二人を呼んだ場合、俺がイラつかせられるとかさ。俺のファンみたいなディレクターがみうらさんを呼んだ場合、みうらさんに対する誤解が生じるとか。

みうら　あるね。他の人にツッコまれたくないというかさ。

いとう　そうなんだよ。

みうら　いとうさんがツッコむために何十年かかってると思ってるんだっていう気があるから。

いとう　いいこと言った。ボケはみんなのためのボケじゃなくて、俺だけのマイ・ボケじゅんちゃんだから。だから、他の人がやるなよっていうのはあるよね。

みうら　そうそう。

いとう　打ち合わせの段階ですでに「みうらさんはこういう絵を見たりすると面白いことをおっしゃるでしょうから」みたいに決め付けられると、もう俺はカチンときちゃうわけよ。「わからないじゃないか！　いいこと言うときあるぞ！」っていう。

みうら　僕の場合は「ここはいとうさんがメインになって進行してもらって」って言われるときだね。「そんなの言われなくてもやるよ、この人は！」と思っちゃう。

いとう　それがいとうせいこうとみうらじゅんの字がガチャッと合体して、なかなかたぶん取れない理由だと思うんだよ、知恵の輪みたいになっちゃって。

みうら　くんずほぐれつが出てるからね。

いとう　くんずほぐれつは出ると思うよ(笑)。

みうら　ほぐれつが出るとね、他の人が分け入っても離れないんだから(笑)。そこをわかってほしいんだよなあ。

いとう　多少、俺たちのことがわかってくると、逆にどちらか呼ばないっていうことが生じてくるわけ。

みうら　それもよくあるね。

いとう　これは二人で呼ばなきゃダメでしょってときに、みうらじゅんだけが出るとか、いとうせいこうだけが出るっていうのがあるじゃない。

みうら　あれはなんだろうね。自分にもツッコミ、自分にもボケができると思っている人がいるのかなあ。

それは無理なんだけどなぁ。

いとう　それか、あの二人を一緒にしちゃうと完全に「新TV見仏記」のノリに乗っ取られると。

みうら　言わなきゃなんないとこ以外は、自分たちで切っちゃったりもするからね。

いとう　そうなんですよね。

みうら　「あ、ちょっとすいません。先ほどの話を伸ばしてもらって」とか途中で入られると。

いとう　イラッとする。

みうら　いや、それくらいのほうが面白いのにと思ってるからね。

いとう　寸止めで切り上げてるのに、「さっきのちょっと使えないかもしれないんで」って。大丈夫、編集しながらやってんのこっちは！

みうら　そうなんだよ。お互いに編集してんだからね。

いとう　そうそう編集者だから、ベースがさ。

みうら　僕もずっとエロスクラップの編集できてるからさ。

いとう　編集長ですよね。

みうら　ツイン編集長だもんね。

いとう　わかるわあ。

（「ラジオご歓談！」vol.67／2022年3月14日配信、リモート収録）

ご歓談！⑭

↓反応↓禁欲↓自己紹介↓恋愛相談↓

いとう　……フライングねずにゃんさんです。「毎年、遠方の友人にお中元を送り続けていたのですが、去年から相手の反応が途絶えました。その人はLINEもメールもしない人で、こちらから電話するのも気まずくて関係が終わってしまいそうです。この人にはもう絡まないほうがいいのでしょうか？　交友関係の広いお二方にお伺いしたいです」。

みうら　それは今まではお中元を送ったら、向こうからも返ってきたっていう意味？

いとう　たぶんそれもあるし、反応っていうことは、例えば電話が来て「ジュースセットありがとうございます」とかってあったんだろうけど、反応が途絶えたっていうことは、亡くなってる可能性のほうが高くない？　俺らぐらいの年で想像すると、気まずくてっていうレベルじゃないよね、これ。

みうら　僕は会社に勤めたこともないし、上下関係の意識があんまり自分の生活にはないからアレなんだけど、そういや堀雅人がさ。

いとう　堀くんね、放送作家の。

みうら　そうそう、昔、渡辺祐さんの「ドゥ・ザ・モンキー」に勤めてた堀くんがね、毎年、うちの事務所にジュースを送ってくれるのよ。

いとう　あ、そんなとこあるんだ、あの人。

みうら　たぶん、お中元のつもりなんだと思うんだけどさ。僕との関係は、今から10年ぐらい前にJ－WAVEでラジオのパーソナリティやってたときに放送作家として入ってもらったのよ。それの〝ありがとうございます〟って気持ちなのか、そのときからずっと送ってくるようになってさ。何度も「もう、いらないから」って言ったんだけど、「死ぬまで送り続けますからね」って脅しのように言うわけさ（笑）。

いとう　どういうことだろ。

みうら　「いや、もう勘弁してよ！」って。

いとう　勘弁してよもおかしいけどね（笑）。もらっときゃいいものをさ。

みうら　ま、そうなんだけど、こっちも「ありがとう」とか返さなきゃなんないでしょ。

いとう　世の中には、お返しとかあるからね。

みうら　そんなことがイヤでずっとフリーできたのに。ラジオは安齋（肇）さんとやってたんで、安齋さんのところにもジュース送っててさ、堀くん。もう、これっきりにしたいから堀くんの家にね、安齋さんと一緒にものすごい高いものを送ってやろうって話になったんだ。鳥取にたまたま旅仕事で行ったときに、安齋さんと二人で市場で一番高いカニを買ってさ。それを送りつけたんだけど。またその年もジュースで返してくるんだよ。

いとう　（笑）。

みうら　いや、こちらとしてはぐうの音も出ないだろと思ったんだけど（笑）。

いとう　カニ相当のものをもう送るしかないからね。これはやり合いだから。

みうら　でしょ？（笑）　もうしょうがないなと思ってほっ

といたんだけど、ある日さ、事務所でやたら喉渇いて、コンビニに買いに行くのも邪魔くさいなと思ったときにふっと目についてさ……。

いとう　堀ジュースね(笑)。

みうら　そう、堀ジュース(笑)。よし飲んでみようかと思ったんだけど、キャップが栓抜きで開けるタイプのヤツなんだよ。

いとう　大変じゃん。

みうら　ないんだよ、栓抜きなんて、事務所に。

いとう　もう苦しくて飢えてるときに最後の1本がそれだったみたいな。厳しいよね。

みうら　目の前にして厳しすぎでしょ(笑)。

いとう　この野郎!と思っちゃうよね。

みうら　そのとき、思い出したのが高校時代の友達でさ、コーラの瓶の栓を机の角のところでコクーン!と抜くヤツがいてさ。

いとう　上手にやるヤツいたよねえ。

みうら　それをだ!と思ってやってみたんだけど全然うまくできなくて(笑)。机にすっげえ傷がいっちゃってさ。

いとう　おいおいおいおい。

みうら　飲めないまんまジュースの瓶を睨みつけてたんだけど。

いとう　(笑)。

みうら　また何かの仕事で堀くんに会ったときに「もう送らないでよ」と言ったんだけど、「いや、送りますからね」って頑なだから、「じゃあ送るなら、せめて栓抜き使わないでいいヤツにして」ってお願いしたんだよ。その年から開けやすいジュースが送られてきたんだけどね(笑)。

いとう　(笑)。

みうら　堀くんみたく、もうなかば意地で送り続けるっていう人もいるから、その人も何か便りが来なくても意地で送り続けるのもアリといえば、アリだよ。

いとう　そうだよね。だって、反応がないから送らないってことになると、お礼がないから送らないのかってことになってきて、自分というものはなんなんだってことになる可能性があるからね。

みうら　もし、お亡くなりになってたりしたら、その家の人が知らせてくれたり、引っ越したりしてたらきっとお中元は戻ってくるでしょ。

いとう　郵便局から戻ってくる可能性はあるよね。

みうら　だから、ありがとうっていう言葉がなくても送り続けてもいいんじゃないかね。

いとう　そうだねえ。あとお中元がなんなのかっていうこともあるね。堀ジュースは何本入ってるわけ？　1ダースぐらい？

みうら　いやいや、高そうなヤツが2本入ってるよ、いつも。

いとう　フライングねずにゃんも送ってるから、高いものだとしたら、反応がなかったときに、やっぱ傷つくっていうか経済的にも、これ無駄かもとか、隣の人が食べちゃってるのかも、とか思ったりして。

みうら　だよね。それが、さらにお中元シーズンでもないときに、ふとその人のことを思い出して、酒がすごい好きなヤツだったなぁなんて、近所のちょっとおいしそうな酒を並べてる店から送ったら、なんの反応もないなんてこと、かなり心配ちゅうか、辛いよね。でもさ、何か見返りを期待してる自分もよくないって思うんだよね。

いとう　それはわかるけど、俺もこの間ちょっとお世話になった人がいたから、お礼をしておこうと思って、チーズが好きだって言ってたから、近くのチーズ専門店でいいヤツを選んで送ってさ、喜ぶかなと思ったんだけど。何日しても「届きましたよ」が来ないわけ。ファクスにつながっている子機みたいなのあるじゃない。そこにあるとき、プルルルルッて鳴ってるんだけど、それは通話機能のない電話だからとるわけにもいかなくて。それが二日続いて、ぱったりとなくなって。アレがそうだったのかもしれないけど、やっぱり届いてないのかもしれないっていう。向こうも言いたいんだけど、僕の正しい電話番号を知らない場合もあるわけじゃない。ずっとそのことが気になって。

みうら　わかるわかる。

いとう　わかりたいよね。お中元届いてるか。届いてるならそれでいいんだもん。

みうら　また今度会ったときにさ、「あれ届いてました？」って言うのもなんか押し付けがましくてねぇ。せめて、届いたんだっていう気づきくらいはほしいよね。

いとう　気づきがないまま、ずっとそのままでいると、心のどっかにストレスが溜まっていきますんでね。

みうら　今度会ったときに「あのチーズおいしかったでしょ？」とか言うのもね。

いとう　なんかやらしいじゃない。

みうら　「ああ、うまかったよ」ってそのとき言われても、ちょっとショックだよね。

いとう　食べたら食べたで「食べたんだ……」が出るよね。

みうら　それって、食レポ行って、なんにもコメントしないようなもんだからね。

いとう　そうそう、そのまんま隣の店に移っちゃったみたいな。

みうら　中にはそういう人もいるからね。そういうときは、その人のいいとこをいっぱい思い出すしかないね。

いとう　そりゃそうだよね。良かったからお礼してるんだから、元々はね。

みうら　その人のよさを再確認する、いいチャンスかもしれないしさ。

いとう　ところで明日もね、俺とみうらさんは会うんだよ。

みうら　いやあ、うれしいね。

いとう　FMのラジオで、しかもやることはこれとまったく同じ。雑談を一時間半ぐらいするんじゃないかな。

みうら　もはや、雑談家の二人としてしか認知されてないのかも(笑)。

いとう　でも、こんなに自分たちの日常を、もうすでに一時間半以上しゃべってるんだけど、それでもしゃべれるのかね、明日。

みうら　かつては「スライドショー」が近くなると、いとうさんとはわざと会わないようにしてたもんだけどね。

いとう　してた！

みうら　でも、そんな縛り、今はなんにもないんだよね。

いとう　禁欲なしなのよね（笑）。

みうら　禁欲がいいってわけじゃないことに気づいちゃったからね。だから、明日も平気で今日の続きの話をするんだろうね。

いとう　それをね、みんなに知ってほしいよね。明日ラジオ局のどこかで会って、そのときもうすでに雑談がお互いに始まってると思うんだよ。録ってもいないのにもう始まってるじゃん。

みうら　始まってるに決まってるね。

いとう　「中に入ってください」って言われて、もう立ち切られるようにブースに入れられてさ、またもうマイクのカフを上げるか上げないかの勢いでしゃべってるじゃん、どうせ。

みうら　どうせね（笑）。

いとう　なんでそんなにあんのかね、話題って。

みうら　来週の月曜日もいとうさんと大阪に行くでしょ。コロナで全然会ってなくて、ここにきてドドッみたいな。

いとう　平気でそういうスケジュールを自分も入れてるけどさ。

みうら　僕もだよ。

いとう　話のとっかかりさえ、今、一行もないからね。

みうら　そうなんだよ。普通だったら不安になってもいいけど、この不安のない感じがすごいよね。

いとう　すごいよね。

みうら　かといって、けっして、しゃべりをなめてるわけではないんだよ。

いとう　なめてないよ。面白いといいなとは思ってるけど、かといって用意したからできるわけでもなく……。

みうら　そこなんだよね。明日、局の人から、「今回はブルドーザーの話をメインにお願いします」とか言ってくるならまだしもね。

いとう　いいねえ。やっぱりブルドッグの話から始まるよね。

みうら　ブルの部分で引っ張るしかないだろうね、ブルドックソースとか。

いとう　行くね、行くね。

みうら　あとはブル中野かね。

いとう　ブル中野は出るよね。

みうら　ブル大佐って『のらくろ』に出てきたねとか、言うのかね(笑)。

いとう　ブル大佐いたね！　だけどね、やっぱりFMでのらくろの話はね、しても誰もわからない。

みうら　だよね(笑)。

いとう　やっぱりNHK第一の朝4時ぐらいからやってる番組だったら、ブル大佐の話はしてもいいと思うよ。

みうら　時間帯があるのか、ブル大佐は(笑)。そうそう、唯一明日のために用意してた話が1個あって。それ今言っていい？

いとう　言っちゃうんだ(笑)。

みうら　今朝、ふと思ったんだけど、「ワテが雁之助だんねん」って、あったでしょ？

いとう　あった、あった。

みうら　それ、『裸の大将』やってた芦屋雁之助さんのギャグ？　または自己紹介なんだろうけど、この世の中にニセの雁之助がいたとしての「ワテが雁之助だんねん」だったらわかるんだけど、雁之助なんて一人しかいないのに「ワテが」と言い張るのが変だなって思ってさ。

いとう　そこは「私が上岡龍太郎です」って言うのと同じだよね。

みうら　そうか、それと同じだ。「私は」ではなく、あくまで「私が」と。「ワテが」って言われなくても、雁之助さん知ってるしさ。雁之助さんには芦屋小雁さんっていう弟さんがいたでしょ？　ひょっとして「雁は雁でもワテが雁之助だんねん」と、言いたかった？

いとう　そんなことではないと思うけどさ(笑)。僕も一時「私がいとうせいこうです」って言ってたことある。

みうら　そういう言い回しが昔からあるってこと？

いとう　少し上手に出てる、強気な感じを出してた頃の俺だよね。

みうら　「俺だよね」って（笑）。

いとう　「他でもなく、いとうです」って感じだったよね。

みうら　じゃあ「私の名前は カルメンです」はどういう意味？（「カルメン'77」作詞・阿久悠、作曲・都倉俊一）

いとう　（笑）。

みうら　ピンク・レディーが歌ってたけど（笑）。

いとう　それ、まず「名前はなんですか？」って聞かれた場合の答えだよね。

みうら　そうだよ。コール・アンド・レスポンスがあってこそだよね。

いとう　「私の名前ですか？」が一回あるってことだね。

みうら　名乗る前にね。

いとう　で、「カルメンです」って答えて「そうですか。僕はジェームスです」とか言うんでしょ。それなのに歌の冒頭から「私の名前はカルメンです」はびっくりするよね。

みうら　それって、「フーテンの寅と発します」みたいな感じかね？

いとう　そうそう。「発します」だね。

みうら　ハッシュタグに似てるね、それ。

いとう　（笑）。

みうら　それを明日のラジオでしゃべろうと思ってたけど、もういいや、結論出たし（笑）。

いとう　広げれば、これで1時間いけたのにね。

みうら　最近、リスナーに合わせてしゃべってないっていうことも、実は不安にならない原因だったりしてね。

いとう　みうらさんは、比喩が現代に合ってない、どうにかしようって言ってたけど、どうしても比喩として山口百恵しか出てこない。それが何度も続いてるうちに、もういいかになったと。

みうら　山口百恵もまだ、僕の中では新しいほうだしさ(笑)。

いとう　「それじゃYOASOBIじゃん!」っていうふうに、今どきのアーティスト出したいんだけど、出したときに相手に見切られるんじゃないかっていう恐怖があるんだ。「本当にいろいろ聞いてるの?」とかさ。

みうら　わかる。まず、表記もロクに覚えてないようじゃツッコまれるよ。

いとう　そうなるかもしれないから、自分から先回りしてもういいやと。みんなにとって、森の石松って言ってるようなレベルのもんなんでしょ、何を言っても。

みうら　石松どころか次郎長一家のあんまり知られてないヤツの話をしがちだからさ。

いとう　そうだねえ。あんま出てこないヤツねえ。

みうら　大政小政から始めるかね。

いとう　今まず、森の石松でリスナーの半分がドンと落ちて。

みうら　落ちた音したよ。

いとう　大政小政でさらにドンドンと落ちたよね。

みうら　崩落したね。

いとう　もうリスナーは1列しか人残ってないよ(笑)。

みうら　でも、そもそもご歓談ってそういうものじゃないのかなとも思うんだよね。

いとう　なるほど、なるほど。

みうら　みなさんに合わせてしゃべることじゃなくてさ。

いとう　つまり談を二人が歓ばしくやってるのがご歓談なんだよね。

みうら　だから聞いた人は「なんか内容はよくわかんないけど楽しそうだった」っていう感想になるんじゃないの。

いとう　それはあるかもね。

みうら　この前、二人で話されてたことがよくわかりませんでしたとかはないんでしょ?

いとう　「わかりません」はないね。

いとう　……次のメールいくよ。みみさん、どうもありがとうございます。「楽しく聞いていています。なんだかんだで恋愛相談のときが一番声が大きく張りもあり、いきいきとして話しているのが面白かったです」（笑）。

みうら　恋愛話は郷愁話でさ、つい張りが出ちゃうもんね。

いとう　その声の張りでみんなが喜んでくれてるんだよ（笑）。

みうら　ありがたいねえ（笑）。

いとう　内容じゃない。

みうら　やっぱ内容じゃなく、声のハリーね（笑）。

いとう　（笑）。でも確かにさ、声の張りがどのくらい世の中で今ないかってことじゃないですか。

みうら　そうだそうだ。

いとう　楽しそうじゃないじゃん、みんな。

みうら　我々はメリハリの時代の人間だからね。メリもあるけど、ハリもあるから。

いとう　張るときすごいからね。

みうら　パァーンと張るからね（笑）。

いとう　そうか、恋愛相談のとき、俺は別にあれだけど、みうらさんは確かに……。

みうら　張ってた？　ちょっと恥ずかしいね（笑）。

いとう　何を答えたか忘れてるけど、すごいちゃんと答えてたの覚えてるわ。

みうら　もし、「最近金がないんですけど……」と相談がきたら、正しい解答は「貸そうか？」しかないじゃない。その点、恋愛相談はなつかしさもあってノッちゃうんだよね。

いとう　（笑）。

みうら　やっぱ人ごととは思えないんだよ。恋愛相談って自分のことも鑑みるから。

「恋《れん》」のほうは一人でもできるんだけど、「愛」は二人じゃないとできない（みうら）

いとう　そうね。むしろ恋をする代わりに恋愛相談に乗ってるぐらいで、疑似恋をしてるみたいな感じになるんだよね。

みうら　そうそう。恋愛相談に恋をしちゃうお年頃だからね、こちとら。そんなヤツにまだ打ち明けてくれるっていうのもうれしいよね。

いとう　ああ、なるほどね。

みうら　私ごときにありがとうございますっていうね。

いとう　ああ、いいですね。今後ちょっとみなさんにも俺たちに仏像相談だけじゃなく、恋愛相談をぜひしてほしいですよね。

みうら　ずいぶん失敗やらかしてきてるからね、こっちは。

いとう　そうなんだよね（笑）。けっして、成功したことを基盤にしてしゃべってるわけではないから。

みうら　ないない。恋愛は失敗が基本だからさ。

いとう　この失敗には気をつけろよってことだけは声を大にして言えるんだよね。

みうら　これは気をつけろ！って言うときは、すごい声を張ってんだろうね（笑）。

いとう　今聞いたこともないぐらい良い声出たもん（笑）。今までリスナーの方々は、我々が恋愛相談に向いてないって思ってたんだろうね。来なかったもん。

みうら　いや、実は向いてるって（笑）。

いとう　この問答えたから、他のリスナーも食いついてきた。

みうら　おふざけの中にも真理がチラッと見えるみたいな感じにしたいわけよ。

いとう　ああ、はいはい。

みうら　文章で書くのとは違ってしゃべりって直だからつい、真剣になっちゃうんだよね。

いとう　そうだね。面白い比喩とか言ってられなくなってくるんだよね。もう相談の番組にしてもいいぐらいだ、これを。

みうら　そもそもね、恋愛っていう漢字が間違ってるって思うわけよ。

いとう　どういうこと、どういうこと？

みうら　「恋《れん》」と「愛」は意味が違うじゃない？

いとう　なるほど、そこか。

みうら　「恋《れん》」は好きだけでいけるけど、「愛」は好きだけではなかなかキープ・オンできないからさ。

いとう　継続性だからね。恋愛っていう言葉自体が間違えたものを組み合わせてるっていう話でしょ。

みうら　そうそう、コンビ名じゃないってこと。

いとう　だから海山って言ってるようなもんだよね。

みうら　それそれ。

いとう　自然だから同じでしょじゃなくて、海と山は大違いっていう。

みうら　そこなんですよ。「恋《れん》」のほうは一人でもできるんだけど、「愛」は二人じゃないとできないしね。

いとう　なるほど、なるほど。

みうら　片思いは「恋《れん》」のほうでしょ。

いとう　もうすでにいいこと言いだしてるもんね。

みうら　声が張ってきたでしょ。

いとう　（笑）。

（「ラジオご歓談！」vol.77／2022年8月1日配信、リモート収録）

ご解説！②

イチャイチャしている

武田砂鉄（ライター）

もう何年も前に、二人がやっている「スライドショー」を観に行ったら、自分の目の前の席がとんがり帽子をかぶった女性で、その人がずっと帽子をかぶったままだったので、常に視界に△が揺れていて、ちょっとだけスライドが見えにくい状態が続いた。でも、ちょっとだけなので、そんなに気にならない。ただ、1ヶ所だけ、スライドの重要なポイントが△とかぶってしまい、よく見えなかった。周囲の爆笑から一瞬だけ置いていかれた感じがして悔しかった。帰り道、ちょっとだけ△を恨んでいた。

こういう時に、みうらさんだったら「そこがいいんじゃない！」と言うだろうし、いとうさんはその隣でガハハと笑うだろう。予期しないことが起きた時、その、予期しないっぷりを面白がろうとする力が異様な二人である。この本を読んでいると、時折、「もしかしたらとてもイイ話をしているのかもしれない」と思う。でも、たぶん、そんなことはない。ここで何の話をしているか。冷静に分析してしまうと、言葉の響きや語感から、別の話題を引っ張り出すこととの繰り返しである。

世の中の偉い人（年長者・ベテラン・権力者など）は、イイ話をするのが好き。これは、大人になるにつれてわかるようになってきたのだが、イイ話ってけっこう簡単にできる。漢字の成り立ちとか、戦国武将の決断とか、哲学者の格言とか、そういうものを軽く炒めたりじっくり煮たりして、なんとなくイイ話をする大人がこの世の中には溢れている。

この二人はそれを絶対にしない。かといって、悪ふざけするぞ、と意気込んでいるわけでもない。子どものころを思い出すと、しりとりを始めて、りんご、ゴリラ、ラッパの後に「パンツ」と言うだけで笑い転げていた。「パンティ」なんて言ったらもう大変な騒ぎだ。なかば予告されているというか、共有している展開なのに、ラッパの後のパンツを欲していた。二人の雑談にはあの感じが残っている。残っているというか、ずっとそれだ。えっ、そうくるか、いいね、それ、ホントいい、と互いを褒め合っている。

大きな本屋さんの、あまり興味がないコーナーを通りかかると、そこに「雑談力」と題した本がいくつも並んでいた。今、ビジネスパーソンに雑談の力が求められているらしい。で、その手の本のオビには「誰とでも話せるように」と書いてある。それは無理です。それを求めちゃいけない。だって、誰とでもできるわけではないってのが、雑談の前提だと思うから。あっちが、こうきたらこう返します、なんて「テクニック」を持っていたら、そもそもこっちは話しかけたくない。

よく行く喫茶店は、おそらくマッチングアプリで連絡を取り合った二人が初めて出会う場所に指定されがちなところなのだが、そこではよく「雑談プレイ」が繰り広げられている。雑談ってこんな感じだよね、という歯がゆい時間が続く。耳をそばだてていると、「海外旅行とかって全然行ったりしない感じだったりしますか？」みたいな、相手の日常を探るような合目的な問いかけが含まれていたりもする。スムーズに進んでいるように見えるやり取りの血行は悪い。でも、初めて人と対面する時なんて、おおよそこんなものだ。雑味がない。

いとうせいこうとみうらじゅんの話には、雑味しかない。どうやら、テーマがあるわけでもなさそうだし、リスナーや読者に向けてメッセージがあるわけでもなさそう。似合う言葉を探してみたのだが、この二人は、ずっとイチャイチャしているんだと思う。玉置浩二と青田典子みたいな直接的な感じではなく、精神的にイチャイチャしている。外から見ていると、「ヒューヒュー」みたいな声をかけたくなる。長年一緒にいる夫婦に対して使われる「阿吽の呼吸」ともちょっと違う。二人にズレはある。ズレはあるけれど、そのズレを伝えると、えっ、そのズレ、とてもいいじゃん、そっちこそいいじゃん、と続く。

雑談というものに正解があるとは思わないが、雑談って「力」ではなく、付け加えるとしたら、「♡」なんじゃないか。「雑談♡」。二人の話を聞いていると面白い。でも、二人は面白そうにしているというより、嬉しそうにしている。ちょっと聞いてよ、なになに聞くよ、というドキドキが漏れてくる。イチャイチャが止まらない。好きで、話したくってたまらない人に対して、漢字の成り立ち、戦国武将の決断、哲学者の格言を盛り込む人っていない。いるんだろうか。いたらイヤだ。雑談にルビをふるなら「イチャイチャ」。二人のイチャイチャにドキドキして、ヒューヒューって言いたくなる。ヒューヒューなんて、今、あんまり使いどころがない言葉だけど、この二人には使いたくなる。

武田砂鉄(たけだ・さてつ)

1982年生まれ。2015年『紋切型社会』でBunkamuraドゥマゴ文学賞受賞。他の著書に『べつに怒ってない』『今日拾った言葉たち』『父ではありませんが 第三者として考える』、『TBSラジオ公式読本』(責任編集)などがある。また、ラジオパーソナリティとしても活動し、自身の番組「アシタノカレッジ」(TBSラジオ。現在「武田砂鉄のプレ金ナイト」)に、みうらじゅん、いとうせいこうを、それぞれゲストに迎えたこともある(YouTubeにアーカイブ有)。

ご歓談！⑮
↓ヒレ↓イグザンプル↓世代交代↓虫↓

いとう　……和歌山の那智勝浦に行ってきて、海で泳いだり、魚を見つけてヤスで突こうとかしてさ、でも温度がひどいわけ、太陽が。

みうら　和歌山のほうは太陽に近いとか、そういうことでもないの？

いとう　その可能性も。若干雲で覆われてないとかそんなのはあるかもしんないけど。とにかくもうびっくりするほど疲れちゃって、1回泳ぐだけで。

みうら　まずね、還暦過ぎて泳ぐっていう行為が、聞いても疲れるわ(笑)。

いとう　やっぱりそうか(笑)。

みうら　いとうさん、勝浦には何年にもわたって行ってるよね？

いとう　ここ5年はコロナもあって行ってなかったもんで、自分の体力の衰えがわかってなかったわけ。

みうら　泳ぐって、しっかり泳いだりすんの？

いとう　あんなクロールとかはしませんよ。だってこっち側の手にはヤス持って、足にはヒレ着けてるしさ。

ヒレ着けてないと、とてもじゃないけど推進力がないから波が来たらもうザバーッと打たれちゃうから。

みうら　ヒレを着けてるとそういうことはないの？

いとう　ヒレってすごい推進力なのよ。

みうら　僕はヒレって、とんかつ屋でしか考えたことないよ。

いとう　あれはフィレだから。

みうら　フィレね（笑）。

いとう　特に関西の人はヘレって言うけど、フィレ肉なんだよ、実際はね。サーロインがあって、なんとかがあってみたいな中にフィレってのがあるわけでしょ。

みうら　フィレにするかロースにするかってやっぱり年取ってからはロースにしておいたほうがいいんじゃないかみたいなことは言うよね。

いとう　そこはロースじゃなくて、フィレじゃないの。

みうら　フィレのほうか、脂少ないの？　そこがうろ覚えだから体に気をつけたつもりで、とんかつ屋さんで「じゃあロースで！」って頼んじゃって「ロースも結構うまいじゃん」って食べてたんだな、僕（笑）。

いとう　ロースが実際は元々うまかったんだからね。

みうら　そうだね。

いとう　だけど、健康のためにっていうのもあって、僕はだいぶ前からヒレ肉に転換してるけど。

みうら　でも、なんだかロースよりヒレのほうが脂がついてるイメージがあるんだよねえ。

いとう　俺はロースの「ロー」のところが、もう完全にローソクの「ロー」が来てるから、脂感が俺の中にあるわけ。

みうら　なるほど。ローソクで考えるのね。

いとう　ろうのトロトロがあるんだなって思うから。だってロースは中も白くてプリプリのものが入ってるじゃない。

みうら　あそこがうまいんだよね。

いとう　やっぱり愛川欽也さんも言ってましたよ。晩年の愛川欽也さんの口から「いや僕はもうロース以外は食べないよ」っていうのを、なぜか僕はスタジオで聞いて……。

みうら　ロースの話を愛川欽也さんの口から聞くって、ものすごい昭和感あるねえ(笑)。

いとう　(笑)。

みうら　昭和イグザンプル感というかさあ。

いとう　確かに。みうらさんもよく昭和のたとえが出ちゃうから良くないっていう話はしてるけど、置き換えられない人たちっているじゃない。例えばピンク・レディーみたいにさ、女子二人でちょっと派手な格好して踊りながらトンチンカンな歌を歌うっていう人が今、いないのよね。

みうら　いとうさんの頭の中では、女子二人でトンチンカンな歌を歌うイグザンプルがピンク・レディーなのね(笑)。

いとう　いや、俺の中では割と(笑)。しかも、キラキラのスパンコールみたいな衣装で。

みうら　ミニスカにブーツもマストだよね。

いとう　また、阿久悠先生の歌詞がとんでもなくて、ピッチャーの役になってたりとかさ。

みうら　それ、「サウスポー」(作曲・都倉俊一)のことだよね。

いとう　「私ピンクのサウスポー」なんて聞かないじゃない、日常。

みうら　ていうか、「私ピンクのサウスポー」っていきなり言われても困るよね(笑)。

いとう　あれはやっぱり名乗ってきてる言い方だもんね。

みうら　名乗りで言えば、例の「私の名前はカルメンです」でしょ?(「カルメン'77」作曲・都倉俊一)

いとう　だから、阿久悠さんの同じタイプで「私ピンクのサウスポー」なんだね。いきなり言ってくるっていう意味では同じだもん。「私ピンクのサウスポー」は「で、あなたはなんなの?」って意味なんだろうね。

みうら　「私ピンクのサウスポー」だけど、「あなたは?」って聞いてるってことかね?

いとう　俺はわりと水色好きだから、俺は水色のなんなんだろうね。そこ、やっぱり野球で言わないとダメなのかな?

みうら　でも、いとうさんはサウスポーじゃないじゃん（笑）。

いとう　俺は右利きだもんね。水色好きの右利きのままあセンターぐらいは守らせてもらおうかなあ。

みうら　って、それ監督が決めることじゃないの？（笑）

そうそう高校のときによく利用してたユースホステルでキャンプファイヤーとかあってね。そこで必ず自己紹介があるんだ。みんな芝生の上に座って、ヘルパーさんから一人一人当てられるの。「じゃ君、自己紹介」って言われたそんなときに「私の名前はカルメンです」って言ったらどうなの？

いとう　「名字が知りたいんだよ！」ってなるよ。

みうら　やっぱ、それ自己紹介にもなってないんだよね。

いとう　だからそういう人が出てきたときに、どういうふうに私たちがそれを受け入れていくかっていうさ。

みうら　不思議ちゃんなんて呼ばれてる人が言いがちだけど。

いとう　言いがちだね。「私ピンクのサウスポー」っていきなり言って。

みうら　まわりはポカン、みたいなね。

いとう　だから、ピンク・レディーが当てはまる人いないじゃない？

みうら　困ったな。ナウ・イグザンプルがほしいんだけどね。

いとう　そうなんですよ。ナウ・イグザンプルがいたとして、ロシアのt.A.T.u.とかさ。それもかなり古いじゃない。

みうら　それ、昭和ギリ・イグザンプルじゃない？

いとう　テレビのスタジオからいなくなっちゃうとか、なんかパンクな。

みうら　観てたよ、それ。じゃ、PUFFYはどうなの？

いとう　ああ、現代版ピンク・レディー……現代じゃないんだけどさ（笑）。

みうら　現代版って、それも昭和臭漂ってんねえ（笑）。じゃ、二人じゃないけどPerfumeは？　いとうさんと一度、Perfumeのあだ名、全員覚えたじゃない？

いとう　ああ。のっちはまだ言える。

みうら　のっち通過！

いとう　漫才のほうのノッチもいるじゃない。オバマのマネしてる。あれを経由してのっちが出るんだよね、俺の記憶の中で。だから一回猿みたいな顔が出てきて、次にかわいらしいのっちさんが。

みうら　しょっぱなからお笑いのほうのノッチに当たって、Perfumeののっちが帰ってくるんだね(笑)。

いとう　だから、記憶としてビリヤードみたいな。

みうら　ビリヤード方式だと、あとの二人は出てこないんじゃない？

いとう　いや。俺は、今ちょっとだけ微妙に出てくるのはかしゆかなんだけど。

みうら　あ、出た！　かしゆか、通過！

いとう　なんでかしゆかが出るかっていうと、みうらさんが沖縄のファッションのかりゆしと間違えて、あの人のことをかりゆしって呼んでたところからビリヤードしてるのよ(笑)。

みうら　僕のビリヤード台を使ったってわけね(笑)。じゃ、もう一人は？

いとう　ちょっと背の高そうな人がかしゆかだよね、たぶん。

みうら　かしゆかさんはオカッパの人じゃなかった？

いとう　そうだっけ？　もう一人はその広島弁みたいなのでおしゃべりになって面白い子だよね。

みうら　広島弁か、手掛かりは。

いとう　のっち、かしゆか……出ないね。

みうら　あっちゃんじゃなかったっけ？

いとう　そうだ、あっちゃんだ！　確かにビリヤードの球を当てようもない、普通の名前なのよね。

みうら　そうなんだよ。逆に言うと。何かを連想したり経由できる名前がギリ覚えてられるってことだね。

いとう　あっちゃんっていうと、やっぱりピエロのメイクで、ってなってくるよねえ、パンクバンドの(笑)。
あの人いい人だもんね。(ピエロのメイクでパンクバンド／ニューロティカ。ボーカル・ATSUSHI はピエロのメイクが特徴)

みうら　すごくいい人で、実家のお菓子屋さんを継いでんだってね。

いとう　ピエロのあっちゃんを思い出して、そこに球を当てればいけるんだよ。

みうら　……あ、ちょっと待って！　あっちゃんじゃなかった。あ～ちゃんだった。

いとう　あ～ちゃんだ！　ごめん、ごめん。

みうら　ニューロティカのほうがあっちゃんで、Perfumeはあ～ちゃんだよ。まわりにあ～ちゃんってアダ名の人はいないよね。

いとう　名前で伸ばす人はいないかもね。

みうら　お座敷では、いとうさんのこと「いーさん」って呼ぶっつーね、芸者さん。

いとう　そうそう、言われるんだよ。

みうら　アレなに？

いとう　みうらさんは「みーさん」でしょ？　下の名前だと「じーさん」になっちゃうからね。

みうら　それ、僕じゃなくても年寄りならみな、そうだしね（笑）。

いとう　「いさん」になると、韓国の人みたいになっちゃうもんね。

みうら　それか胃酸になっちゃうもんね。そこはとりあえず伸ばしていこうってお座敷ではなったんだろうね。

いとう　でも、それとあ～ちゃんは関係ないよね。

みうら　「さん」と「ちゃん」も違ってるしさ。

いとう　Perfumeの例を出してきたのはいいけれども、Perfumeに当時のピンク・レディー的なものの最先端感はもちろんあるよね？

みうら　当然、あるけど、今の10代の人はそれじゃないって言うだろうね。

いとう　そうなんだよ。こういう会話をしてたときに、ポンと押すと、「今はこの人です」とか出てくれれば、年寄りの会話も他の人が聞いててもイヤな感じはしないと思うんだ。（明石家）さんまさんが宣伝してる翻訳機みたいなのあるじゃん（ポケトーク）。

みうら　そうそうポケトークに向かって「ピンク・レディー」って言ったら、「今はなんとかです」って変換してくれたらいいんだよ。

いとう　それ本当にほしい人がわんさといると思うし、次から次へと出てきた新しい人をそこに当てはめていく仕事が成立するかもしれないでしょう。

みうら　ネットにつないでおいたら、更新はできるんでしょ？　いつまで経っても「ピンク・レディーはピンク・レディーです」とは言わないでしょう。

いとう　言わないと思うわ。それがあったらずいぶん困らないんだけど、こういうふうにつねに新しいたとえをしたいんだけど、いないなっていう。そりゃそうだよね、ピンク・レディーは唯一無二のもんだからすごかったわけで。

みうら　そこだね。僕はモロ、テレビ世代だからさ、消してるときでもモニターに自分がうっすら映ってるところ見たりするぐらい好きなんだけどね。

いとう　反射してる自分をですか（笑）。

みうら　だね（笑）。だって、よく知ってる人が映ってるわけだしさ、ホッとするというか。もう、家では僕しかテレビ見てないんだから、僕すらわからない人を出すのやめてくれないかなぁ？

いとう　だってテレビど真ん中人間なんだもんね。

みうら　そうそう、幼い頃はまだテレビがウチになかったからね。それが居間に登場してから僕はテレビとともに生きてるんだから。モノマネ番組は好きだから必ず見てるんだけどさ、誰のモノマネしてるかわからないようでは、似てるか似てないか判断できないんだよ。

いとう　この地球から自分だけが離れていってしまってる感覚？　ヤバいっていうか、空白になるよね。誰が誰の真似してんのかわからないから、面白いかどうかもわかんないんだもん。

みうら　EXILEもいろいろ変化しているでしょ？　いきなり変化球投げられてもさ、じいさんにはわかんないんだよね（笑）。

いとう　メンバーがいろいろ変わってるんですよね？

みうら　たぶんね。

いとう　こっちもうろ覚えで接してる部分あるから。「こないだの○○さんですよね？」って気軽に言えない感じになってるわけよ。

みうら　昔、モノマネといえば――

いとう　桜井長一郎さんね、美空ひばりとかやる人でしょ？

みうら　そうそう、その桜井さんが、大河内傳次郎という役者のモノマネとかもするんだけど、こちとらまだ小学生で似てんのか似てないのかさっぱりわかんなかったけどさ、それがようやくわかる世代に入ってきたと思ってたら、またわかんないことになっちゃったというね。

いとう　あの頃の桜井長一郎みたいな人がモノマネ番組に出てきて、「カンチ、セックスしよう！」みたいなネタをやってくれればね。桜井長一郎さんは美空ひばりさんのモノマネで通してくるから。

みうら　そうそう。「ひ〜とり、酒場で〜♪」（やおら、声色を使って歌いだす。「悲しい酒」作詞・石本美由起、作曲・古賀政男）。

いとう　うまいね！（笑）　桜井長一郎の真似をしたらいいかもしんないね。

みうら　もう、わけわかんないよ（笑）。そういう意味では、江戸家猫八さんのモノマネは不変じゃない？

いとう　動物なんだもん、確かに！「リーン、リーン」ってやって、「近頃はスズムシがちょっと鳴き方が変わっちゃいましたよね」ってのはないもんね。

みうら　でも、スズムシも知らず知らずのうちに世代交代してちょっと変わったりしてんのかな？

いとう　EXILE的なのが出てるのかな？

みうら　スズムシの3人組とかいるんじゃないか？

いとう　出てるかもね。

みうら　だって、今までは単体で羽をすり合わせて、メスを寄せてるんでしょ？

いとう　いい歌歌わないと寄らないってんだから。

みうら　でも中には「トリオでやったほうが効率よくね？」っていうアイディアを出したスズムシがこの長い歴史の中にいたかもしれないよね。

この地球から自分だけが離れていってしまっている感覚。ヤバいっていうか、空白（いとう）

いとう　あるかもね。グループもので打ち出していこうっていう。

みうら　「一匹一匹ではちょっと弱いから、アンサンブルでいこう」ってね。

いとう　それで3匹以上のメスが寄ってくれれば、御の字なんだもんね。

みうら　そうそう。合コンみたいなもんだから。

いとう　合コンだね、完全に。今はもう相当すごい、実はめちゃめちゃアバンギャルドな楽団が出てんのかもしんないよね。50匹ぐらい集まってさ、「すげえな、この音圧！」みたいなヤツらがいるのかもしれないもん。

みうら　その「リーン、リーン」に合わせて、ボイパをキめるスズムシがいたっていいね。

いとう　そうなのかも。まさかボイパやってるっていうのは、俺たち人間には聞き取れないけど、違う音波でやってんだろうね。

みうら　あっちからしたら、人間がボイパとか言いだしたときはもうチャンチャラ古いみたいなことになってたのかもね。

いとう　向こうは昔からやってるからね。

みうら　昔からやってるから、リズムがないなっていうことには、とうに気づいてるでしょ。

いとう　そりゃそうだよね。

みうら　ずっと美空ひばりさんのマネをしてるような状態のスズムシには、今のメスは寄っていかないんじゃないの。

いとう　音が一匹一つの時代じゃないよね（笑）。3匹一つとか、10匹一つのすごい世界になってんだよね。

みうら　なってて、しかるべきだね。

いとう　しかも今は河原とかが削られちゃってさ、生き残るために交尾必死じゃない。となると、もうあっちの山全体で呼んでくるとかさ。

みうら　すごいね、それ！　山が動いたってやつだね。

いとう　うん、それがいわゆる山が動いた、だよね。

みうら　こないだ箱根で、登山鉄道に乗ろうと思ったら、ちょっと時間があってホームで待ってたのよ。そしたら、ヒグラシのいい鳴き声がわんさ聞こえてきてね。

いとう　いいねえ。

みうら　あれって、都会にはあんまりいないでしょ？

いとう　いない、いない。やっぱり空気の澄んだところにいるよね。

みうら　ちょっとハイソな匂いがするよね、ヒグラシ。

いとう　貴族だよね、たぶん。

みうら　蟬貴族(笑)。

いとう　「ジージージージー」鳴いてるようなアブラゼミはもう庶民でしょ。うるさいし、酒飲んで大騒ぎみたいな感じだけど、あの「カナカナカナカナ」の人は単独で和歌の一つも詠んでる感じだもん。

みうら　そうでしょ。「カナカナカナカナカナ」(モノマネしてみる)。

いとう　あ、いいねえ。

みうら　カナ文化があるんだよね。

いとう　ジー文化じゃないね。

みうら　カナカナカナをジージーが「あのお方の鳴き声、素敵だわ」っていうのはないのかな？

いとう　もう聞こえてないんだろうね。宴会でワーワー騒いでたら、向こうのほうで和歌を一人で詠んでてもさ、もう見えないんだよその人は。理解できないもん。

みうら　どうやらそのお方たちは山のほうの水がきれいなところにおられるとかっていう噂はないのかな？

いとう　一応、貴族がいるぞっていうのは知ってるでしょ、さすがに。同じセミだから。

みうら　庶民にだって、透明と茶色の羽根がいるわけでしょ？

いとう　一種類ずつ全然違うもん。

みうら　坊さんのように、衣の色が違うみたいなことが、セミにだってあるんじゃないの？

いとう　オーシンツクツクとかカナカナカナは、もう透明のきれいな羽なんだよね。

みうら　体もスリムでいいんだよ。

いとう　あれはまさに貴族の着そうな透明なやつだよ。

みうら　ヒグラシがすごいいいなと思ったからさ、ひょっとしてケータイで聞けないもんなのかなと思ってさ。

いとう　そんなこと思ったの？

みうら　音楽のサイトで探してみたら、やっぱあったんだよ。でも、貴族の声だけだよ。アブラゼミはなかった。

いとう　アブラたちはないんだ。

みうら　ヒグラシとね、カエルではカジカガエルとか。

いとう　やっぱり川の奥のほうにいる方々だよね。

みうら　最近それをイヤホンを通して、寝るとき聞いてんだけどさ、ヒグラシの「カナカナカナカナ」を聞いてると、スーッと寝られるんだよ。

いとう　言ってみたら、みうらさんがヒグラシのメス化してるんだよね？

みうら　そうだね(笑)。うっとりしてんのかも。でも、あの方たち、7年も土の中にいるっていうじゃない？　一体、何思ってるんだろうね。

いとう　そうなのよ。子供の頃神秘だったよね。それで出てきたら、白いナリで。青ーくなってさ、それで割れてさ。あれは子供の頃に一回だけがんばって見たけどね。

みうら　あの着脱はもう土で済ましておいたほうがいいんじゃないかなと僕は思ってるんだけどさ。

いとう　なるほど、なるほど。

みうら　あのときに隙ができてるもんね。

いとう　めっちゃめちゃ隙だらけだよ、あれ。まだ目が白くて見えてないもん。

みうら　脱いだりするのは、もう何年も土にいるんだから、そこで済ませておけばいいのに。

いとう　僕らだって海に行ったら、やっぱり海の家の着替えるところで脱衣するもんね。

みうら　そうだよね。ビーチで着替えてるヤツいないもんね。

いとう　あれはポツンとビーチで丸裸になって、しかもまだ濡れてて、ピーンと羽を伸ばすまで、じーっとやってるからね。

みうら　それは監視員に「ちょっと君！」って言われるでしょ？　中には乗ってきた車ん中で着替えする人もいるじゃない。

いとう　サーファーとかは自分のワンボックスカーかなんかでちょっと着替えて、サーフボードを持って降りてくるんだろうね。

みうら　もう穿いてるんでしょ？

いとう　上半身だけ脱いでるとか、そういうちょっと粋な感じで出てくるけど。セミは逆だよね。外で脱ぐ。やっぱり脱衣で出てきたら変態だもんね。

みうら　確かに虫の場合も変態って呼ぶけどさ。

いとう　その変態じゃないよ（笑）。

みうら　何年やってんのって言いたくなるよね。そろそろ変えてもいいシステムではあるな。

いとう　たぶん1000年ぐらいはあの裸の状態を保ってるんでしょうからね。そうすると、絶対に鳥たちはあれを狙うに決まってるもんね。

みうら　でも、あの方たちはさ、当然、幼いながらに自然の摂理を学んでるんでしょ？　食われることもあるってことをさ。鳥の餌になって、その鳥がまた餌になって、ぐるっと回ってることをもう知ってるんだろうね。

いとう　やむなしと。

みうら　だから人間みたいに是が非でも自分だけは生き残ってやるとかっていう煩悩はないでしょ。

いとう　だからひょっとすると、僕らが見えないだけで、土の中ではやらかしてるヤツがいるのかもしれないね。

みうら　ああ、もうひと脱ぎしちゃって（笑）。

いとう　ひと脱ぎしちゃって、柔らかくなっちゃってるもんだから、ちっとも土が掻けなくてさ。中で没してるのもいるかもしれないよ。

みうら　長老ゼミが「あーあ、また今年もそんな輩が出たか」とか言うよね。ありがちなんだけど、それは失敗するよっていうのはあるんだろうね。

いとう　あるのかもしれないよね。あとこの頃、キリギリスをまったく見ないんだけどさ。

みうら　そういや見かけないね。

いとう　ちっちゃい頃はまだいたよ。

みうら　「スイッチョンギー、スイッチョンギー」ってよく言ってたけどね。バッタ系の後ろ脚のとこって、ちょっとプクッとしてて妙にそそるんだよね。

いとう　いや、だから、みうらさんはそれでやたらとその絵を書いてたけど(笑)。

みうら　カマドウマ・ブームのときね(笑)。

いとう　太もものとこでしょ？　俺、あそことお腹がぶよぶよして気持ち悪くて、ああいう虫が嫌いになってっちゃったんだからね。逆だから、俺は。

みうら　脚はシュッとしてんのに、腹がぶよぶよしてるシェイプの失敗みたいな感じがイヤなんでしょ？

いとう　そうそう。確かに太ももは少し持てば硬いよね。問題はちょっと押すと汁が出てくるお腹があるじゃない。

みうら　汁が出てくるっていうか、捕まったとき、必死で逃げようと汁を出すらしいけど。

いとう　ああ、それで出してんのか。

みうら　そりゃなんだって出すよ、必死だもの。

いとう　カマキリとバッタはあのぶよぶよで、俺はもう本当にダメになっちゃったんだよね。

みうら　カマキリの腹の中にはさ、ハリガネムシが寄生してるんだよね。あれはめっちゃ怖い。

いとう　ビューッとやったら、何匹か出てくるってことだよね？　うわーっ怖いわあ。見たことある？

みうら　道で轢かれちゃって潰れてるカマキリ見たら、中から出てくるハリガネムシ見たよ。

いとう　うわーっ、それもうホラー映画だよね。

みうら　でもね、小学校のときはそれこそまだ人糞で野菜とかやってたじゃないですか。ぎょう虫検査でさ、引っかかったやつもたくさんいたし。ぎょう虫ってあったかくなるとさ、ちょろっとお尻の穴から顔を出すクセがあるのよ。

いとう　出すって言うねえ。

みうら　それがとうとう小学校の油引きの教室の床にニョロニョロと、尺取り虫みたいに。

いとう　落ちてきちゃってんの？

みうら　クラスメイトの誰かのお尻の穴から出てきたんだろうね。教室内を徘徊してるんだ。

いとう　(笑)。

みうら　「誰が出した虫だ？」って言われても、当然手を挙げるヤツはいなくてさ。

いとう　誰しも可能性はあるんだよね。誰があの卵を尻の中に入れてもおかしくない時代だもん。

みうら　肛門のふちのところに卵を産み付けるっていうね、アイツ。

いとう　そこから中に入ってくわけ？

みうら　らしいよ。

いとう　ああ、そういうシステムなんだ。俺は食べたキャベツとかに卵がついてて、それを食べて。

みうら　それで孵化するのもあるだろうね。

いとう　あるのかな。だって結構胃液とかががんばってくれてるのにさ、それでも生まれて。だからぎょう虫の話って、「昔はそういうヤツいてさあ」って、飲み会とかで笑ってたりしたじゃない。それでも「俺もお尻から出てきたような気がする」っていう変な記憶があって、笑うに笑えないのよね。

みうら　笑えないよ。誰しもが飼ってる可能性があるんだもの。僕もねぎょう虫検査して何日かしたあとに、先生が言うのよ。「三浦、ちょっと！」って呼び出しがあるから、もう、みんなにはバレちゃうわけ。「三浦、出たー！」って。そこは先生、こっそり言ってくれたらいいのにと思ったよ。

いとう　そうだよね。赤紙がもういきなり目の前に来るわけでしょ。

みうら　それも、みんなの前でだよ。なんかね、そのとき、苦ーいチョコレートみたいなのを食べさせられた思い出があるよ。

いとう　ああ、虫くだしだ。

みうら　「いいな、いいな！」ってみんなにからかわれてさ(笑)。

いとう　(笑)。

みうら　それはお腹に飼ってる場合だけど、外に出たやつは自ら戻して飼ってもいいのかな？

いとう　そうだよねえ。興味があれば飼えるよね。

みうら　うちの家の近くに京都工芸繊維大学っていう大学があってさ。校内で蚕飼ってんのよ。よく友達とそこに、蚕採りに行ってさ、家で飼ってたもんですよ。

いとう　やってたんだ。桑の葉採ってきてね。

みうら　でも、その頃、桑の葉ってよくわかってないから、適当な草やってダメになっちゃったんだ。ほら、昔は北海道にはまだゴキブリがいなくて、中には捕まえて飼ってる人がいたって言うじゃない？

いとう　ああ、そうなの？

みうら　聞いたことない？　その飼うか飼わないかの線引きはどこにあるんだろうって思うんだよね。

いとう　だって、アリ飼ったりとかもしたじゃん。

みうら　土入れて、穴掘ってく様子を観察するやつね。

いとう　普通、アリなんか飼わないわけでさ。誰かがあの商売を思いついたんじゃないの？

みうら　細い透明なプラスチック製の容器ね。

いとう　ぎょう虫もあの入れ物で飼うことになってくると思うよ、やっぱり。掘ってくんだもん、ぎょう虫は。

みうら　掘るだけならいいけど、噛みちぎったりするから、アイツ。

いとう　そうなの？

みうら　腸の中を噛んだりするんだって。

いとう　それは怖いわ。

みうら　ま、ぎょう虫だからそれ、飼わなかったけど、もし、違う名前だったら飼ってた可能性あると思うんだ。

いとう　きょう虫ぐらいだったらギリギリ飼うかもしれないね。

みうら　きょう虫ね。もう中学生をもう中って呼ぶ感じね（笑）。それにさ、蝶だったら標本にするけど、蛾はあんまりしなかったでしょ？

いとう　そうだね、しないね。

みうら　蛾と蝶って何が違うの？

いとう　蛾と蝶は違わないんだよね、本当は。蛾の中に蝶が種類としてあるぐらいの話で。だから蛾は飼ってもおかしくないのに、みんなが「キャー！」とかさ、人面が出てるとか言ったりして、かわいそうだよね。

みうら　キャー！は失礼だよね。

いとう　鱗粉がイヤなんだとか言うけど、蝶だって鱗粉出てるわけじゃん。

みうら　そう考えると、「チョウ」っていう響きと「ガ」っていう濁点が入ってる響きの差は大きいよね。

いとう　そうだねえ。

みうら　かと言って濁点を取ると蚊のほうにいっちゃうからさ。

いとう　蚊に取られてたから、「ガ」でいくしかなかったんだろうね。

みうら　虫の世界にも、お寺の名前のようにもう決まってるものから真似しちゃいけないルールがあるのかねえ。

いとう　だって最初はてふてふじゃないですか。てふてふいい感じだもんね。そこいくと蛾は……。みうらさんが気にしているところである濁点だからね、これ。

みうら　濁点廃止論を唱えてるわけだけどね。音が濁るとなんかイメージ悪くなるから。そもそも蛾は何か悪さでもするの？

いとう　葉っぱを食べちゃうのも同じだしさ。菌があるってほどの菌も蛾もないと思うしさ。むしろ蛾のほうがさ、家の玄関の近くにジーッとしてたりしてておとなしいよね。

みうら　よく玄関先とかに、ジーッとしてるよね（笑）。あれ、何してんだろう？

いとう　翌日開けてみてもまだいるときあるよね（笑）。

みうら　そんなに命長くないのにね。

いとう　あいつ、あの時期にごはん食べたりとか活動しないのかな？

みうら　蝶だったら蜜を吸いに行ったりしてるけど、あんまり蛾が蜜を吸ってるとこ見たことないしね。

いとう　見たことないねえ。

みうら　たいがいどこかでジーッといるよね（笑）。

いとう　あれじゃあさ、カナヘビとかに食べられちゃうよね。何食べてるんだろうね？　蜘蛛だったら蜘蛛の巣張るじゃん。

みうら　鱗粉過多で羽が重いのかな？　めっちゃバンバン飛んでるとこ見たことないけど。

いとう　バンバン飛んでるのは、灯りのとこね。狂ったように飛んでるじゃん。

みうら そっか、夜会では狂ったように飛んでるね(笑)。

いとう あれかわいそうだもんね自分が飛びたくて飛んでるんじゃない、なんか覚醒剤でも打ったかみたいな感じの動きだもんね。

みうら ついついミラーボールの光に誘われちゃってねぇ。

いとう ああ、確かに踊ってるもんね。

みうら 80年代、あれがキラキラすると人間も狂ったように踊りだしてたもんね。

いとう 踊ってた、踊ってた。誘蛾灯だよね、つまり。ミラーボールと書いて誘蛾灯と読むんだね。

みうら いいね、それ(笑)。よくテレビでやってるジャングルみたいなところに網を用意して、夜、光をバーンと放つとカブトムシとかが何十匹もたかってくるやつ。そのときに蛾も当然、いるんだよね。

いとう おそらく蛾の山の中に、カブトが点々といるぐらいの量だよね。

みうら なのに、蛾のカウントはなしってちょっとかわいそうなことない？

いとう 蛾のほうも一山越えてそこに来てるぐらいなのかもしんないのにね。

みうら 羽が重いのに「この盆踊りだけは欠かせない！」って来てんのにね。

いとう 蛾に対して、本当に申し訳ないことをしてますよね。でも、「ヒグラシはいいねえ」とか言ってさ、ミンミンやアブラだって同じような立場なのに、あいつらうるさいもんで、蛾みたいに同情してもらえないじゃない。あのダミ声で鳴くばっかりに、あんなことになっちゃってんだよ。

みうら そうなんですよ。アブラゼミのアブラってなんなの？って話だよ。

いとう 本当だねえ。アブラムシとアブラゼミってなんだ？ あの色なのかなあ。

みうら 黒寄りの茶だね。

いとう あれがテカって見えるのかな？ でも、アブラゼミはアブラムシほどテカっては見えないよね。

みうら アブラゼミは葉脈みたいな羽根が薄いからかねえ。

いとう やっぱり、余計なアブラを出すと、なんか嫌われるっていう。脂ぎってるとか言うじゃない。

みうら「あの人脂ぎってるね、いい男だね！」とは言わないよね。

いとう「すっと脂の抜けたいい男だね」みたいに言うもんね。

みうら　確かに油分は抜けたほうがいいんだもんね。オヤジになると出るオヤ汁は嫌われるからねぇ。

いとう　だから、我々も石鹸とか気をつけるようになるじゃない。

みうら　アブラオヤジと言われないようにね(笑)。

いとう　ちゃんと顔もそういう石鹸で洗うようにしてますよ。

みうら　テレビ出たときはメイクの人が抑えに来てくれるもんね。

いとう「抑えますか？」って言われるもんね。「抑えますか？」っていうことは「ひどいですよ」っていうことだもんね。

みうら　メイクの人が「ちょっとすいません」って撮影を中断させてまで入ってきて、「抑えますか？」って言うもんね。そのときに「抑えません」って言う権利はないってことだよね。

いとう　ないってことだよね(笑)。「もう絶対に抑えないとピカピカしてますよ」っていう。本当、俺だけめがけて来るときあるもんね。

みうら　何人も出演者がいるのにね(笑)。

いとう　アブラゼミの感じが出ちゃってる(笑)。

みうら　なんなら「額と鼻のところにアブラゼミ止まってますよ」ぐらいの感じなんだろうね(笑)。

いとう　確かにみうらさんの言う通り、そこだけ一時収録が止まってまで抑えてるときってあるよね。

ミラーボールと書いて誘蛾灯と読む（いとう）

みうら　メイクの人からしたら、これはもう耐えられないんだろうね。

いとう　モニター見ててビカビカッ！ってしてるんだろうね。あれはメイクさんの単独の判断なのか、ひょっとすると上からもう「みうら、テカってるぞ！」って(笑)。

みうら　テカってるところは大体、鼻頭か額だけどね(笑)。

いとう　一応ちゃんと洗って出かけてるんですけどね。

みうら　普段そんなに気がつかないけどね。

いとう　俺もみうらさんと旅してて、みうらさん光ってるなって思ったことは一度もないよ。

みうら　(笑)。ま、若い人から「みうらさん、光ってますねえ」とか言われたら、それはいい意味に取るべきだろうね。

いとう　「リスペクトしてるんスよ！」の場合ね。

みうら　夏場ね、確かに年取ってから、外出るとやっぱり額と鼻頭が真っ赤になってるんですよね。どうやらそこからサラダ油みたいなやつが湧き出てるってことだよね。

いとう　太陽の光を集めてる可能性さえあるよね。

みうら　ここで「ジリジリ、ジージージー」って(笑)。

いとう　もう音もしちゃってんだ(笑)。鉄板の音ね。

みうら　肉が焼ける音がかすかにテレビのディレクターに聞こえてんじゃないかね(笑)。

いとう　だから、「みうら抑えろ！」が出るわけだ。

みうら　「なんか変な音入ってますよ」っていうのが音声さんからあって。「あ、みうらの鼻、ジリジリいってるよ！」って。

いとう　照明つけてるからね、スタジオとかは。光集めちゃう場合あるから。あんなの蛾とかだったらそこへ集まっちゃうよ。

みうら　鼻の頭に蛾が止まったりする場合もあるよね。

いとう　あるかもしれないよね(笑)。

みうら　たまにたかってる人っているでしょ？

いとう　人がたかってる人？

みうら　いや、虫がたかってる人だよ(笑)。

いとう　ああ、虫ね。

みうら　僕もね、たまにたかるときがあってさ。

いとう　ハエが髪の毛に来たりとかする人でしょ?

みうら　ロン毛の上に年取って、クルクルクルクルクルッて天然パーマ気味になってるもんで、虫がその中に入ると迷路みたいになってて出て来られなくなるのよ。

いとう　ああ、ハエさんが藁の中に潜りたいような気持ちなのかな?

みうら　「どっかにいい藁はないか?」って、僕の髪の毛のところに来てるのかなあ。

いとう　だから当然、中に入るじゃん。

みうら　そっか。無意識に髪を触ったとき、そいつが出てくることがあってさ。

いとう　マジに?(笑)

みうら　それって周りの評価としてはさ「あの人臭いからなんじゃないか」ってなるでしょ?　でも、ここはあえて言いたいけど、僕はものすごい気をつけて髪洗ってるし毎日。

いとう　めっちゃめちゃもう本当にやたら洗う人だからね。

みうら　洗いすぎてボサボサになるぐらい……あ、それで虫の中には藁と勘違いするのがいるのか(笑)。

いとう　俺は短髪だから。短髪はさ、やっぱり向こうも藁とは思わないから入ってこない。やっぱり女性とかは割と入ってきてるんじゃないの?

みうら　実はそうじゃないかなあ。ここではっきりしたいのは、隠れ蓑に使われたってことだからさ。

いとう　ひょっとすると寒いっていうね。「これ以上寒いと死んでしまう。あ、暖かそうだ!」って入ってくるのもあるかもね。

みうら　「あ、避暑地だ!」って日傘的に入ってきてる可能性もあるね。

いとう　軽井沢ヘアーね。そんなに虫がやっぱり入ってくるもんですか。

みうら　この間の旅行では割と大きいのが飛んできて入ったのよ。耳元ですんごい轟音が聞こえたので思わず髪をバサバサしたら、ハナムグリだよ(笑)。

いとう　ええー、ハナムグリ来た!

みうら　髪の中でムグってやがんの(笑)。

いとう　ムグったねえ。

みうら　ムグった、ムグった。本来、花にムグるやつなのにさ。

いとう　おいしい、香りのいい花だと思って、ハナムグリさんは飛んでくるんだもん。小っちゃくてかわいいしねえ。なんとかなんとかハナムグリで、なんか一句できそうな話だもんね。「長髪や　逃げてきたのか　ハナムグリ」みたいなやつが。いい光景だね。

みうら　いとうさんのお父さんが生きてたら、きっとその俳句ひねってるね(笑)。

いとう　すぐに言ってあげたかったね、それ。

みうら　やっぱりハナムグリは濁点あるけど名前がかわいいからだね。

いとう　こっちもこっちでちょっと差別してるんでしょうね。それがアブラゼミだったらウワーッてことになるでしょ。ハナムグリ、かわいいよねえ。いいの入れたね。

みうら　なんならしばらく入れたままにしといたほうがよかったかもね(笑)。

(「ラジオご歓談!」vol.78／2022年8月15日
＋vol.79／2022年8月29日配信、すべてリモート収録)

ご歓談！⑯ ↓不安↓言霊↓妖怪↓

いとう ……あんぱさんどさんから。「お二人のご歓談でなんとか気持ちを保たせて家事生活をしています。お二人はたまらない気持ちになったとき、気分を保たせるものや行為はありますか？」って。イライラしたり不安になったりっていうときのことなんだろうね。

みうら 一時は、不安タスティック！ってわざと大きい声を出すことはしてたけどさ(笑)。

いとう ああ、不安タスティック！って言ってたときあったね。

みうら 「まだこんなことが大声で言えるのは不安じゃない」っていう証ができるなと思ってね。

いとう 不安をずらすっていうかね。

みうら 論点をずらしていくやり口。

いとう 不安と戦おうと思うと不安のほうがどうしたってでかいからね。

みうら だから、そんなときは「なんかいいように、俺使われてね？」って不安に思わすわけ。

いとう　よく、なんかたまらない気持ちになったときに長風呂するとか、いろいろ気分転換する人いるじゃん。でも俺たちは、全然違うタイプの仕事をわりとしていくから、気分転換はつねに自動的に起こってるわけよね。

みうら　ま、切り替えの仕事ではあるね。

いとう　ずっとそのことを考えてなきゃいけないわけじゃなくて、来ちゃってしょうがなく次のことをネタにして考えなきゃいけないから、まだいいのかもね。

みうら　マンガ家の喜国雅彦って人はさ、誰かがパッと言った言葉をすぐに逆さにして言えるんだ。かなりの長文でも言えるんだよ。

いとう　へえ、すごいね。

みうら　そういう才能がある人がいたらね、今悩んでることをその人に打ち明けて、反対側から言ってもらえていいのにね。

いとう　こんな悩みじゃなければ、もっと違う音だっただろうにってことになるよね。自分の悩みのタイトルがちょっとあんまりイケてなかったなとか、そういう態度になってくるもんね。

みうら　一回、悩みを20字ぐらいにまとめて、それをひらがなで書いて逆さまで読んでみるのはどうかな？

いとう　元三大師って、虫みたいな魔除けの人がいるじゃない、それのお札みたいにして、逆さのをバーンと貼るのもいいかもね。

みうら　結局、さらに言葉によって悩んでるような気がするんだよね。その言霊が邪魔してさ。それで深く迷いの森に入っちゃうんじゃないかねぇ。だから、逆さから読んでなんで悩んでたのかがわかんなくしてしまうのがいいよ。

いとう　それは確かにそうだ。きのう、東京駅のコンコースの中をある外国の方が一人で後ろ向きに歩いてたんだよ。

みうら　それはパフォーマンサーじゃなくて？

いとう　おそらく、誰かが撮って逆回しにするとしか考えられないじゃない。ミュージックビデオみたいにするとかさ。Tシャツ着た普通の外国人だったけど、ああいう反対に動くとかっていうことは魔除けではよくやるのよね。だから、反対にするのはまさにいい案かもしれないよ。言霊返しでしょ。

みうら　言葉で頭は考えてるからさ、「車」を見て、「あれは大きいゴキブリだな」って思ったら、また違う考えが浮かんでくるんじゃないの？

いとう　かなりのゴキブリが道路を動いてることになるからね。交通量ってのはゴキブリの量だってことになるからね。

みうら　言葉で騙されてるんだから、騙し返しをすればいいと。

いとう　少なくともそれを考えるってことは、意識が違うとこに飛んでるってことだからね。楽になるかも。

みうら　井上陽水さんの「夢の中へ」（作詞・作曲　井上陽水）の歌詞で「探しものは何ですか？　見つけにくいものですか？」って言うじゃない？　でも「それより僕と踊りませんか？」って切り返すんだよね。発想をまったく変えてしまったほうが見つかる場合があるんじゃないかって教えだと思うよ。

いとう　最終的に探しものはしてないもんね。

みうら　踊ってる途中で見つかることだってあるのかもしれないし。

いとう　可能性としてないわけじゃないもんね。

みうら　踊ってると、普段行かない部屋まで行くかもしんないしね。

いとう　よくスマホであるけど、絶対に自分が置くだろうっていうところばっかり探してると、ないじゃない。びっくりするような戸棚に置いてあるよね。

みうら　意外なところにあったりするよね。

言葉によって悩んでるような気がするんだよね。その言霊が邪魔してさ（みうら）

いとう　あれ何してんの、自分は？

みうら　不思議だよね。

いとう　どうしてそこで通りかかって、どうしてそこに置いたのかがまったく思い出せないもんね。

みうら　僕も先日、読みかけの松本清張の文庫が冷蔵庫の中でキンキンに冷えてたしさ。

いとう　（笑）。

みうら　これひょっとしてボケかね？

いとう　我が家では必ず座敷わらしのせいにしてる。「座敷わらしさん出してください！」とか言って。たぶん、そうやることで、自分の意識も変えてるんでしょうね。

みうら　妖怪ってそういうことからの発想でもあったのかもね。

いとう　あったかもね。

みうら　妖怪の責任にしといて。

いとう　丸く収まるし。それで出てくることあるからね、実際に。

みうら　妖怪説も悩みには大事だよね（笑）。

（「ラジオご歓談！」vol.80／2022年9月12日配信、リモート収録）

ご歓談！⑰
↓こりこり↓仙人↓オウム↓

いとう　……はるきさんから来ています。「いつも楽しく拝聴しています。恋愛相談OKとのことで、初めてメッセージしてみます」。

みうら　恋愛相談好きだからね、僕ら（笑）。

いとう　えらく調子が出たという評価があるからね。「私は今34歳、シングルマザーで5歳の娘がいます。半年ほど前から仲良くなった人が子供とも仲良くしてくれて、私が病気のときなどは代わりに幼稚園に迎えに行ってくれたりもしています。最近、彼の言動にちらほらと結婚を意識したニュアンスの言葉が増えていることが気になります。私は結婚にこりごりなので、する気はないのですが、このまま向こうからアクションがあるまで、結婚する気がないことは言わないほうがいいでしょうか？　なんだか心苦しくなってきて、でも一緒にいたい気持ちもあって迷っています」。リアルな話だよ、これ。

みうら　幼稚園に連れて行くのはいいんだけど、迎えに行くときはちょっと困ることがあるよ。

いとう　どういうことよ、それ?

みうら　子供を連れて行くっていうことは、お父さんか、なんらか関係のある人だっていうことは幼稚園側にも伝わるだろうけど、問題は迎えに行くときね、僕みたいな風貌の男が突然、現れた場合、当然、疑われる可能性があるからさ。

いとう　子供を渡しては危険じゃないかと判断されるってことですよね。

みうら　そんときに「『本当にお父さんですか?』って聞かれたらどうしよう?」ってことで。免許証もないしさ、写真で照合することができない保険証しかないからさ、僕の場合だよ(笑)。ま、この相談者さんの相手は迎えに行っても、疑われない風貌をしておられることはわかりますね。

いとう　だから問題は、この人が結婚にこりごりだといつまで思っているか、この心は変わるのかっていうことじゃないですか。

みうら　だよね(笑)。こりごりって言っちゃうからなんか重い感じがするけど、そこは濁点を抜いて「こりこり」とすべきだろうね。

いとう　こりこりなら、ほぐそうかなぐらいの気持ちになるかもね。結婚って言うけど、結局具体的な人とするわけだから、結婚はこりごりかもしれないけど、その人はいい場合だってあるもんね。人物が結婚を超えてくる場合があるかもしれないじゃん。

みうら　そうそう。子供のお迎えをしてくれるっていうのがあるしね。

いとう　そこ重要だよね、確かに。

みうら　でもね、男女にかかわらず、二人で暮らすっていうことになるとね、やっぱり見返りを期待しないっていうとこが一番大切になってくると思うんですよ。これさえ守ってればうまくいくんだけど、この人は「幼稚園に迎えに行ってくれ」るしと書いている。「行ってくれるし」の部分がちょっと「見返り」と取れるんだよね。もし、そこがプラスと思ってたらだよ。

いとう　「好きなんですけど」とかいうことが書いてないってことだよね。

みうら　そこそこ。便利だからになってやしないかと。

いとう　確かにそうだね。

みうら　かつて、こりごりしたのは、いや、こりこりしたのは見返りがなかったからじゃないかなと。

いとう　元々がね。

みうら　私はこんなに気を遣ってるのに、相手は気遣ってくれないとか、そういうのもあるじゃない。だから幼稚園に行ってくれるとか行かないは、この場合、除外して考えたほうがいいのではないかとね。

いとう　そうだよね。これを二の次に考えておかないと。

みうら　それより相手のどこが好きなのかよーく、考えたほうがいいって。

いとう　その相手と長くやっていけそうか、とかっていうことだよね。

みうら　見返りを期待しなくて、長くやっていくには相手のすごく好きなところを確認してから結婚しないと、この先いろんなことがあってもさ「いいとこあるからしょうがないわ」って思えないじゃない？

いとう　だって「向こうからアクションがあるまで、結婚する気がないことは言わないほうがいいでしょうか？」っていうことは相当上に立ってるもんね。

みうら　そこもねえ。

いとう　上に立ってるってことは下に立たれてる人もいるわけで。「上に立たれてるなあ」って思う気持ちってそんなにいい気持ちではないから。あんまり長くこの体制を続けないで、両者両方が平等になっていかないと、たまっていくよね。

みうら　「結婚してあげる」じゃねえ。

いとう　「我慢してやったんだよ」が続くとさ、それこそストレスになるよね。

みうら　それでこりごりになってたんじゃないかっていうことを思い出してみるのもいいね。

いとう　こりごりの原因はそこの位置関係にいてしまうからなのではないか……。

みうら　と考えて、原因は実は自分にもあったんじゃないかとね。
いとう　自己こりごりだったんじゃないかってことだよね。他こりごりじゃないってことだよね。
みうら　まあ、自他こりごりが合体すれば、ようやくこりごりって気持ちよくなるかもしれないよ。相手だけに責任を押し付けないでね。
いとう　いいですねえ。やっぱ辛口も入るんだね、みうらさん恋愛相談。辛口が入ってくると、俄然またいいよ。
みうら　あ、そうですか(笑)。ま、僕がそれで結構失敗してきてるからねえ。やっぱりついつい、原因は他人にあるんじゃないかって思いがちだから。
いとう　他こりのほうにいっちゃうからね。俺も本当わかるわ。あとから考えると「自分じゃないか?」っていうことに、別れてから気づくみたいなことはあるからね。
みうら　ありますよねえ。原因は自分だって考えたときに、スッキリするってこともあるし。
いとう　「俺が直せばいいんだ!」みたいな。
みうら　「自分をしつけ直せばいいんだ!」っていう技をつければ、今後うまくいくかもしれないよ。
いとう　これも昭和のたとえになっちゃうけどさ、みうらさんの容姿が五味康祐に見えてきたわ。
みうら　(笑)。
いとう　こういう感じの人がいたのよね(笑)。
みうら　小説家でね。
いとう　なぜか人生相談で辛口みたいだったイメージがあるんだよなあ。人生相談なんかしてなかったかもしれないんだけど。
みうら　なんかミノムシ仙人みたいな人ね(笑)。
いとう　将棋の升田幸三さんも似た感じのクシャクシャ頭でヒゲ生やしてたね。「ああ、こういう無頼な感じの人が大人でいるんだ」って思ったよねえ、子供の頃。
みうら　でも、もはや僕らが知ってる五味康祐さんって、今の自分たちより年下だったかもね。
いとう　確かにそうかもしれない。そう思うと、迫力ない時代に俺たちは生きてしまってるねえ。

みうら　僕らの子供の頃は、仙人みたいな方が堂々、テレビに出てたりしたもんね。

いとう　いたねえ。仙人なき時代に年を取っちゃってるから、下の人は俺たちを仙人扱いしたほうが楽だと思うんですよ。

みうら　「よ、社長！」じゃなく「よ、仙人！」ね（笑）。

いとう　みうらさんはだいぶヒゲで仙人の風体になったけど、なかなか俺たちが仙人にならないもんだから、下の人は〝チッ！〟と思ってると思うよ。

みうら　だから僕は老け作りを推進してるわけさ。やっぱりついつい、年を取ると若作りをしちゃいがちじゃない？　これじゃ仙人が一人も育たないんだよね。

いとう　仙人畑がもう疲弊してるよね（笑）。

みうら　枯渇だね（笑）、ここは僕らが名乗りを上げて、「今から仙人に突入します！」と宣言しないと。

いとう　俺も人生半分ぐらいで隠居したほうがいいかなっていうのをこの頃真剣に考えてんだよね。

みうら　隠居って一体どういう状態なのかね？　あこがれはあるんだけど。

いとう　そうなんだよね。仕事はしないじゃん。でも、今みうらさんが絵を描いてる状態は、かなり隠居の扉をもう開いてると思うんだよ。

みうら　（松田聖子「夏の扉」のメロディで）隠居の扉を開けてぇ〜♬かね（笑）。

いとう　入ってると思うんだよ。

みうら　それは、きっと頼まれていないことを進んでしてるからじゃないかなぁ。

いとう　そうそう、オファーされてないってことは隠居の

原因は自分だって考えたときに、スッキリするってこともある（みうら）

大事な要件なんだよね。

みうら　若い頃はそれは趣味って言うんだけど、年取るとね、隠居プレイの一つになるからさ。

いとう　近所の小さいイベントに口を出していくとか、そういうことなんだと思うんだよ。もう、メディアで、じゃないんで、やってることが(笑)。

みうら　単位が近所になると(笑)。

いとう　単位が近所で「あの盆踊りはこうしたほうがいいんじゃないか」とかアイディア出したり一所懸命やって、揃いの浴衣でも着ているのが隠居だよね。

みうら　そうだよね。やっぱり最初は煙たがられ、煙ターが出ないとダメだよね。

いとう　そうなのよ、煙たがられが出ないとダメなんじゃないかなあ。

みうら　ということは、やっぱり自分の中から煙を出していくってことになるね。

いとう　煙《けむ》ってくってことは必要だよね。

みうら　やっぱ、煙っ的には風貌も変えてかないとダメだよね。

いとう　やっぱりその辺はみうらさんも考えてるんですかね？

みうら　本当、自分は幸せだったなと思って。今までなんとなく食えてた。やっぱりそろそろ、もう隠居か……ってね。リタイヤという言葉はちょっとイヤなのよ。

いとう　それはわかるわ。

みうら　英語だとなんかしっくりこなくてさ。

いとう　なぜならリタイヤっていうと完全に社会から外れるということだけど、隠居ってたまに出てきちゃう場合があると思うんだよ。

みうら　出てくるから煙たがられるわけでね(笑)。

いとう　煙たがられて、「あの政治はいかん！」とか言ったりして、責任を取らないでどっか行っちゃうみたいな、目指したいのはそこなんだよね。確かに僕らの時代は、上にそういう人がいっぱいいたんですよ。

みうら　こないだ『巨人の星』のビデオがまた再発されて

さ、またまた見てんだけどさ。

いとう　また見てたの？

みうら　ようやく全巻見終わったんだけど、星飛雄馬のお父さんの一徹は息子を千尋の谷に突き落として「這い上がって来い！」っていう思想のもとにやってきたわけじゃない？　だから、一徹はリタイヤどころか中日ドラゴンズのコーチになったりするわけよ。そこで飛雄馬の大リーグボール2号を打ちのめすためオズマを育てたりさ。最後には飛雄馬の親友・伴宙太を中日に迎え入れて、大リーグボールを打つ秘術を教えたりするんだよ。どこまで煙たがられるんだよね。そのあとに『新・巨人の星』っていうのがあってさ、一徹はね、前作でもう引退したはずなのにまたも、煙たがられるオヤジで出てくるんだ。

いとう　あらゆるところに口を突っ込んでくるみたいな。

みうら　もうコーチでもないのにだよ。でも、それが煙たがられ隠居なんだって思ったよ。

いとう　確かに！

みうら　その頃は星一徹、和服をずっと着てんだよ。

いとう　やっぱりそれなのかなあ。形は大事だよねえ。袴じゃなくて、着流しだよね？

みうら　着流しだよ。いとうさんも、一時よく着物着てたじゃない？　あれを今、復活させなきゃ。

いとう　また、そろそろやるかなあ。

みうら　着流しで、かつてくりぃむしちゅーの上田(晋也)さんに買ってもらった仕込み杖を突いてさ、浅草をプラプラしてみてよ。もうね、「あ、隠居仙人だ！」って言われるから(笑)。

いとう　そんときになぜか「先生！」って呼ばれてるほうがいいよね。

みうら　なんの先生かわからないとこがいいよね(笑)。

いとう　いったほうがいいかなあ。結構、先生っぽい丸メガネとかもこの頃やってるじゃん。変な素っ頓狂なのかけてるのよ。かなり、おかしみ出してるから。若いかっこよさのメガネとかを買う気にならないわけ。

みうら　やっぱりね。

いとう　昔の文人の素っ頓狂な感じのメガネを見ると「これだ！」って思っちゃうんですよね。

みうら　たまにテレビ見てると、いとうさんがワイプで抜かれてるとき「これだ！」って思ったメガネが目立ってるよ（笑）。

いとう　（笑）。ワイプだと、メガネがまずドーンと見えるでしょ？

みうら　見える見える。

いとう　「誰なんだ、これは？」っていう。

みうら　メガネを見てくださいと言わんばかりなんだよ（笑）。

いとう　「塩沢ときはまだ生きてるのかな!?」っていう、そういう感じあるでしょ？（笑）

みうら　それもかなりオールド・イグザンプルだけどね（笑）。塩沢さんも若い頃からあんな大きなメガネかけてたわけじゃないでしょ？　お年になってから、素っ頓狂をお出しになったと思うよ。

いとう　あれを受け継ぐ人いなくなっちゃってるからさ。

みうら　だね。なんならもう、いとうさんに着流しでいてほしいと思うもん。ワイプの場合、ちょっとだけ胸元が出るからさ、あそこ和服だったらね、ばっちりザ・隠居仙人だよ。

いとう　もうこの人の意見は聞いてもしょうがないって思われるよね（笑）。

みうら　「街のご意見番」って言われて、「これには喝！」とか言ったりして、「何が喝なんだろう？」とか思うような感じにはなれるね。

いとう　（笑）。

みうら　そういやTVで「喝！」って言ってた、元・野球人（大沢啓二）も和服だったよ。

いとう　そうだったねあの人。ギリギリあの文化が残ってるか残ってないか、試してみるときが来たかもしれないね。

みうら　もし今度、花火大会が復活したら、また久しぶりに呼んでよ。（花火大会／2018年にテレビ東京で放送された『第41回 独占生中継！ 隅田川花火大会』で、みうら&いとうが副音声を担当した）

いとう　もちろん、呼ぶよ。俺が決めることじゃないけど（笑）。

みうら　そのときは二人で着流しで。

いとう　いいねえ。放送禁止ギリギリの画になんか感じられるよね。

みうら　そういや以前の大会で、僕、「うるさいな花火！」って言ったよね（笑）。

いとう　真剣に言ってたからね。

みうら　今度はおかしさじゃなくて、煙たがられる感じの、いい感じのセリフに聞こえるはずだよ。

いとう　それか「確かにあの人にしたらうるさいかもな」ってみんなが納得してくれるかもしんないよね。「この人は花火見に来てるわけじゃないんだ」みたいな。

みうら　今度は真価が問われるんだろうね（笑）。

いとう　問われるねえ。

みうら　「ああ、この人もう仕事してないんだな」って。

いとう　「ああ、上がったんだあ」っていうね。むしろ「もう副音声以外には出たくないんだな」ぐらいの感じでしょ。

みうら　もうこの人は上がった状態で依頼されてない原稿書いてんだろうなという感じは出ると思うよ。

いとう　そうだよね。それは重要なことだよね。

みうら　やっぱりルックスは重要だなと思って。

いとう　重要だよね。一応、丸メガネでも細い縁のやつは流行ってんだよ、男も女も。普通はそれを買っちゃうところだけど、それが太いっていうさ。アンチ丸メガネの丸メガネなわけよ、俺の気持ちは。

みうら　カンニング竹山さんも同じようなメガネかけてるよね。

いとう　してる、してる。あれ、同じところで買った可能性あるよね。竹山くんもやっぱりそういうところの反骨精神は持ってるヤツじゃん。

みうら　竹山さんもグーンと隠居仙人感出てるよね。

いとう　確かに出てるのよ。言いたいことを言えたほうがいいっていう。自分でもう割り切ったみたいで、そこに隠居感がバーンと出るんだね人は。

みうら　YouTuberとは違う風貌じゃん。

いとう　YouTuberは自分で言いたくて、自分でYouTube

作るけど、聞かれたからすごいこと言うってのがやっぱり隠居でしょ。聞かれたから、答えてるっていう。その態度だよね。

みうら やっぱり発言じゃなくて、風貌だけでも煙たがられる人間になるっていうのがいいかもなぁ。

いとう 仙人化していくかあ。ちょっと毒気があるでしょ、仙人って。だから、みうらさんの今の場合だと、俺はやっぱりパイプも嗜んでほしいね。

みうら パイプかあ。竹村健一チックにね(笑)。

いとう 「だいたいやねえ」の感じがほしいよねえ。パイプってなんだよ、みたいな。一応俺もパイプいったけど、早すぎたよね。30代とか40代だったもん。

(だいたいやねえ／ジャーナリスト・竹村健一の口癖)

みうら 若い頃はやっぱり、おしゃれと見られるよね。これからはいとうさんのことを「いと仙」って呼ぶことにするよ。

いとう 「そっちの仙人の世界はどうなんですか?」みたいな。

みうら いろんなところに桃源郷があるんだろうしね。

いとう やっぱり仕事するときには、下界に降りる気持ちになったほうがいいね。その気持ちでやって、仙人の世界にまた上がっていく感じで。

みうら 最近、外出するときはマスクしてるから、マスクの下からヒゲが漏れてることがあってさ。

いとう ちょっとおかしな形だもんね。

みうら なんだかパンツから陰毛がはみ出してるみたいな感じなんだろうね。

いとう 遠くからはわからないけど、近くに来たときに「あ、漏れてる!」っていうその驚きだよね。ヒゲ漏れ注意だよね。

みうら それに気づいてか、二度見する人もいてね(笑)。

いとう (笑)。それすごいね。仙人と認められはじめてんだよ。

みうら フーテンの寅さんみたいな存在として、もうしょうがないな的なね。

いとう 「もう寅は!」って言われてる、あの感じですよね。

みうら たぶん、僕ら今は寅さんより御前様のほうが年は近いんだろうけどね(笑)。

いとう　近いね。あとみうらさんは杖をどう復活させるかっていう。

みうら　僕も杖ブームあったしね。でも、今、ついてちゃまんまじゃないですか（笑）。

いとう　今度行くときは本気だもんね（笑）。

みうら　若い頃に育んだ洒落っ気っていうのがまだ残ってるんだろうね。自分なくしの一環として、マジ突きでもいいと思わなきゃなんないね。

いとう　これは厳しいねえ。浅草のパイプ屋さんで、すごいしゃれたことをやる人にさ、めっちゃめちゃいい銀みたいなジュラルミンの杖もらったのよ。

みうら　見てみたい。

いとう　でも、まだそれをつけるだけの度量が俺にないなっていう。

みうら　逆に言うと若い頃のほうがおしゃれでいけたんだよね。

いとう　半ズボンでジュラルミンの杖つくわけいかない。やっぱりバシッとしたスーツか、それこそ着流しですよ。そこから作ってかなきゃダメだねえ。

みうら　そこにはやっぱり着流しだと思ってるマイルールも壊していかなきゃなんないかもね。

いとう　なるほど、なるほど。半ズボンでいけちゃう仙人もあるだろうっていうことか。

みうら　何も五味康祐さんが「仙人はこれ」って決めたファッションじゃないから。

いとう　家にあったから着てただけだよね。

みうら　たまたま家にあって、なんか楽だったから着てたっていうのがいいんだろうね。

いとう　そうかあ。厳しいなあ。しかし、時間は迫ってるよなあ。

これからはいとうさんのことを「いと仙」って呼ぶことにするよ（みうら）

みうら　時間っていうか、死期が迫ってるからね。

いとう　そう、俺ら死期迫ってるからね（笑）。

みうら　死期が迫るとさあ、もうこれシャレになんないからね（笑）。

いとう　そうなのよ。これからああいうこと始めてみようかなって思ったときに、寿命で無理なことが出てきてるから。

みうら　今まで締め切りって呼んでたものが、今度は死期っていうね。

いとう　そうだね死期だね（笑）。奥泉（光）さんとも話してたんだけど、「もうオウムとか飼えなくなりましたよね」って。

みうら　オウムは長く生きるって言うもんね。自分が育てられるかっていうことだね？

いとう　ペットショップでも売ってくれないらしいんだよね。「次の代の人いますか？」とか聞かれるんだって。

みうら　だからハムスターくらいがいいかなってね。

いとう　寿命短いからね。

みうら　こうなるとペットショップに大体の寿命が書いてあるといいね。ちょっとダイレクトすぎて引くかもしれないけど、それ重要なことだよ。

いとう　責任があるわけだからね。犬猫はもうダメだよ、俺たちは。むこうは二十何年生きるわけだから。

みうら　それもまたさあ、次の代にまかせる気かって煙たがられ出るしね。

いとう　そしたら、生き物よりはみうらさんみたいに、ワケのわかんない貝細工とか集めてるほうがいいよね。

みうら　ワケのわかんないって（笑）。でも、こういう話、何年か前よりグッと面白くなったね。

いとう　面白い。リアリティが違ってきた。

みうら　だからやっぱり年取ったら、年取ったなりの面白さってあるとは思うんだよね。

いとう　年取った人間なりのチャレンジっていうものがあるじゃん。

みうら　だからレッツ！仙人だよね（笑）。

（「ラジオご歓談！」vol.81／2022年9月26日配信、リモート収録）

ご歓談!⑱

↓模写↓九相図↓弔辞↓

いとう ……こないだみうらさんから絵をいただいたんですけど、セミがびっしりいろんな木にいる絵なんですよ。

みうら (笑)。あの絵を説明しますとね、背景は箱根彫刻の森美術館にある男女が股をおっ広げてつながってるアート作品でね。まるで網みたいになってるでしょ。

いとう 不思議な形になってるんだよね。

みうら そこにね、セミを止まらせてみたらどうかなと思って描いたんだ。

いとう なるほど、なるほど。どうも見る限りさまざまな種類のセミがいたように思うんですけど。

みうら セミの図鑑を買いましてね。それで思いのたけを描いた(笑)。やっぱ描いてみないとわからないことも多かろうというのが、最近の絵のテーマなんですよ。例えば『見仏記』は初期、線画でやってきたけど、彩色がはげてるとことかがうまく表現できなくて。はげてる絶妙なバランスでその仏像がいいって場合もあるじゃないですか。それがわかったというか。

いとう　そうなんだ。

みうら　線画の場合説明の絵になるけど、塗りになると下にある骨格とかのことまで考えるんだよね。「六臂」と言われてる観音像もさ、何も適当なところから手が出てるんじゃないわけで。昆虫だって頭部のところのちょっと下の辺りから上部の二本が出てる。

いとう　頭と胸と尻に分かれてるのが昆虫だって教わりましたもんね。

みうら　となると、そこの位置がやっぱり正しいわけで。千手観音とか不空羂索観音においても、すごく正しい位置から生えてないと変だって思うようになってきて。今まで模写が苦手で、いい加減にごまかして描いてたもんで。

いとう　それを嫌ってたというかね。

みうら　写実っていうものに対してさ。

いとう　「当たり前じゃねえか！」って思ってたよね。

みうら　そうそう。これまで僕がないがしろにしてきたところこそ実はすごく意味があって。だからこう動くんだとか、だからこうなってんだ、っていうのが。

いとう　すごいことになってきたじゃん。

みうら　だから今は模写じゃないともう許せないという気持ちに。

いとう　「簡略化なんて、なんてことしてたんだ！」ということになったわけだよね。

みうら　そうですね。絵がヘタなくせにおごった気持ちでいきなり簡略化にいっちゃった自分を責めてるっていうかさ（笑）。この間、上野の東京国立博物館に模写を特集した展覧会を見に行ったんですよ（「東京国立博物館の模写・模造——草創期の展示と研究——」2022年9〜10月）。かつての東京藝大生たち、今はものすごい有名な人たちが勉強のために模写していてさ。中にあの浄瑠璃寺の吉祥天像（秘仏）があったんですよ。

いとう　マジか！

みうら　それは横山大観による模写だったんだけど。やっぱり岡倉天心さんが先生だから、基本は模写なんだよね。模写に始まり、模写に終わるってね。僕は武蔵野美術大学ではデザイン科だったもんで、ついついそこをないがしろにしてたというか、サボってました。

いとう　模写離れを起こしてたんですね。武者震いとは言うけども模写離れはあんまりないよね。

みうら　だから、その横山大観の模写を見たときに武者震いがしたんですよ。

いとう　模写震い出たね！

みうら　そうそう、そっち（笑）。剝落してるとこも克明に、しかも精密に描いてるんだよ。

いとう　おそらく、そこがうまいほどいいんだもんね。

みうら　そうなんですよ。他の人の模写もさ、並んでたんだけど、ちょっと削れていたりするところも克明に描いてるんだ。ここがいいんじゃない！って、言わんばかりにさ。

いとう　ポプラの木とかも寄っていくと色がはげてたりするけど、仏像でもああいうところがたまらないわけでしょ？

みうら　ですよね。蔦の絡まってる葉っぱの模写もありましたね。葉脈&はげてる部分もちゃんと模写してる。これはすっごいと思って。

いとう　僕なんか絵の人間じゃないから、写生とか模写とかっていうと「あるものをあるように描いてるだけで平凡じゃない」みたいに思うけど、そうじゃなくてそっちのほうが狂気だってことでしょ。

みうら　正しく狂気ですよね。ものをしっかり見ることが絵の元々の目的であるってことを教えてくれてるというか。でも、僕が『見仏記』に描いてるいとうさんのイラストなんて、顔はもう何十年も変わってない（笑）。

いとう　大昔の髪型だからね、あれ（笑）。今はあんなパッツーンとなってないから。

みうら　メガネも随分、古いのかけ続けてるでしょ（笑）。

いとう　あれはもはや仏像界のピーポくんだからね。

みうら　そっか、キャラだもんね（笑）。『見仏記』ではいとうさんと中国の四川省に行った頃、模写ブームがきてるからものすごく寒さに震える二人の絵をできる限りリアルに色鉛筆で描いたんだ。するとね、お互い、だいぶ剥脱してることに気づけたというか(笑)。

いとう　(笑)。

みうら　やっぱ、初期のキャラと違うんだよ。

いとう　しかもあのときは本当に吹雪で、キャラクター的に笑顔出そうとか余裕がなくて、自分の生の部分、もう動物として生き延びるんだ！っていう部分しか出てないから。

みうら　サバイバーいとうと、サバイバーじゅんが出てたからね(笑)。あのとき中国でコーディネートしてくれたお兄ちゃんが撮ってくれた写真を元に描いたんだけどね。

いとう　なるほど、あれのテーマは模写だったのね。

みうら　単行本や文庫本になったときは活版でしょ。活版になると色鉛筆の微妙な感じが潰れちゃうんだよ。悔しいけど「この頬のとこすごいシミがあるな」と気づけたとこが台無しになっちゃう。あれからもだいぶ経ってますけど、いとうさんをガツンと模写したいんだよね。

いとう　それか、寒さに震える二人をもう一回、もう一回と。

みうら　模写は何度してもいいって言うね(笑)。

いとう　それも模写の狂気なわけじゃない。みうらじゅんじゃなくて、もしゃらじゅんだよ。

みうら　もしゃらって(笑)。ま、やっぱり形あるものはいずれ壊れるってね。

いとう　今日のもしゃらじゅんと、明日のもしゃらじゅん

僕は今、リアルないとうさんが描きたくて仕方ない(みうら)

は、細胞がもう剝落してるから別人なんだよね。

みうら　そうなるよね。画家って、よく自画像描くじゃない？　モデルを雇うお金がないからかなぐらいに思ってたんだけど、自分を見つめるという仏教的な見地があったんじゃないだろうか？

いとう　なるほど！　それ面白いね。

みうら　きれいにとか、かっこよく描こうっていう感じではなくね。

いとう　そのまんまを描くんだっていう。そして何度も描いてるよね。

みうら　習作で何度も何度も描いて。「いや、違う。もっと俺は醜い」なんて思って描いてるのかもしれないよ。

いとう　自分の内面までつかみ、模写したいっていうね。

みうら　そこが最終的に、死んで腐っていく人間を九相の段階で描いていく、仏教の九相図みたいなものに至るんじゃないかと思うわけでさ。もし、僕のほうが長生きしたら、いとうさんの九相図を描くのは僕なのかってね（笑）。

いとう　俺、腐っていってんだけど（笑）。やっぱりあちらの世界に行くと、こっちの世界に残ってる体のほうは鼻の穴の中に脱脂綿を詰められたりとかしてるじゃない。その俺をみうらさんが描くわけだよね。「焼くのはちょっと待ってくれ！　一時間私にください」とか言って模写するんでしょ。

みうら　僕は今、リアルないとうさんが描きたくて仕方ないわけでさ。

いとう　俺の場合、もしみうらさんが先に逝ったら、「動いてた頃の印象とここが違うんだ！」とか、その様子を克明に文章で。

みうら　それをその場で弔辞として読んでもらうのはどうだろう。

いとう　その弔辞はすごいね！

みうら　まだ誰もやったことない弔辞だよ。

いとう　やったことないよ。死の姿を克明に言うんだから。「本当の君はどこへ行ったんだ？」みたいなことを言ってるんでしょ。

みうら　当然、参列してる人はそのリアルな文章にざわつくよね。

いとう　ざわつくね。「何を言いだしたんだ」と。

みうら　今の状態を克明に報告するんだからさ。

いとう　「ちょっと左側の唇のこのちょっと1㎝上の辺りのヒゲが真っ白じゃないか」とかそういうことを言ってるんでしょ。ドキュメンタリーだからね。

みうら　でも、誰彼なしに、葬式行って、今を語ってたら怒られるんだろうね(笑)。

いとう　それはそうなのよ(笑)。俺もこの間近い関係の人がまた一人いなくなっちゃってね。

みうら　びっくりしたねえ。僕とその方、同じ年だもんな。

いとう　そうか、同じ年なんだね。妹さんも昔からよく知ってるから、妹さんに「僕、葬式に仕事で行けないんだよ。残念なんだよね」って言ったら、「今日お家に帰ってきてるから、もしよかったら会ってくれませんか」って言われて。本当に偶然近くで仕事だったから、タクシーで向かったら、前のみうらさんの家の近くにステーキ屋あったじゃん。そこがすごい近かった。不思議な縁にびっくりした。

みうら　え？　あのフォルクスの近くだったの？

いとう　そこにずーっと住んでたことがわかったわけ。

みうら　僕はかつて、ご近所さんだったんだね。

いとう　そうなのよ。「話してってください」って言われて、部屋に通されたら、寝てらっしゃって。二人っきりじゃん。何を言っていいかわからなかったね、本当にいろんなことがあったから。

みうら　当然、相手はしゃべりかけてはこないしね。

いとう　そうそう。みうらさんみたいに「そういえばさあ」とか言ってくれれば、俺も言葉が出るじゃない。

みうら　話は弾むけどね。

いとう　でも、弾んでこないから。そのときは不思議だったけど、こう対峙している自分とのその時間をいつか書くときあるかもなあってやっぱ思ってるよね。

みうら　そういうのって、かつての文学にはないの？

いとう　確かに「写生」が近代小説の基本だからね。なにしろ克明に書けば書くほど……例えば、谷崎潤一郎の『痴人の愛』とかあるじゃない。主人公が夢中になるナオミの背中をさ、何十行も延々書いてるようなシーンがあるんだよ。

みうら　フェチだもんね、谷崎さん。

いとう　文学者って、ああいう狂気があるのよね。

みうら　狂気ねえ。

いとう　その描写がすごいんだよね。

みうら　見仏コンビとしては、いとうさんが表現したものを僕が克明に描けば、かなり近いものになるかもね。

いとう　ああ、なるほど、なるほど。しかもそれは写真じゃない、模写なんだよね。こっちとの関係も含んだことが描写に出るわけでさ。

みうら　模写同士。藤子不二雄みたいな二人でさ。

いとう　モシャ子モシャ雄ね（笑）。それは今後も仏像、見に行くわけじゃん。見に行くときに一体ぐらいは、そういう描写があってもいいよね。

みうら　やってみたいね。遺影もさ、生前の元気な頃の写真を遺影って言ってるけど、本当は……。

いとう　亡くなった状態の瞬間をとどめたのが本当の遺影だよね。

みうら　ってことになるよね。

いとう　それはすごいね。

（「ラジオご歓談！」vol.82／2022年10月10日配信、リモート収録）

ご歓談！⑲

↓エンガワ↓

いとう ……みみさんから感想が送られてきています。「いつものことなので慣れてはいますが、和歌山でヒレをつけて泳いだところから急にとんかつのヒレとロースの話に行ってしまったので、海で何を採ったのかまったくわかりませんでした。もう少ししたら戻るのかなと思っていましたが、今回は戻りませんでしたね」と。

みうら お互い、語感派だからなんだよね。語感でご歓談してんだもの。

いとう それはね、みうらさんを小説の中に出した奥泉光さんも言ってて。奥泉さんは俺たちの雑談が昔から好きで好きで、「ご歓談！」も聞くようになって、とにかく寝る前に1本聞くのが習慣になってきてるらしいんだけど。奥泉さんも「言葉の響きで本当にズレていくよね。あれがすごくいいんだ。なんにも残らないんだ」と。

みうら そうだね(笑)。「スライドショー」も「面白かった」ってお客さんは言ってくれるけどオチは「でも、なんにも残りませんでした」ですからね(笑)。

いとう　それはほめ言葉だよね。逆に言うと、人は講演会とかすると、何か覚えて帰らせようとして、ちょっといいことを言おうとする、あの欲がダメだっていうことでしょ。我々はなんにも残らないんだから。

みうら　いいことを言おうとしていないわけではないんだけどね(笑)。

いとう　まあ確かにそうね。

みうら　いいことなのか、しゃべっててちょっと判断がつきにくくなってくるというかさ。

いとう　つかないし、語感によって言おうとしてたはずのことが、なくなったり。「足ヒレつけて泳いでいて」って始めてるのに、みうらさんがもうその足ヒレからフィレとロースのヒレを思い出してるから。

みうら　「フィレ」って語感になっちゃってる。

いとう　なっちゃってる。関西弁で言うところのヘレだからね。

みうら　ヘレニズム文化が出ちゃうけどね。

いとう　ヘレニズムが出るから。今も同じことなんだけど(笑)、もうとにかく脳の中でパシパシッて電流が走ったことを口に出してるだけなんだよね。対談じゃないんだよ、これ。

みうら　そうなのか。言葉っていうのは伝達の方法なんでしょ？　でも、何を伝えたかったのかがわからないこの会話は、間違っていることになるね？

いとう　それか、言葉の別の部分を使ってるって言うべきじゃないの？　でも、実は夫婦とか恋人同士とかは、こうやって話してるはずなんだよ。

みうら　だね、わかるわ、それ。いっつも恋人だからと言って恋についてしゃべってないからね。

いとう　プラトンと誰かじゃないんだから、愛についてつき詰めてないでしょ。本当はヘレについて話してるくせに、いざとなると、「何かについて話しました」とか言ってるんじゃないの。

みうら　僕さ、今、そのヘレでね、ヘレヘレになってるエンガワについてしゃべりたくてしょうがないいんだけど。

いとう　食べるほうのエンガワですか？

みうら　そう、そっちのエンガワのこと。僕、昔からすごく好きで寿司屋さんではしょっぱなから頼むんだけどね。当然、シメもエンガワだからさ。

いとう　エンガワで挟んでんだね。

みうら　いや、エンガワしか食べなかったときもあるよ。でもこの間、ある人から困った噂を聞いてさ。あれってヒラメだけじゃないんだってね。

いとう　ヒラメのエンガワって言うよね、わざわざ。

みうら　そうでしょ？　でもさ、わざわざヒラメのエンガワって書かれたメニューがあるのっておかしくない？　と、いうことはヒラメじゃないロンリーエンガワもあるってことでしょ？

いとう　ロンリーっていうか、オンリーね。ただのエンガワもあると。

みうら　そう、オンリーね（笑）。しかもヒラメのはオンリーに比べてやたら高いわけさ。エンガワ派としては二つ頼むしかないでしょ？

いとう　エンガワとヒラメのエンガワくださいってなるよね。

みうら　それで、ヒラメのエンガワとただのエンガワを並べてみたのよ。やっぱ、違うのよ。

いとう　エンガワ度が違うんだ。

みうら　ただのエンガワは真っ白で肉もぷよぷよしてるんだ。で、ヒラメのほうはヒラメだなっていう痕跡がやはりあってね。

いとう　黄色い部分がちょっと残ってたりとか？

みうら　だね。味はコリコリで、ただのエンガワはぷよぷよなわけ。どちらかと言うとぷよぷよのほうが好きかなと思ったけどね。

いとう　食べ慣れてきたからだよね。

みうら　ま、それを真のエンガワだと思って食べ続けてきたわけだけどさ。じゃ、そのぷよぷよ、誰のエンガワだってことになるじゃない？　そこでまた、その人に聞いたわけさ。すると、トドみたいな生き物のものじゃないかって……。

いとう　トドではないと思うけど、ただ深海魚とかの可能性あるよね。だってヒラメとかもさ、海の一番下にいるわけじゃん。よくあるじゃない、実は深海魚を使ってますとか。

みうら　だよね。

いとう　ということは、本来だったら深海魚のエンガワって書いてあればいいよね。ぷよぷよでもおいしいのはわかってんだもん。

みうら　調べるの怖いけど、ケータイならわかるかな？　やってみるよ、今。出たよ！　オヒョウっていうやつだって!?

いとう　オヒョウがエンガワなの？

みうら　ほら、コメディアンで、誰だっけ？

いとう　おヒョイさんだよ！　藤村俊二さんですよ。

みうら　そっちはおヒョイさんね（笑）。なんか今までずっとヒラメだと思ってたからその名前はちょっとショックだよ。

いとう　自分のパソコンで見ると、どちらもカレイ目なんだよね。

みうら　そこまでは一緒かあ。

いとう　そのあと、オヒョウ属になるわけ。

みうら　オヒョウってどうよ？

いとう　確かにみうらさんの言う通り、なんか動物感を持ちながら海にいる感じはすごくあったよ。

みうら　それ、かつてスケバンやってたときの愛称みたいじゃない？

いとう　スケバン・オヒョウね（笑）。オヒョウの「オ」が名前の上につく「お」じゃないかっていう気持ちになってるわけだね。形状や生態はヒラメに似ているものの、１mを超えると。大きいからエンガワがたくさん採れるんだね。

みうら　そりゃエンガワも広いわ。

いとう　広いよ、巨大邸宅だもん、これ。

みうら　物件見に行ったときは気は上がるだろうけどね。

いとう　最高ですよね。

みうら　「このエンガワでバーベキューしたいな」って、結局やりもしないのに言ったりするだろうね。

いとう　頭の中ではヒラメのエンガワなんですよねって思いながら物件見てるけど、オヒョウなんですって聞いたときに「あれ？　ここはバーベキューとかはちょっと違うかなあ……」っていう気になってくるよね。

みうら　だね。オヒョウの場合、海の家ぐらいなイメージがあるよ。

いとう　わりと板と板の間が隙間開いちゃって、下のカニが見えちゃってるやつだよね（笑）。

みうら　そりゃその板外してカニ取りたいけど、問題はそんなエンガワ、寿司屋で今後、頼むかなってことだから。

いとう　ヒラメじゃなくて、オヒョウのエンガワっていうのを寿司屋はバレないようにしてたんだね。

みうら　ひょっとしてオヒョウ以外にもエンガワを持ってるやつはいるんじゃないかな。

いとう　いると思うわ。普通食べないだろっていうような、結構すごい形態をしたやつのエンガワがちょうどヒラメに似てた場合、それもエンガワだってことになるよ。

みうら　だって、エンガワ合わせだからね。

いとう　エンガワはあだ名だからね。大トロだってわかんないよ。マグロの大トロっていったら、トロっとしたところの一番いいところを言ってるわけでしょ。そうするとオヒョウの大トロだってあるかもしれないんだもんね。

みうら　ねえ、その場合、大トロから中トロにいくときに、グラデはついてないのかね？

いとう　ああ、そうだねえ。

みうら　小トロって聞かないし。

いとう　控えめに言ってる感じだね。小トロ。

みうら　とにかく、MサイズかLサイズかのギリのところみたいなことがあるはずだよね。

いとう　あるあるある。

みうら　そこを出されたときに、「これ大トロか？」っていうことない？

いとう　そうだね。これはだいぶ中トロのところを切ってないか……っていうことでしょ？

みうら　中トロ寄りの大トロだね、それ。

いとう　あだ名だからそんなことが起きるよね。

みうら　あだ名かあ。5人ぐらいの兄弟で、ちょっと小っちゃい兄ちゃんだから、ちい兄ちゃんとか言うけど、ちい兄ちゃんってなんだよ！

いとう　兄ちゃんじゃねえのかよ！っていうことだよね。中トロ、大トロは、ちい兄ちゃん、おお兄ちゃんみたいな。でも、この場合はグラデはないからね。一人ずつ生まれてるわけだから。

みうら　そうだよね（笑）。

いとう　エンガワを食べないとなると、どうなってくるの？　俺は出だし、コハダから行く派だからさ。まずは酢で締めたやつが食いたいわけよ。

みうら　いとうさんは趣味人だもんなあ。

いとう　ああ、それを趣味と呼ぶんだね。でも、みうらさんはエンガワからいってたわけじゃん。エンガワっていう趣味があったわけじゃん。

みうら　いや、寄り道もできないヤツは趣味人じゃないいって。

いとう　寿司を食いに行くんじゃなくて、エンガワを食いに行ってたんだ、今までは。

みうら　だね。寿司屋は僕にとってはエンガワ屋だったからね、ほぼ。いつも同じもの頼んでんじゃんって一緒に行ったやつに言われんのも悔しいからたまには別なネタも挟んでたんだよ。

いとう　イカも好きだから、イカとかも頼むよね。イカは挟むけど、エンガワのために挟んでたんだ。

みうら　だね。イカは野球で言や二軍かな。

いとう　俺もよくわからないけど、投手がストレートを速く見せるために、一個前にスローカーブとかを投げといて、次に剛速球投げて、めっちゃ速く見えるってよく言うけど。

みうら　そんな作戦があるの？

いとう　それがエンガワとイカの関係だよね。エンガワの美味しさを目立たせてんだもん。

みうら　そっか。僕は剛速球一本の考えしかなかったよ。

いとう　（笑）。ホントはずっとエンガワが食べたかったんだ。

みうら　ヒラメのほうはオヒョウと違ってホワイトニングができてないのわかっちゃったから頼みづらく

はなるよね。

いとう　ホワイトニング(笑)。

みうら　よく芸能人で真っ白な歯の人いるでしょ？

いとう　あの真っ白な歯って、本当はものすごく変な感じなはずなのに、なんかいいものって思い込まされてるじゃん。

みうら　今日、偶然だけど、二人とも白いTシャツ着てるね。

いとう　まったく同じようなのを着てんのよ。

みうら　白いTシャツの場合は真っ白だからいいわけで、すすけてちゃダメだよね。

いとう　そうだね。それが白Tの良さだもんね。

みうら　もう目に痛いぐらい白いほうがいいんでしょ？

いとう　ヒップホップの人たちが履くスニーカーがやたら白くて清潔じゃん。

みうら　そのために消しゴムでこすったりするって言うね。

いとう　あのホワイトニングの状態のエンガワがお好きなわけだから。好きだった、かな。もうエンガワ離れしちゃってるから。

みうら　だね、困ったな(笑)。

いとう　(笑)。

みうら　もう、この際、靴は少しすすけてたほうがいいってことにするよ。

いとう　俺らは、消しゴムできれいにして、買いたてみたいにしてる靴はおかしいってことだったでしょ？

みうら　買ってもらいたての靴なんか履いてったら、小学生の頃はわざとみんなに踏まれたりしたもんだからね。

いとう　せつないねえ(笑)。新品は恥ずかしいっていうのもあったんだよね。

寿司屋は僕にとってはエンガワ屋だった(みうら)

みうら　そうそう。でも、なんでさらっぴんは恥ずかしいんだろう?

いとう　「あの人、買ったんだ!」って生活が見えるからかな。

みうら　「うれしいんだろうな」って。

いとう　「きのう靴屋行ったんだ」みたいな、やったことがバレバレなのが恥ずかしい。「きのう、床屋行ったんでしょ?」とか言われると、ちょっと恥ずかしいじゃん。

みうら　それがヒップホップ靴の消しゴムによって、昭和の考えは変わったのかな?

いとう　さらぴんがいいことだっていうアメリカの特にアフロアメリカンの人たちのセンスだよね。でも江戸時代は鳶とかも、1日に2回とか白足袋履き替えてたんだよ。

みうら　やっぱ、真っ白がかっこよかったんだ。

いとう　火消しの人たちとかはわざと小さいわらじを履いて、汚れるようにしておいて白足袋を履くっていう、ヒップホップの人たちとまったく同じなんだよね。「俺はそのぐらいここに金かけてんだぞ」っていうことを誇る、ヤンキー文化がその頃からあったってことだよね。

みうら　さらぴんがちょっと恥ずかしいっていうのは、かっこいいってなんてかっこ悪いんだろう思想かねえ。

いとう　オヒョウに関しては、みうらさんは鳶やアフロアメリカンの考えだったんじゃないの。だってオヒョウの白いエンガワにいってたわけだから。

みうら　そうなるね。エンガワのホワイトが目に痛いというかさあ。

いとう　何言ってんの?(笑)

みうら　僕はずっとホワイト載った皿を取ってるわけでさ、まわりからしたら「こいつ、寿司のこと何もわかってねえ」ってことでしょ。

いとう　なるほど、なるほど。お寿司の組み立てみたいなものが「コンビネーションで食べてんじゃねんだな」と思われることがちょっと恥ずかしかったってことですね。

みうら　昔、高田文夫さんに「寿司の食い方はな、米に醤油付けるんじゃなくて、ネタに付けて食うんだ」って言われたことが忘れられなくてさ。だからオヒョウを食べるとき、一度、裏返してね。

いとう　エンガワをオヒョウって言うようになっちゃったね(笑)。

みうら　オヒョウは重いもんでさ、ポカッて落ちるんだよ。

いとう　オヒョウ落ちるんだ。

みうら　コハダとかは落ちないでしょ？

いとう　わりとピタッとくっついてるからね。

みうら　オヒョウはね、そこ、米とズレズレなんだよ。

いとう　みうらさんが今、期せずしてオヒョウって言ってしまったことが素晴らしいことで。もう気兼ねなく、オヒョウを食べるっていうことにしちゃえばいいんじゃないの。

みうら　やっぱ、オヒョウっていう名前がちょっと……。

いとう　それはやっぱりダメなのか。

みうら　スケバンおヒョウにカツアゲされるんじゃないかと。

いとう　スケバンおヒョウなんて、いないわけなんだけどね(笑)。言っとくけど、ヒラメって名前も相当変だよ。ヒラメって……。

みうら　だね。目の配置のことを言ってるんだもんね、単に。

いとう　それで平たいところにいるから。ほんで逆になるとカレイになるってよくわからないじゃん。ヒラメ自体、ちょっと笑うべき存在だったんじゃない？　ヒラメをちょっと神格化してんじゃないの？

みうら　そうかもしんないね。今後はヒラメの名前でひと笑いして、オヒョウの皿を取るよ。

いとう　みうらさんのいつものパターンだと、何回も何回もオヒョウを模写するべきなんじゃないの。釣ってもいないのに、1mのオヒョウの魚拓を描くっていうさ(笑)。

みうら　確かに、オヒョウを模写するべきだね。

いとう　どこがエンガワなのか正直まだちょっとわかってないもん。端っこなんだろうけど、どの部位なんだっていうさ。

みうら　わかった。必ずやるよ。

いとう　オヒョウとみうらじゅんの関係をきちんとしなきゃいけないときが来たんだね。

みうら　漠然としたイメージでオヒョウを語ってるようではダメだよね。

いとう　そうだね。

みうら　それはオヒョウに対しても大変、失礼だしね。

いとう　オヒョウに対して（笑）。

（「ラジオご歓談！」vol.83／2022年10月24日配信、リモート収録）

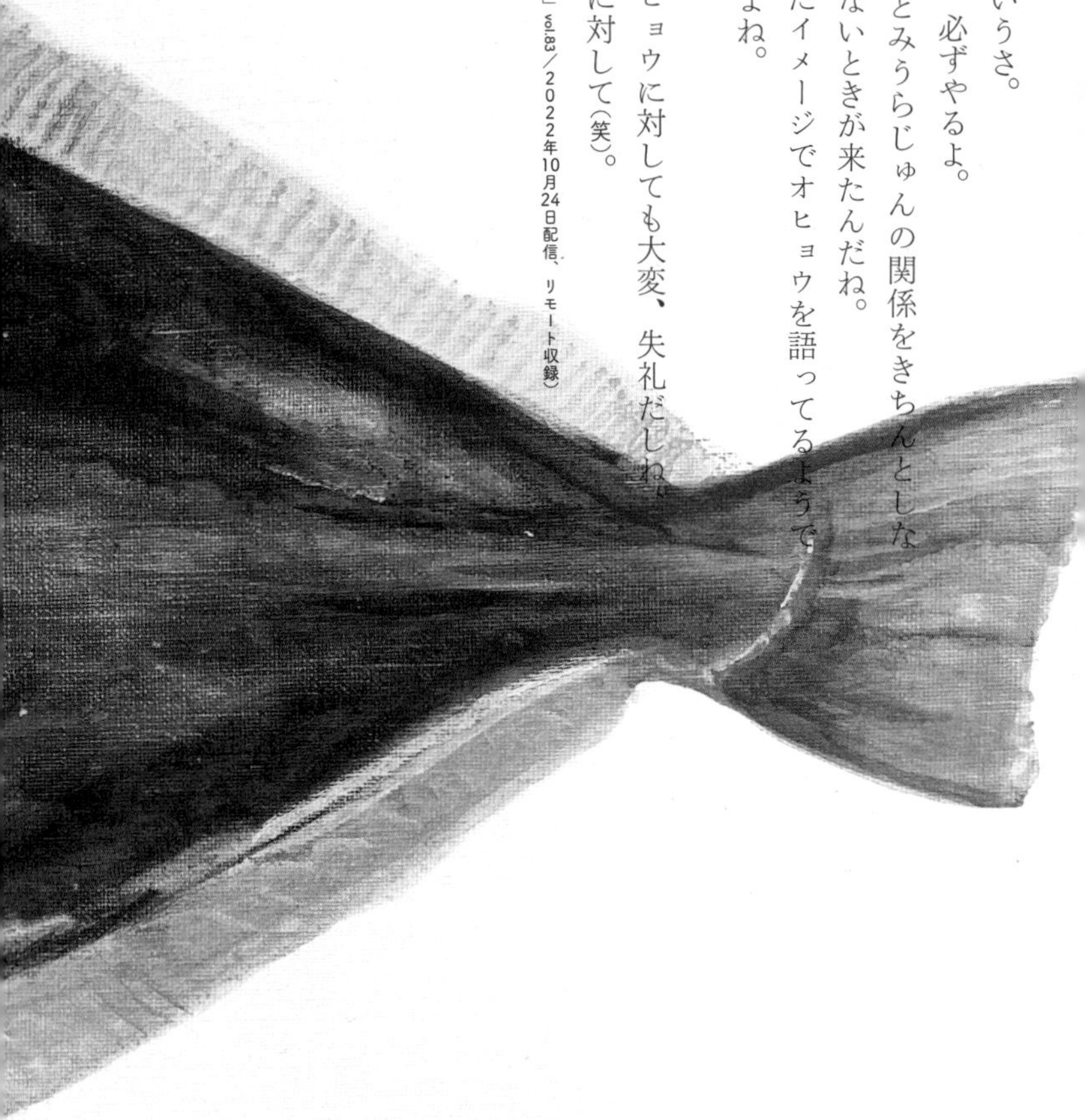

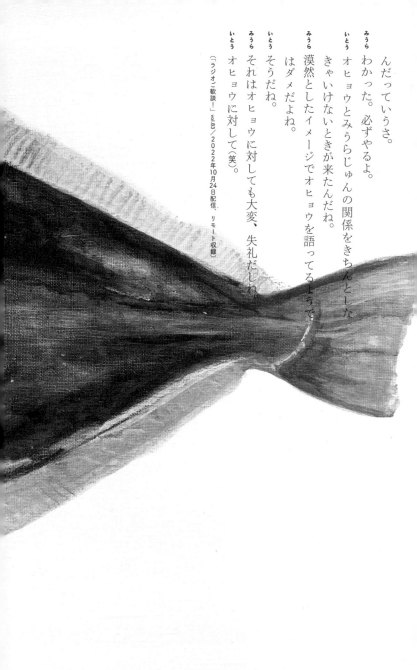

HENTAIDA
KENTA MAENO
SARARA TSUKIFUNE MARINA SHIRAISHI
COROISE

ご歓談！⑳

↓土器↓映画↓ららぽーと↓常設展↓

いとう ……イトウシオンさんからお便りです。本格恋愛相談ですね。ついにみうらさんの恋愛話が人の心を打ちだしてるんでしょうね。

みうら よろしくお願いします。

いとう 「この人素敵だなと思う女性に出会っても、だんだん友人としての関係が心地良くなり、学生のようにドキドキできず、恋に発展しません。幸い私の住む岩手には土器を見れる場所が多く、なんとかもっていますが、ぜひアドバイスをください」と。

みうら え、それって土器とドキドキをかけてるの？

いとう かけてるけど、それはあとのことで。やっぱりどうしても友達になっちゃうやさしいタイプの人っているじゃない。この頃はいわゆるアセクシャルとかそういう性的なものを感じない人も話題になるけど。この人は恋愛がとにかくできない、ドキドキしない、恋に発展しない、どうすればドキドキできるんだろうかと。

みうら　すぐ思ったけど、これから恋愛成就しようと思ってる人とデートで土器を見に行ったらダメだよ。

いとう　土器を見たときにウンチクがない場合は、なんらワケがわからないもんね。

みうら　また、土器のウンチク合戦になってもなんの実りもないってことです。だから、ここは極フツーのデートスポットみたいな場所に行くべきだと。

いとう　あ、デートスポットには行っていいんだ。

みうら　ですね。土器にドキドキしても仕方ありませんからね。

いとう　素敵だなって思う女性に何か言うときに、つい「土器を見に行きませんか？」って誘って、ちょっと笑いが出ながら「いいよ、面白そう」みたいな感じになっちゃうのがいけなかったと。

みうら　ですね。これは僕の中学のときの失敗談なんですがね。つい、大好きな東寺の立体曼荼羅をね、デートスポットと勘違いして、初デートで誘って、熱く仏像を語ってたら「みうら君、帰っていいかな」と言われたのと同じです。

いとう　途中でデートが終わったという話だね。

みうら　やはり場所なんですよ。自分のテリトリーから出ないとダメなんですよ。

いとう　自分も知らない場所へ行かないと。

みうら　本当の意味で自分もドキドキするような場所へ行って、二人でドキドキしない限り、恋愛には進展しないってことですよ。

いとう　だから映画を観に行くんだ、人は。だって見たことない映画を観に行くわけだから。

みうら　ですね。でも、これも『ゾンビ』に誘って、もうそれ以来、なんの音沙汰もなくなったってこともありますから(笑)。

いとう　これは全部みうらさんの実体験から来てるアドバイスだね。

みうら　はい(笑)。デート先って、自分だけの居心地のよさで選ばないってことです。

いとう　そうすると、みうらさんで言えば本当にちゃんとした恋愛映画みたいなのを観に行くってことだよね。

みうら　そうなりますか。

いとう　自分の苦手分野に行って、でも帰りの喫茶店とか飲み屋でなんか面白い解釈をしゃべって、「この人面白いこと言うな」みたいな。

みうら　でもね、『トップガン』みたいなのはダメですよ。

いとう　『トップガン』もダメなの？

みうら　それはなぜかというと、彼女のハートがトム・クルーズに奪われてしまうからです。

いとう　(笑)。確かに、確かに。

みうら　一緒に見てる人のほうがトム・クルーズよりかっこいいなんて思わないでしょ？　フツー。ここは自分よりダサい主人公の映画を見つけられたほうが。

いとう　俺もさ、中学高校のときにテレビ映画とか好きだったたってよく言ってたじゃん。当時の恋愛映画ってリチャード・ドレイファスとかだったのよね。

みうら　『グッバイガール』かなあ、それ。

いとう　あのイケてない、ちょっとハゲ上がった人が恋に落ちるから、ダサい中学生だった俺も「なんかいいじゃん」って思ったわけよ。

みうら　わかります。僕の大好物がアーネスト・ボーグナインとかリー・マービンだったようにね。だから、初めからかっこいいにきまってる人の映画をね、デートで観に行く人は無謀ですよ。

いとう　そうなるとさ、今の日本映画はヤバイよね。かっこいい人がいると主演にしちゃうから。

みうら　そうなんですよ。だからちょっと映画はね、このご時世デートに向いてないかも。
いとう　今、デートスポットじゃないんだね。
みうら　危険ですね。
いとう　まずこれはよけよう。映画はダメ。
みうら　どうです？　スイーツとか食べにいかれたら？　僕はまったく興味がない場所なんですけど。
いとう　確かにね。
みうら　大人になってから、恋愛がうまくいったなと思ったのは、相手に言われた場所に付き合ったときだった気がするよ。
いとう　むしろ相手から言われた場所に行けってことなんだ。確かに、土器行っちゃう場合、この人はどういうとこに行きたいだろうかって考えてないもんね。
みうら　「自分のことしか考えてない人ね」ってなっちゃうから。
いとう　土器人はそれになりやすいね。
みうら　そこは土器人じゃなく、恋愛人として考えないとね。
いとう　縄文人、弥生人、恋愛人があるんだ(笑)。
みうら　恋愛人は土器見に行かないでしょうね(笑)。もし、縄文人もそんな展示見たって「コレ、俺が使ってたやつじゃん！」って言うだけだろうし。
いとう　行かない、行かない。そこは得意げに何かウンチクかましたいやつが行くとこだもん。ダメ、ダメ。絶対ダメだわ。そんなこと言ったら、ショッピングモールとか別にどうでもいい、とんがっても丸くもないようなものがいっぱいある場所のほうがいいんだね。
みうら　そうそう、ららぽーと！　ららぽーとに一度、行ってみなよ。ホントやることなくてドキドキするから(笑)。
いとう　かわいいお皿とかカップとかさ、こんなので紅茶飲まないんだけどって思うけど、そこで会話が生まれるんだよね。
みうら　そうそう、それが大切だよね。僕らも仏像を見に行ったあとは必ず近くのデパート見ることになってるじゃないですか（笑）。

いとう　確かにやってるわ、俺たち。

みうら　あれはねえ、恋愛人のヤリ口ですから（笑）。

いとう　（笑）。なるほどね。

みうら　何を見たってしゃべれるっていう域まできてるからね、こちとら。

いとう　それはイトウシオンさんに言っとくけど、俺たちはね二人っきりでねデパートに行くときに、全部の階をくまなく回りますからね。

みうら　トークしながらね。

いとう　おばさまのブラウスについても語るしね。

みうら　寝具についても語りますよね（笑）。

いとう　さっき言った食器だったら、鍋のところにナスやピーマンの絵が書いてあったりするような、ポトフを作るようなヤツとか見ながら「おいしいポトフ屋さん知ってるんですけど、今度行きませんか」みたいな、第二陣になだれ込めるじゃん。土器はそこがもうエンド。ジ・エンドだもん。

みうら　デパートには土器売ってないからね。

いとう　そうだねえ（笑）。

みうら　土器から遠く離れるのが、本来ドキドキってことになるね。

いとう　オフ・土器でドキドキなんだね。

みうら　土器よりも日用品をどう語るか、相手は出方を見てると思うんだよね。「だったら、この人、いいパパになりそう」とかって。

いとう　「あ、趣味合うなあ、レモン色好きなんだ」とかって。土器は土器色しかしてないもんね。

みうら　だね（笑）。

いとう　素焼きだからね（笑）。

モテてる人って、彼女にとってのベストインタビュアーなんだよね（みうら）

みうら　ここは土偶が出てきたからって「出たー！」って喜ぶのは発掘の人に任せてね。
いとう　もう恋愛相談のときの反応が速いよね。すぐ出るんだね、そういうことが。
みうら　恋愛は基本、相手に合わせることだという結論で。
いとう　なるほど。それはいい言葉ですね。
みうら　やっぱりモテてる人って、彼女にとってのベストインタビュアーなんだよね。だから、ツッコミのほうがいいんだよ。恋愛のボケはダメ。
いとう　っていうことは自分をツッコミにするんだっていう意識をなるべく持って、相手の言ってきたことを面白くしたり、あとは聞くってことだよね。
みうら　ボケは、ずっとボケ倒しちゃいますからね。
いとう　ツッコまれるまで、ずっと同じ映画の話したり。
みうら　あ、それ僕ですね(笑)。いとうさんがいてくれたらなあ。「おいおい！」ってツッコんでくれるんだけど。イトウはイトウでも、シオンさんだもんな。
いとう　確かにツッコめないよねえ。最終的に、その女性が「友達でいましょう」って言うのが最大のツッコミになって終わっちゃうもんね。そのツッコミが出たら終わりじゃん。
みうら　帰り道、カバンの中をふっと見たら、土器展の半券が出てきてさ。
いとう　みうらさん、実際家に帰ってそれを貼ってるからね。
みうら　僕ならスクラップ帳に……。
いとう　貼ってるようじゃダメなんだと。彼女との思い出を作らなきゃいけないときに自分の半券を貼ってちゃダメなんだと。
みうら　そうそう。しかもね、たぶんその土器展は常設展だからたいした記念にならないからさ。
いとう　(笑)。
みうら　百歩譲って、行ってもいいけど常設展はダメだよ。
いとう　そうね。特別なやつじゃないとね。
みうら　特別展じゃなきゃ。
いとう　わかる。
みうら　それならまだ話も弾むし、相手の出方もわかると思うよ。

いとう　地味で地味で、でもすごいやつが置いてあるのが常設展だからさ。

みうら　そのイトウさん、どこの人？

いとう　岩手だよ。

みうら　岩手か。いい土偶があるね、そこ。

いとう　あるある。

みうら　でも、本当のやつは東京の博物館にあったりするね。

いとう　レプリカが多いのよ。盗られちゃうからね。

みうら　国宝ともなれば管理はしっかりしなくちゃいけないもんね。

いとう　そうなんだよ。

みうら　そのイトウさんもきっとおくわしいだろうから、「これ実はレプリカなんだよ」って彼女に言っちゃうと思うんだよね。

いとう　「わあ、結構かっこいいんだね」のひと言が出そうなときに「でも、レプリカなんだよね」が出ちゃうとがっかりだもん。

みうら　知ってても黙ってたほうがいいね。もし、「この人家庭的なとこあるな」っていうことをアピールするなら、「俺、火を起こせるんだよ」と、言っておくべきかな。

いとう　(笑)。「かまどって作ったことある？」とかそっちだよね。

みうら　「それでピザ焼いたら、めっちゃうまいんだよ！」の方向にね。

いとう　だって、キャンプブームだから。素焼きのことからキャンプにすぐ持っていかないと。素焼きのところだけにいちゃダメだよね。

みうら　とにかく発掘されたやつの話はダメだよ(笑)。

(「ラジオご歓談！」vol.84／2022年11月7日配信、リモート収録)

ご歓談！㉑

↓出版物↓配列↓台無し↓

いとう　……返却期限さん。「いつも楽しみに拝聴しています。みうらさんは著述業もされていますが、学生時代に国語の授業はお好きでしたか？　何かよく覚えているエピソードなどありますでしょうか？」。

みうら　僕はどちらかと言うと苦手でした。まず、いわゆる読書というものが苦手で、中学に上がって心配になったうちの母親が『ロケットさくら号のぼうけん』（北川幸比古 ぶん、北田卓史 え、1967、盛光社）っていう絵本を買ってきたぐらいです。

いとう　ええ、うそー？

みうら　今もその絵本は大切に持ってるんですけどね（笑）。でも僕は、なんでも段階をすっ飛ばすクセがあってね、もう自ら書きたかったんですよ。

いとう　ああ、すぐね。

みうら　もう小学生のときに、デビューした気ですから（笑）。

いとう　ああ、発表マニアだからね。

みうら　読書より発表マニアのほうが先に立っちゃって。

たぶん教科書に載ってたんだと思うけど、『ノンちゃん雲に乗る』（1951）っていうのがあってね。

いとう　石井桃子さんじゃないですか。

みうら　だったと思います。もう、そのタイトルだけにぐっときてしまって。

いとう　タイトルがいいよね。僕も大好き。

みうら　それにインスパイアされて『純ちゃん地獄へ行く』っていう話を書いたんです（笑）。原稿用紙5枚くらいですけど。

いとう　それはみうらじゅん展にも出してんの？（みうらじゅんFESマイブームの全貌展。2018年、川崎市民ミュージアムを皮切りに、富山、盛岡、所沢、仙台などで開催。みうらのコレクション、創作を公開）

みうら　はい。出しました。僕はそれを本にしたかったんですね。

いとう　即刻ね。

みうら　作家としてデビューするのは大変そうなので、だったら自分で出せばいいじゃんっていう、一人会議があって。その頃「少年パンチ」っていうマンガ雑誌の編集長もやってたんで（笑）。「少年パンチ」と「少年ラッキー」というのを2冊出してました。

いとう　2冊も出してたんだ！　すごいですねえ。

みうら　主に授業中にザラ半紙に描いたマンガを家でホッチキスで閉じて表紙を付けてたんですけど。あるときね、マンガだけじゃ読者が飽きるなって思ってね。

いとう　それは編集長がマーケットを考えたわけですよね？

みうら　そうですね（笑）。マンガ誌にも読み物が載ってたじゃないですか。

いとう　ありましたよね。

みうら　読み物コーナーとクイズコーナー、あれをつけようって編集会議があって。

いとう　ま、編集会議も一人なんですけどね。

みうら　（笑）。それで『純ちゃん地獄へ行く』の小説とクイズ。「ベルトが緩んでる大統領は誰でしょう？」「正解はルーズベルト大統領」みたいなやつをね、考えて。

いとう　いいですねえ。

みうら　のりがつけてあって、剝がすと正解がわかるようにしたんですがね。

いとう　それは立体的ですねえ。

みうら　それを上梓したもんで、なんかもう小説家みたいな気になっちゃったんですよ。

いとう　だってデビューしたんだから。

みうら　本にもなったわけですからね。それが中学ぐらいになって、ある友だちから「これ、本じゃないんじゃない？」っていう話が出て。

いとう　ああ、出ちゃったかあ。

みうら　今思うとまともな意見でしたけどね（笑）。

いとう　出版物を見せたつもりだったんですね。

みうら　そうです。こちらはそれを本棚に挿してましたから。

いとう　他の本と一緒になってたからね。

みうら　それを取り出して友だちに見せたら、「これ、本じゃないんじゃない？」が出たんです。

いとう　それはツッコミがヘタだよね。俺なら「世界でたった一つの出版物だね」って回りくどく攻めていくよね。

みうら　いとうさんがそのときいたら、以降、何冊も作ることになりましたよね。

いとう　同じようなものを3冊ぐらい作ったときに面白狂気が出てくるもんね。

みうら　残念です（笑）。そこでやっぱり常識っていうものに負けちゃったとこがあって。マンガ家といえば持ち込みだとか、『マンガ家入門』とかに載ってましたから。僕がやってることは違うっていうことにようやく気がつき始めて。

いとう　先輩に何か教わって体系だててやっていくっていうのがイヤな人間だから。最初っからもういきなりゴールからスタートしてるからね。そこだよね。

みうら　そうなんですよ。だから、けっして国語が好きだったから文章書いたんじゃないんですよ。本にしたかっただけでね。

いとう　でもさ、少なくとも一冊はこの本かっこいいとか、こういうものが書きたいだとかっていうのはなかったの？

みうら　それは当然、あったんですけど、あくまで編集長としては参考までにとどめておかなきゃなんない気がしてて。

いとう　そういうことなんだ。参考文献だ。もう書くことが決まってるんで「他にも仏像に関するエッセイあるんだ。ああ、こんな感じね。はいはい、じゃあ俺ならこうする」みたいな感じだよね。

みうら　そうなんですよ。確かに僕も小学校4年のときから仏像を好きになりましたから、仏像に関連する随筆集もずいぶん買いました。いまだにそれも持ってますし、岡部伊都子さんの『観光バスの行かない…埋もれた古寺』（1962、新潮社）には影響を受けましたね。

いとう　すごいね。

みうら　京都、奈良にある有名仏しか当時は知りませんでしたからね、『観光バスが行かない…埋もれた古寺』にはグッときましたよね。それを読むと、当然小学生では行けない遠くのお寺も載ってたんでね、そこは僕なりの随筆集『散歩道の寺』を上梓したんですよ。

いとう　また上梓したんですね。早いっすね。

みうら　上梓ブームでしたから（笑）。家の近くに椿寺っていう小さな寺があったんですけど、観光バスが来るような寺じゃないんですよ。

いとう　また自分が住んでるところをうまく生かした企画を出したね。

みうら　経費は出ないんで（笑）。「いろいろ有名なお寺も見てきたけども、私は何かひなびた寺が好きだ」って岡部さんの本と同じようなこと書いてね。「今、公害問題でうるさく言っております」みたいなことも書いてましたよ。

いとう　俺なんかその1行は読んだような気がする。すごいところからきたなと。

みうら　ごめん、いとうさんに読ませたかも（笑）。

いとう　なかなかインパクトのある1行目なんですよ。

みうら　70年代、公害問題とか盛んでしたからね。「ブー！ブー！とトラックがうるさい。でも、ちょっとひと筋離れてみると、こんな静かな境内が広がっていく」みたいな流れだったような。

いとう　何よ、ちょっと！　もう3行か4行でいきなり読者を引き込んでるね！

みうら　でも、途中から書くネタがなくなっちゃって。原稿用紙を折ってホチキスで留めるんだけど、たぶん6枚だったと思う。

いとう　6枚！　出版物としてはだいぶパンフに近い状態ですよね。パンフは上梓ってあんまり言わないですもんね。

みうら　本棚に並べたいもんで、本当は背表紙出したいんだけど、やっぱりそこが限界。国語力がないから。そこは国語をちゃんと勉強しておけばよかったって思いますね。

いとう　でもいくつかは実際に寺をまわって感想を書いたってことなんですか？

みうら　4、5寺はまわったと思います。ま、こんなこと言ったらなんだけど、そんなにグッとくる仏像がないわけです。

いとう　たまたま秘仏が開いてるとかそういう日じゃなくて、フラッと行ってるから。

みうら　ですね。文房具を買うついでに寄ってる寺もありましたし、何せ外から見てるだけで書いてるから(笑)。

いとう　内陣の中にも入れてもらってない。少年が格子の外からじっと見てるだけ。

みうら　それだけで一つの寺を語ろうとしても無理がありますよね。

いとう　これはなかなか大変ですよ、実際。

みうら　椿寺の横にね昔、小さなラジオ商のお店があって、しょうがないからラジオについて書いてるんですよ。

いとう　もういきなり仏像じゃないんだ。

みうら　「僕がよくラジオを直しに来るところなんだ」とかって書いてて。でも、この焦点をずらしていく手法、今、まだ、文章を書くにあたって、自分の中で生きてますから(笑)。

いとう　字数を稼いでる部分がのちのち生きてきてるわけだよね(笑)。

みうら　だから僕は『見仏記』の1回目、いとうさんが書いている文章を読んで驚いたんだよ。

いとう　ずーっと周りのことを書いてるからね(笑)。

みうら　いや、ウマくてだよ。全体を把握して書くのと、個人的な感想は違いますから。それでね、ようやくわかったんですよ。

いとう　なるほどなるほど。

みうら　なので、僕は文筆業なんて名乗ったことは以来、一度もありませんので(笑)。

いとう　あ、そうかそうか。

みうら　文章を書く仕事は、あくまでイラストレーターなどの「など」に入ってるんです。

いとう　でも、本っていうメディアっていうか、文章っていうメディアにはやっぱり憧れてたっていうか。

みうら　本自体が好きですからね。

いとう　岡部伊都子からいってるってさ、家におじいちゃんの本があったってこと？

みうら　いや、おじいちゃんがくれた本は中村直勝さん(歴史学者)とかの研究者の本だったから、僕は持ってるだけで満足してました。

いとう　読めないよね。

みうら　旧漢字だったりして読めないし、ま読む気もないんだけど、それが本棚にささっているということで……。

いとう　重しとしての書物ってあるよね。

みうら　それはそれでかっこよくてさ。

いとう　読んだことはないけど、これがないとなっていう本はある？

みうら　今でもたまに新宿の紀伊國屋書店に行って、上の階から下の階まで、それこそ見仏取材後のデパートのように見るんですけど。タイトルだけで引っかかったものを買うというね。ある時期、ふぐにすごい興味あったから、ふぐ調理師免許の取り方とか……。

いとう　いつの話？　子供の頃の話？

みうら　いや、随分大人になってからだよ。15年くらい前ですかね。

いとう　15年ぐらい前にふぐいってた？

みうら　食べるのも好きだけど、本体に興味があってさ（笑）。そうだと調理師免許の取り方が飛び込んでくるじゃないですか？　当然。

いとう　それはしょうがない。

みうら　手に取るとさ、専門書だから高いんですよ。5000円近くしたと思います。それを買うかどうかが勝負どころでね。

いとう　買ったの⁉

みうら　買ったんですね。以来、仕事場の本棚にずっと挿したまんま（笑）。でも、本棚に長く入れてますとね、ふぐの出汁っていうのかな。ジワジワしみてきてね。

いとう　（笑）。左右、上下にそっから出汁がしみてくるんだ。ふぐだけにほとんど毒と言ってもいいけどね。

みうら　（笑）。するとね、その横に置いてある松本清張の小説にもしみ出してきてさ。

いとう　清張にもふぐがいっちゃってんだ。

みうら　だね（笑）。その本棚の配列はね、何年か前の引っ越しのときに、引越しセンターのご婦人方に並べてもらった状態のままでね。そのランダムさがけっして自分では出せないいい味があってさ（笑）。

いとう　それは俺もわかるわ。びっくりするようなものを横に入れてきたりするんだよね。あれすごくいいよ。

みうら　でしょ？　普通は本棚って、分類して棚に並べちゃうから松本清張とふぐ調理師免許の取り方はありえないからね。

いとう　いやそれはなかなかすごいよ。だって、中を読んでみたら毒殺の話だってあるかもしれないしね。

みうら　その配列に実はヒントが隠されていたりしてね。こんな組み合わせないだろう。トリックかも。

いとう　いわゆるミシン台の上の蝙蝠傘みたいなシュールリアリズム的なことが起きてるわけよね。わかるわ。

みうら　それが本棚芸術であるというね。

いとう　並びがね。それを作るためには突拍子もない一冊をやっぱり見つけなきゃいけないわけだ、ふぐ調理師免許の取り方的な。

みうら　よくしむようなやつを挿し込んでおかないと活性化されないもんね。

いとう　わかるわかる。俺もね、箱根本箱っていう宿があって、本がいろんなところに置いてあって、部屋中にも置いてあるし、フロントにもすごく置いてあるんですよ。そこに頼まれて、いとうの10冊とか、誰々の10冊って選ぶわけ。そんときにやっぱり俺も引っ越したばっかりで、すんごい並びがあったから、それを写真に撮って、「引っ越しのおばさんが並べたまんまを並べてくれ、それがやっぱり面白いんだ」と頼んだことがある。だから、みうらさんの言うこと、すごくよくわかるわ。

みうら　ものすごい冊数、『ゴルゴ13』が並んでても「あ、全巻なのかな」で終わっちゃう。

いとう　全巻あっても一個に数えられちゃうんだよね。『ゴルゴ13』13巻の横に『吉祥天女』とか少女マンガみたいのが挟まってたときに「なんだこれは?」ってことが起こるわけよね。

みうら　うちの並べで言えば坂田利夫さん著『アホの坂田のアホだらけ』の横に空海『即身成仏義』が並んでるようなものだね。なんだかよくわからない世界がウワーッと広がってくる。

いとう　くる、くる。わかります。

みうら　それで……またいとうさんに送らなきゃなと思ってる絵がきのう完成したんですけど。

いとう　あ、おめでとうございます。

みうら　今回は鬼子母神を描いたんですよ。背後に地平線を書いたもんで、なんかこう奥行きは出たんだけど、そこにね、ずっと気になってた柳沢慎吾さんの「わかめ〜スキスキピチピチ〜」ってはっぴ着てる絵を描いてね。その本棚芸術を表現してみたわけで。

いとう　なぜなんだ?っていう、もう一生の課題にする人がいるぐらい。子供を殺して、わが子のことで反省したあの鬼子母神が「わかめ〜スキスキ」の横にいるのは何を救っているのだろうっていうことだよね。

みうら 意味はないけど、意味がある気がしてくるよね。

いとう なんともいえないニュアンスね。でも、そこに他のものを置く気がなかったんでしょ?

みうら そうですね。鬼子母神の横には柳沢慎吾さんの「わかめ〜スキスキ」は決まってましたね(笑)。当然「それは変でしょ」ってささやきは描く前にありましたけど。それは釈迦が悟りを開こうとしてるときに魔物がいっぱい出てきて邪魔をしたように「それじゃ台無しになるだろ」ってことだけど、「台無しって誰が決めたんだ!」と、強くこばんでさ。

いとう 釈迦と悪魔との問答が出たね。

みうら そのときに引越センターのおばさんが並べた適当な本棚の構図。あの絶妙なパワーっていうのがあるじゃない。

いとう めっちゃある! ワケのわからないクリエイティブな気持ちが湧いてくる。

みうら それに助けられたというかね。それは何か作る上ではとっても重要なことの一つじゃないかと思うんだよね。

いとう 今回の引越しで俺は本を結構捨てちゃったって言ったじゃん。おばさんが並べたやつを自分で直すってことができるスペースができちゃったわけ。

みうら マズイですね。

いとう それで実際結構直して、誰々の書物はどこどことかっていうふうにまとめちゃったのよ。そしたら急に交雑しないっていうか交通しないっつうか、雑多じゃないものになっちゃった。ここ哲学ねとか、ここ文学ねってなっちゃって、今俺はもうシュンとしてんだもん。あのおばさんにもう一回来てもらって、ぐちゃぐちゃやってもらわないとダメかもしれない。

みうら もしそれで創作に影響が出るっていうのであれば、

僕に御一報いただければ、ウチの本棚から何冊か、これ絶対にいらないだろうという本を持ち込みますんで（笑）。いとうさんがトイレに行ってる間に作業は終えときますよ。

いとう　よく本棚買うとさ、最初に毒抜きのなんか紙みたいのが付いてるじゃん。ああいうような一冊があるわけだよね。

みうら　ありますね。

いとう　その本が違う毒をビューッと出してくれるんだよね。

みうら　クリエイティブな方にとっては必要だと。

いとう　今それが足りないのよね。

みうら　こういう台無しセレクト仕事があってもいいんじゃないか、とすら思います。

いとう　いいと思う。本棚の写真くださいとか言われるときあるじゃない、たまに。なんかかっこいいとこがないわけ。前はバラバラのなんじゃこりゃっていう並びがあったから、そこを撮ればかっこよかったんだけど、かっこよくないのよね。説明がついちゃってるのよ、俺の中で。

みうら　ある程度カテゴリー分けした中に谷岡ヤスジさんのマンガ『ヤスジのメッタメタガキ道講座』とかを一冊挿し込むことによって台無しにすることはできますからね。

いとう　鼻血ブーだもんね。

みうら　アサーですからね（笑）。

いとう　それで人を救う可能性さえあるからね。

みうら　ありますよね。悩んでるときにふっと本棚見たら、『メッタメタガキ道講座』がある。これじゃ気になって暗くはなれないですからね（笑）。

引越センターのおばさんが並べた適当な本棚の構図。あの絶妙なパワー（みうら）

いとう　その横に梅原猛先生の『歓喜する円空』とかが置いてあった場合、メッタメタガキ道と円空が出会ってるってびっくりするもんね。

みうら　たぶんマンガが勝って、『メッタメタ円空』となるでしょう(笑)。

いとう　もともと人を救う本だったのかもしれないよね。

みうら　だから僕が出した本もそんな本でありたいと、宮沢賢治のように願っているわけです。

いとう　なるほど。

みうら　たくさん出しましたけど、とりわけ『とんまつりJAPAN』は本棚に挿し込んであるだけで、台無しじゃないですか。当然、そのタイトルを見て暗くはなれませんよね。いつも本を出すときにはそのことを心がけているんです。

いとう　人の本棚の中できちんとクリエイティブでありますようにってことだ。

みうら　そうですね。そうそう、この間ね、素人投稿のエロ雑誌あるじゃないですか。それを見てたときね、彼女の部屋なのか撮影した男の部屋なのかはわかりませんが、やっとるわけですよ、くんずほぐれつ。でもね、その後ろに本棚が映り込んでいて、〝背表紙に見覚えあり！〟。『とんまつりJAPAN』だったんです。横尾忠則さんに装丁をお願いしたものなんですが、やはりものすごく目立ってんです。

いとう　いいですねえ。

みうら　その前で行われてるとても淫らな行為が台無しになってましたよ(笑)。

いとう　やっぱりその人は地方のお祭りに行ったりして、地方でえげつないこともおこなってるんだろうってことまでもわかってきますもんね。

みうら　なるほど、つながってますね(笑)。

いとう　なるほどそういうことか。だからみうらさんは本は捨てるな、売るなって言ってたんだね。

みうら　化学変化が起こる可能性がありますからね。

（「ラジオご歓談！」vol.85／2022年11月21日配信、リモート収録）

ご歓談!㉒

↓セミ↓極楽↓意味↓基準↓親戚↓

みうら ……耳の中で飼ってる状態。いわゆる「ミミゼミ」ですね(笑)。

いとう 今、耳の中でセミみたいな音が聞こえてくるんだよね?

みうら それで二度も違う病院行ったけど、医者の答えは同じ。「これ病気じゃないです。老化です」って。ねえ、いとうさんに相談なんだけど「耳」ってきて、「セミ」でしょ? 「セミミ」のほうがネーミングとしていいかなあ?

いとう 今考えてんだ(笑)。

みうら ネーミングは大切だからさ(笑)。

いとう 「セミミ」だと、セミっていうのが先にきちゃうもんだから、耳とのつながりが割と弱いよね。

みうら だよね。

いとう 「ミミゼミ」って言われたらすぐわかるもん。

みうら じゃ、それでいくわ(笑)。ミミゼミのお陰で僕は始終夏休みなの。季節感がなくなってるんだよね。

いとう 常夏ってことですよね。人はやっぱり老いるっていうと、冬を思いますよね。

みうら　年を取る＝冬を迎えたなんて表現をしますもんね。

いとう　でも実は、みうらさんは常夏を迎えてるんだと。

みうら　まだ、耳オンリーだけどね。

いとう　もう目の前がかすんだりしてさ、霧みたいなのも発生してるんでしょう？　でもそれはネバーエンディングタイムに入ったってことですよね。

みうら　だから、たぶん極楽は常夏なんじゃないかと踏んでるんだけど、どうだろう。

いとう　お釈迦様を見てみると……。極楽で「ちょっと寒くなってきたな」ってないよね。それは重要な指摘だよね。今までは釈迦がインドの人だから薄着なのかと思ってたけど、そうじゃなくて極楽だからなんだよね。やっぱり極楽たるものさ、薄着じゃないと。「ダウンをクリーニング屋から引き取らなきゃな」とかってことはないでしょ、やっぱり。

みうら　クリーニング屋から早く取りに来てくださいの催促もないよね。冬の寒い日にいとうさんと見仏旅行に行ったときもさ、お坊さんは薄着一枚じゃない？　修行の中の一つに常夏と思ってみな？って、ジョン・レノンの「イマジン」みたいなことがあるのかもね。そりゃ、ミミゼミも飼ってるでしょうね。

いとう　鳴いてるんだね。

みうら　老いるショックじゃなく、修行の一環としてね。

いとう　弥勒なんて何億年もあとから来るんだもんね。そんな年齢じゃ、耳の中で「ミーン、ミーン」鳴ってて、外の音なんてほとんど聞こえてないよね。

みうら　そりゃ仏ともなると当然、そうでしょうね。

いとう　だから半眼なんだね。

みうら　セミしぐれを聞いてらっしゃいますからね。

いとう　「字幕が見えねえな！」とかそういうのないでしょ。別にいいんだもん、極楽じゃそんなこと。

みうら　見ても見なくてもいい、そんな状態が悟りなんでしょうからね。

いとう　極楽はフルーツがてんこ盛りだったりとか、お酒が置いてあったりっていうイメージあるけど、食べるとかいうことさえしなくていいはずだよね。

みうら　その果物を見て「あ、千疋屋のだ！」はまず、ないでしょうね。

いとう　（笑）。「マンゴーの季節じゃないから、これあんまりいいマンゴーじゃないかも」とかないよね？

みうら　「どちらかと言えばサクサクした歯ごたえのリンゴが好き」もないでしょうね。

いとう　シナノゴールドとかはないよね。そんな区別すること自体がくだらないことだもん。

みうら　区別は煩悩ですもんね。そもそも果物は置いてあるだけで食べたりもしないだろうね。

いとう　静物の絵があるみたいなもんかね。だけどよくお寺に行くと、麦チョコやブラックサンダーが供えてあったりとかしてるよね。なにアレ？

みうら　寺側としても仏様が食べるとは思ってないんじゃないかね？

いとう　確かに。食べるんだったら袋から出してあるもんね。失礼だもん。袋のまんまのブラックサンダーじゃさ、「自分で開けろ！」って言ってるようなもんだもんね。仏に開けろ、なんて……。

みうら　あくまでお供え。食べるものじゃないんでしょうね。供えるのみって気持ちが正しいのかもね。

いとう　そうだ、気持ちだ。気持ちでいいんだもんね。

みうら　そこにはブランドも関係ないから。

いとう　すごいわ。さすが仏。

みうら　「気持ちを見たぞ」と、仏は供え物をチラ見はするだろうけどね。

いとう　見てはいるんだ。上のほうに供えてはないもんね。

みうら　半眼でちょうど見える位置に置いてあるからね。

いとう　それにやっぱり上のほうに供えるとなったら、一回供え物を縛って吊るさなきゃなんないもん。

みうら　そうなると、干し柿限定になっちゃうからさ（笑）。

いとう　しかもお堂の中は暗いから、なかなか干し柿が上手にできてくれないと思うんですよ。やっぱり外に出しておいて、冬とかの寒さに当てないといけないから。

みうら　そういうもんなんだ、干し柿って。

いとう　でも、極楽はまさにインナートリップの心と心だけでビビーンッと通じ合う世界でしょう。物質ないもんね、本来は。

みうら　きっとスカーンとした本当に何もないところだよ。

いとう　ヤバイねえ。『2001年宇宙の旅』の最後のほうの宇宙の感じ？　やっぱりキューブリックは極楽を描いたかもしれないね。

みうら　虚無だもんね。もし極楽に行かしてもらえるなら、僕の場合はミミゼミを飼ったことによって何もないところでも「ここは常夏なんだ」と思えるよ。

いとう　それは永遠なんだよね？　うつろっていかない？

みうら　医者からは病気じゃないってお墨付きだから(笑)。

いとう　治らないんだねえ。

みうら　「お前、本当に死んでも治らないな！」っていうのはこういうことかもね。あの世に何も持っていけないって言うけどミミゼミだけはね、残るんじゃないかな。

いとう　虚無だからこそ南無阿弥陀仏的な言葉が必要になってくる。あの言葉が「落ち着けよ！」っていうサインになってるってことでしょ。

みうら　本当はもっと無意味な言葉でもいいんだよね。

いとう　なるほどね、いいこと言うね。

みうら　「スッカーン」とか擬音でもいいんだけどさ、それじゃ愚かな人間たちはピンとこないだろうと仏もだいぶ譲歩してくれてるんだと思うよ。

いとう　なるほどねえ。南無阿弥陀仏っていう言葉も短くて「なんだよ抽象的じゃないか」と思ったけどそれでさえ、具体なんだね。

みうら　阿弥陀仏に帰依しますっていう意味があるからみんな納得してるけどね。

いとう　確かに、確かに。でも「阿弥陀仏に帰依します。その代わりになんかください」に人間はなっちゃうじゃない。これはダメだよね。

みうら　そこだよね、人間の一番ダメなところは。意味が一番の煩悩をひきおこしてるんじゃないかな？

いとう　要するに自力で何かしようとする場合そうなっちゃうね。他力本願だったらさ、向こうが決めることだから、意味とか関係ないじゃん。向こうからいきなりわけのわかんないカブトガニみたいなやつを3匹、食卓に出されたら、もうワケがわからないってなるけど、他力本願だったら「ありがたい、ありがたい」で終わるもんね。

みうら 「そういうもんなんだ」って。

いとう そうそう。「カブトガニが3個か。ありがたい！」って、言うしかないもん。わかんないんだから。

みうら やっぱり、人生は意味がわからないこととの戦いなんだよね。わからないでは収まりがつかないから、義務教育があるわけでさ。

いとう 義務教育までもここで断っていくんだね。

みうら 義務教育を受けてないと、大人になったとき飲み屋で出た話題に反応できないもんね。

いとう まあ、しょうがなくだよね。

みうら そう、しょうがなくさ、「小野妹子！」が出たときにさ……。

いとう 小野妹子は女だと思っちゃうようでは話題に付き合えないんだよね。

みうら ポカンとしてたら、さらに酔っ払ったヤツから「生きるとはなんだ?」なんて問われたときにさ。

いとう それで「わからない、わからない」ってことになって、憂鬱な気持ちになるからね。

みうら 人ってたいがい憂鬱な気持ちになるときは意味がわからないときだからね。

いとう あ、そういうことなんだ。ところでさ、みうらさんは今はもう熱心に絵を描いてて、素晴らしいですよね。

みうら いやいや、ありがとうございます（笑）。

いとう 絵を描くことを見つけて、没頭してらっしゃるけど、対して俺は何をやってるとき没頭してるだろうと思うと、なんかその場その場で適当にし

人生は意味がわからないこととの戦いなんだよね（みうら）

のいでるだけなんじゃないかっていう悩みがこの頃出てきちゃってさ。

みうら　そうなの？　僕にとっていとうさんが今何をしているかっていうことが現世での基準だからさ。

いとう　なるほど、ありがたいけどね。むしろ悩んでるんだよ。

みうら　絵を描いてるときって、没頭してるから、他のことを考えられなくていいんだよね。

いとう　すごいねえ。

みうら　「今日ハンバーグ食べたいな……」なんて思ってたらさ、筆が乱れちゃうでしょ？　でもさ、没頭してるときはいいよ。それをやめた瞬間、世の中から置いていかれてるんじゃないかという不安がどっと押し寄せてくるのよ。

いとう　ああ、わかるわかる。

みうら　だからこそ、誰か基準をみつけようと思って、それがいとうさんなのよ。

いとう　いや、それはありがたいんですけどね。

みうら　いとうさんのツイッターを見て「今日、芝居観に行ってんだ」とか「なんでこの人は蒔絵の展覧会を2回も見に行ってんだ？」とかさ。

いとう　蒔絵展がよかったのよ。もうたまらなくかっこよかったのよ。

みうら　いとうさんが何かに没頭してる情報を知るとさ、自分も救われる気になるのよ。

いとう　それは俺が「みうらさんは今頃また描いてるんだろうなあ。なんか変なクツワムシみたいの描いてんじゃねえかな」とかいろいろ思うことと同じだよね。みうらさんが前から言ってるとおり、人生とは死ぬまで暇つぶしなわけで、それが一番の重要な点じゃん。暇つぶしであるにもかかわらず、暇つぶしに何か意味があるんじゃないかとか思いだしたら「今、俺意味がねえ。どうしよう」になるわけじゃん。

みうら　そうそう。僕がまったく興味がない蒔絵展を2回も見に行ってる事実に「あ、いいんだ、これで」って思うんだよね。

いとう　なるほど、なるほど（笑）。

みうら　人の没頭見て、我が没頭、ホッとする、みたいな。

いとう　「あいつ、またワケのわからないことやってんな」と。

みうら　そこがいいんじゃない!ってね。でも、昔はつい意味を求めようとして、「僕がボーッとしてる間にこの人はいろんなことしてるんだ!」なんて思って、ドキドキすることとってあったじゃないですか?

いとう　あったあった!

みうら　信頼おける人っていう言い方ちょっと変かもしれないけど、今はね、親しく思ってる人の没頭してる姿を見ると気が休まるんだよね。

いとう　確かにあのときは没頭してた。蒔絵のことばっか

考えてたからね。

みうら　でも、このご歓談では一切言わないじゃない?(笑)

いとう　いやいや、それはいきなり「柴田是真がさ!」とかってみうらさんに言うわけにもいかないでしょう、やっぱり。

みうら　でも、僕もねそれと同じ時期、トーハク(東京国立博物館)の常設展を見に行っててさ、蒔絵のコーナーのところで「こんなの一体、誰が好きなんだろう」って思ったんだよね。たまたまだよ。でも、いとうさんのツイッター見たらえらくハマってらっしゃる御様子で笑っちゃったよ(笑)。やっぱ、いろんな人いるなあと思うときって、うれしくなるんだよね。

いとう　確かにそうだねえ。

みうら　だから、いとうさんが基準にいてくれて本当によ

かったって、この年になってつくづく思うよ。その人が明るく楽しくしてるところを見れば、自分もホッとできるっていうのが一番だってね。

いとう　要するに、人は自分で自分を判断しちゃいけないってことだね。

みうら　そうだと思うよ。

いとう　一切の判断を人に任す、人を中心にして考えるというか。

みうら　それが前から言ってる自分なくしっていうやつでさ。他人のことのほうがわかりやすいんだよね。

いとう　わかりやすいね。確かに自分で自分をなくそうとすると、結構瞑想とか大変なことになるけど。

みうら　大変、大変。

いとう　人のことを考えて「あの人楽しいんだろうな」とかって思ってこっちがうれしいっていうほうが楽だもん。

みうら　若い頃は友だちに対してもジェラシーがあるじゃない？　それを徐々に削ぎ落としていって、今に至ったんじゃないかなと思うなぁ。

いとう　確かにものを作ってる人へのジェラシーはもう本当に捨てられないじゃん。

みうら　それがあるから、やれるって部分もあるしね。

いとう　若い人が出てくるたびに、全ジャンルに嫉妬してる。だけど、みうらさんには嫉妬しないもんね、俺。

みうら　でしょう。僕もいとうさんには嫉妬しないよ。

いとう　みうらさんは半身自分みたいなところがあるから、ないね。

みうら　それは僕も同じだなあ。かつて、『見仏記』で両方の親と一緒に旅行に行くなんてことをやってから、当然行かなくちゃと思っていとうさんのお父さんの葬式に参列するような感じ。

いとう　少ない参列者の中に一人いるっていうね。でも、変だなって感覚はないもんね。

みうら　本当の理想の親戚とはそういうことだったし。でもさ、仲悪い親戚だっているじゃない。近親憎悪みたいなことが逆にあったりするじゃない。だから、ここまでの人生は本当に近しい人っていうのを見つける旅でもあったんだなって。

いとう　なるほどね、そうかそうか。友だち、友だちって若い子たちもよく言うけどさ、やっぱりノー・ジェラシーになれるのかっていうところを問われてるんだね。

みうら　そこは問われてるんじゃないかね？

いとう　その子がかわいいって人に言われてたら、自分もうれしいみたいな。そこまできたら、すごい楽だよね。

みうら　どっかの現場でスタッフの一人が何か心の無いようなことを言った場合、お互い、それに対し怒らないように、話の論点を大きくズラすことをするじゃない？

いとう　やる、やる、やる、やる。

みうら　僕が困ってたら、すぐに察知して、いとうさんはどうにか収めてくれるじゃん。

いとう　自分の体を捨てて飛び出していくよね。「それ僕やりますんで！」みたいなことに必ずなるよね。しかも、俺はなんの苦でもないんだよね。いつもだったら「やってくれ」って言われたら俺が怒

ここまでの人生は本当に近しい人っていうのを見つける旅でもあったんだ（みうら）

るのに、それは全然苦じゃないんだよね。不思議だよね。なんだろうあの現象。

みうら　半身が元気で楽しくいてくれないと困るんだよね。

いとう　そうですね。今回思ったんだけど、しばらくお互いの自宅で飲み会やってないよね、コロナで。

みうら　やってないねえ。

いとう　昔はこんな話ばっかして、ベロベロに酔っ払いながらさ、「俺はもうダメだ!」「いや、違う!」「しっかりしろ!」とかお互いやってたじゃん。

みうら　いとうさんが机の角にアタマをガーンと打ち付けてるやつでしょ?(笑)

いとう　メガネしてるのにね(笑)。

みうら　僕もきのう、おでんをウチで食べたんで思い出してたよ、あのおでん会のこと。

いとう　あったねえ。串刺しのモツがうまかったねえ。

みうら　何をしたわけじゃないけど、それってなんなんだろうね。若い頃の友だちの関係の感じじゃないよね。

いとう　そうだよね、親戚だよね、あれは。友だちじゃあないな。かっこいい、かっこ悪いとかはまず一切関係ないからね。

みうら　ないね。お互いかつてはいろいろかっこ悪いところも見せてきたし、今後も見せても構わないし、見せなくても構わない。

いとう　そのときの感じで、どっちかプラスになったらマイナスにまわったり、そこはうまくバランス取るんだろうから、どっちかが変わるのも全然問題ないわって思ってるもんね。マスクしてでもいいから、会うのを一回やったほうがいいね。春になったらさすがにもう見仏しなきゃまずいでしょう。それで思いついたんだ。みうらさんがトーハクとかいろんな博物館に行ってるじゃん。俺も一緒に行って、それを原稿に書けばいいわけじゃん。旅行に行くより危なさはないわけじゃん。

みうら そうだね。

いとう そこに来てる仏を迎える「迎仏記」だよね。

みうら なるほど、「迎仏記」ね。実際、毎回僕は個人的にトーハクとか行くときに「いとうさん誘いたいな」と思うのよ。でも、「何か用事あるかもな」とかいろいろ考えちゃってさ。

いとう 水くさいじゃん！(笑)

みうら 「その日家にいたのに！」ってあとから聞くと、電話すりゃよかったって。でもさ、これはさすがに誘っても来ないだろうなってものがあるでしょ？　二日前に行ったのが、銀座のポリスミュージアムってとこでさ。そこは停めてあるパトカーや白バイに乗せてもらえたりするんだけどね。僕の最大の目的は警察キャラのピーポくんが生まれて35年目のアニバーサリー展示だったのよ。

いとう あ、そうなんですか。

みうら それはいとうさんを誘ってもさ「行ってきてよ、みうらさん！」って、言うでしょ？(笑)

いとう でも今は町のイベントに参加しようとしてるからね。軽いお祭りみたいのに行くと必ず白バイが出てて、そこに子供が乗せられるとか。ピーポくんのお面みたいのも配られて、子供たちがピーポくんのお面を頭に載っけて歩いてるわけよ。俺も今までにないピーポくんとの付き合い方ができてて、そういう場合もあるから、誘い合ったほうがいいんじゃない？

みうら そうなの？(笑)　今までの「スライドショー」のパターンだったら、その展覧会の写真を見せたときにいとうさんは「見に行くなよ！」ってツッコむところでしょ。

いとう そうだね。でも、今の「スライドショー」では

「次めくってください」って言ったら、俺がピーポくんのお面つけてるからね。「いるじゃねえか！」「あ、行ったんだけどさ」っていう風になるのが、今の俺たちだよね。それが前の「スライドショー」とは違うから。

みうら　確かにそうだわ。やっぱ、誘うべきだったね（笑）。

いとう　そういうことで今年も終わりだよ。

みうら　これを寂しいと取るかだね。

いとう　やっぱりコロナのせいで、ちょっと物事の進み方がよくわからないっていうか。時が進んでない感じがめちゃめちゃするわけ。その間に時間だけが過ぎてるっていう。

みうら　ま、極楽にはウーンと時間があるみたいだけどね。

いとう　確かにね。

みうら　わざわざ寺に出向かなくても、あっちにはウーンと仏像もあるんじゃない？

いとう　あるね。未知の体験だよね。すごいもんが見れるんだよね。

みうら　仏面かぶって練り歩く人じゃなくて、マジの仏がいるからね。

いとう　二十五菩薩のふりしてるわけじゃないもんね。マジ、本物だもんね。ヤベエわ。

みうら　これはもう忙しくなるよ。

いとう　忙しくなるね。

みうら　いとうさん、全仏の特徴、書き留めなきゃなんないし。

いとう　メモが大変だわ。動くから相手は。

みうら　でも、あちらではメモ取るなんて煩悩とみなされるんじゃない？

いとう　「書き留め禁止！」って言われるだろうね。じゃあ、違うやり方でやるかって、みうらさんと作戦会議はあるでしょ。

みうら　僕だけ地獄行きってことはないかねえ（笑）。

いとう　そしたらそっちへ行くわ（笑）。

（「ラジオご歓談！」vol.86／2022年12月5日
＋vol.87／2022年12月19日配信、すべてリモート収録）

一応、あとがき

お喋り癖があるのは昔から。確実にオカンの血を引いている。

ひとりっ子なせいもあり、幼い頃からうちに遊びに来た友達を接待という手法を使いなかなか帰さなかった。

言葉だけの接待では長く持たないと、接待用の漫画本やグッズも部屋に用意してた。

「もう、そろそろ」と言って友達が立ち上がることを一番、恐れてたんだ。

そんな時、間髪容れずに「こんなもんもあるでェ〜」と、接待用品を出すのだけど「また、今度見せて貰うわ」と言われることも多くて、僕は引き止める大変さと今後、どういう作戦に出ればいいか、そのことばかり考えて生きていた。

それが根本的に間違いだと気付いたのはずっと後のこと。上京して、こんな仕事(って言ってもよく分んないけど)に就いてから出会ったいとうさんのお陰である。

いとうさんは僕の見苦しいほど愛されたい接待品を見るにつけ「あんた、

ど～かしてるよ」とか「こんなもん買うなよ」とか、ツッ込みを入れてくる。

それが大層おかしくて、僕はそれならといつからかボケに鞍替えした。もちろんそれも、いとうさんに見苦しいほど愛されたい故のことだけど。

いとうさんは物であれ人であれ、その本質を見抜く天才なんだ。こうすればもっと面白くなるのにぃーの天才アドバイザーでもある。

初めて気付かされたのは僕の天然さ。いとうさんはそれを面白おかしく引き出し、エンターテイメントの域まで引き上げてくれた。

コンビでやってる「スライドショー」しかり『見仏記』、そして本書の元となる「ラジオご歓談！」がその成果と言えるだろう。

それにここ十年の変化〝逆転〟。いとうさんがボケ役に回り、僕がツッ込みを入れる、そんな芸当まで習得した二人はもし、明日、地球が滅ぶと知っても、楽しい雑談を続けることだろう。

最後まで我々の話に付き合って下さったみなさん。どうもありがとう！

でも、まだ「ご歓談！」は続いてる。いとうさん、今後ともよろしくです！

2023年7月20日　今は牛頭天王に夢中の

みうらじゅん

いとうせいこう

1961年東京都生まれ。早稲田大学法学部卒業後、講談社に入社。退社後は作家、クリエーターとして幅広い表現活動を行っている。ジャパニーズヒップホップの先駆者としても有名。『見仏記』シリーズの書籍やテレビほか、共著『雑談藝』など盟友のみうらじゅんとは長年深い関係を続けている。『われらの牧野富太郎！』『「国境なき医師団」をもっと見に行く』『福島モノローグ』『想像ラジオ』（野間文芸新人賞）など著書多数。

うらじゅん

1958年京都市生まれ。武蔵野美術大学在学中にマンガ家デビュー。以来、イラストレーターなどとして活躍。92年頃からみうらが用意したネタ写真をスクリーンに映し、いとうせいこうがツッコむという形式のトークイベントを開催（96年から『ザ・スライドショー』という名称に。二人とス

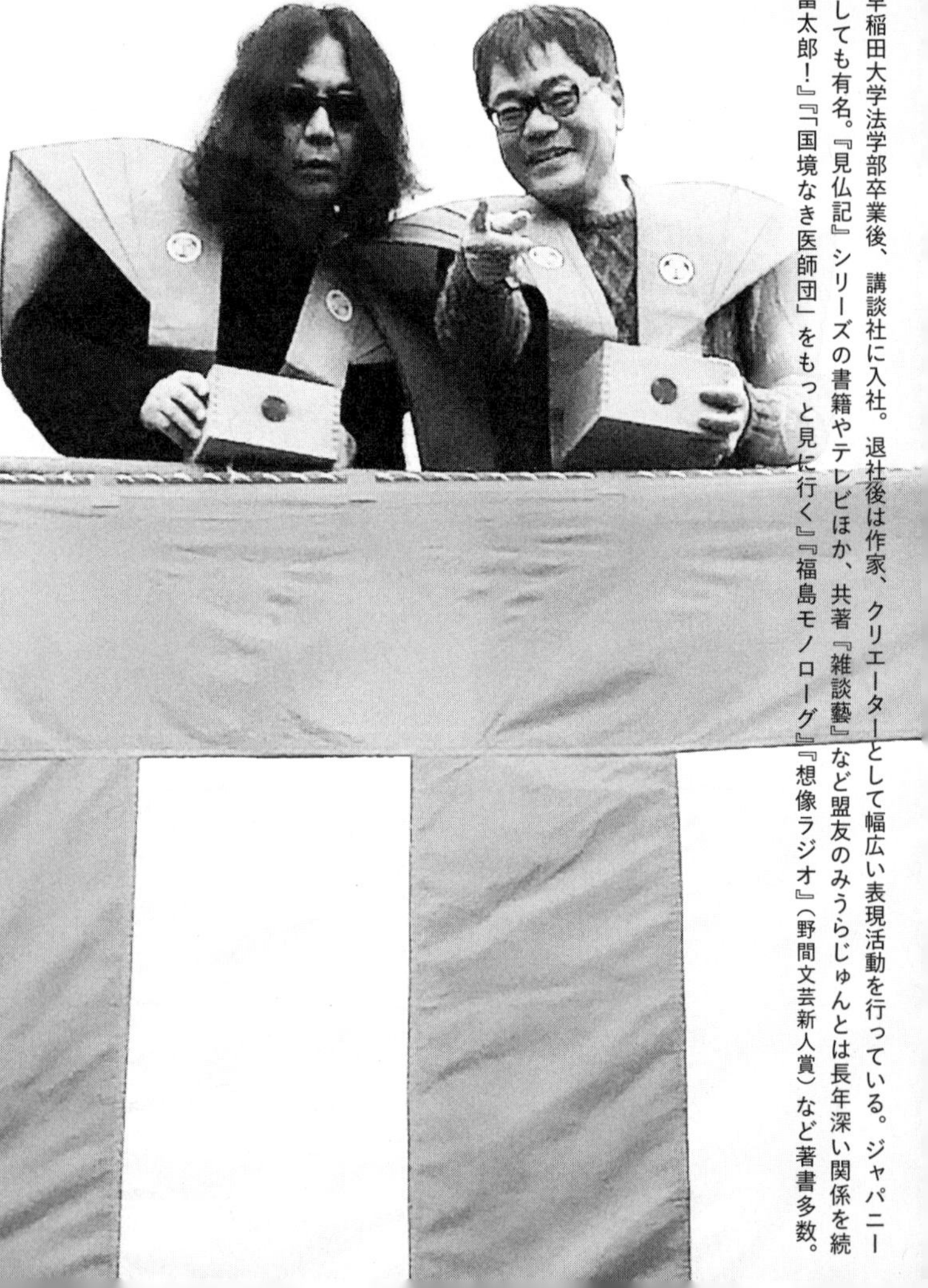

みうらじゅん × いとうせいこう

ラジオ ご歓談! 爆笑傑作選

発行日 2023年9月30日 初版第1刷

著者 みうらじゅん、いとうせいこう
絵 みうらじゅん
構成 モリタタダシ
ラジオ編集（note配信時） からり
協力 臼井良子、石畠明佳
ブックデザイン 吉岡秀典（セプテンバーカウボーイ）
編集 加藤基
発行者 孫家邦
発行所 株式会社リトルモア
〒151-0051
東京都渋谷区千駄ヶ谷3-56-6
TEL 03（3401）1042
FAX 03（3401）1052
印刷・製本所 株式会社シナノパブリッシングプレス

カバーとP334の写真は、2020年2月3日、天恩山五百羅漢寺「節分会」にて。

ISBN 978-4-89815-578-3 C0095

www.littlemore.co.jp